訓懷堂詩

本書係自中央研究院歷史語言研究所藏本影印

詠懷堂詩集

無想居士鑒存

[illegible]伯[illegible]先生[illegible]讀

大鋮猾賊，事具明史本傳，而其詩新逸可誦，比諸嚴分宜、趙文華兩集，似尚過之，乃知小人無不多才也。

芳絜深微，妙緒紛披，具體儲、韋，追蹤陶、謝，不以人廢言，吾當標為五百年作者。丙辰驚蟄散原

大鋮五言古詩以王孟為宗，而兼謝客之精煉；律詩較不逮，七言又次，亦有佳搆。論明代詩人，如大鋮者尠矣。諸家宗七[illegible]誠不及乎大鋮，其詩[illegible]王不以人廢言也。戊辰孟春

詠懷堂詩五言古希蹤陶韋稱最勝此上
下二卷悉崇禎辛巳一歲作酬應七律特過半
而譜秀矜鍊猶足与前刻相伯仲但僅見之
本似似視前刻流傳尤少殆由賤其人或併
中於未入關之新國屢有指斥犯時大禁購
藏者不無賈禍之懼耶　翼謀今竟從金
陵書肆得之亦可居之奇貨也假讀畢聊
為題記辛酉八月陳三立

焦山海雲庵石刻之一　四詩皆集中所未載

焦山海雲庵石刻之二

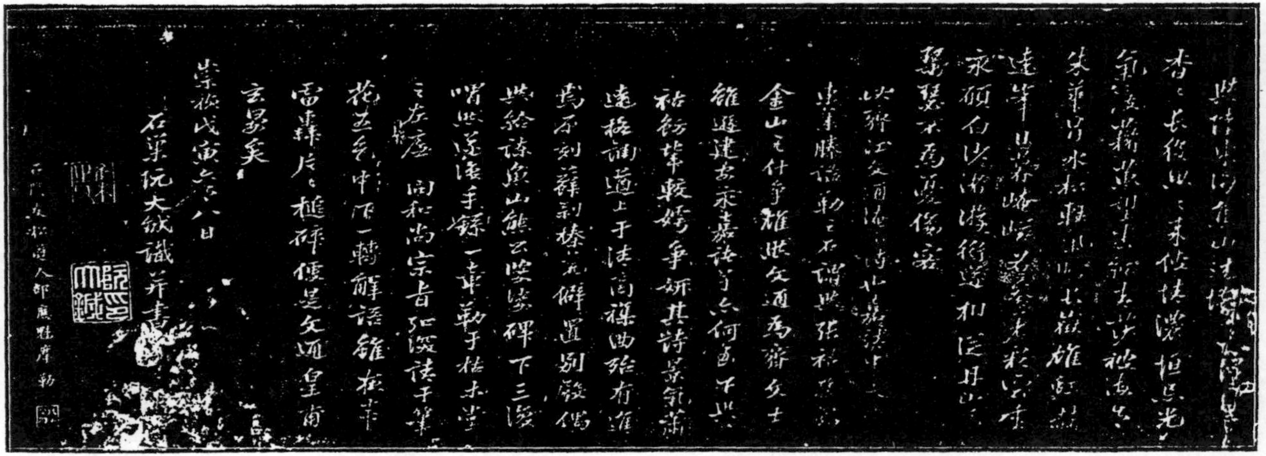

詩序

余不佞從阮公集之遊也蓋自癸卯上公車始云屈指到今三十三年矣憶壬戌余官南雍公以給事侍養歸舟過江頭倉卒一晤別去遂十三年不相見人邇室遐悠悠我思病懶成癖能無各天之歎去年秋里中忽遘二百七十年所未有之變公眦裂髮豎義氣憤激欲滅此而後朝食捐槖助餉犯衝飈凌洪濤重趼奔走請兵討賊有申包胥大哭秦庭七日之風卒賴其謀殲醜固圉一時目擊其事者無不艷羡嗟歎以爲非此奇人奇才奇識安能於倉皇倥傯中決大計成大功哉余流落南中一見握手勞苦如平生居久之盡發其平日所著詩歌以就余印可余展讀之躍然曰公之技遂至此乎不見公久矣公猶昔人公詩非昔詩也公曰吾里居八年以來蕭然無一事惟日讀書作詩以此爲生活耳無刻不詩無日不詩如少時習應舉文字故態計頻年所得不下數千百

首然吾亦嘗思之矣不深其根不可以探微也不歷其變不可以
窮態也不定其宗不可以摧魔也吾詩淵源於三百篇而沉酣於
楚騷文選以陶王爲宗祖以沈宋爲法門而出入於高岑韋柳諸
大家之間晝而誦暮而思舉古人之神情骨法反覆揣摩想像出
入鉥心劌肝刳腸刻腎其餘中晚逮宋元以下及於近代之名人
卑者孰爛如齊威秦皇之尸卽其錚錚者亦薰蕕互冒瑕瑜相參
譬如羔裘而狐袖何足以語千尺之錦登作者之壇哉又曰古之
君子不得志於今必有垂於後吾輩舍功名富貴外別無所以安
頓此身烏用鬚眉男子爲也吾終不能混混汩汩與草木同朽腐
矣余聞其言而悲之且壯其志之大識之高不爲塵俗勢利牽制
埋沒也公少負磊落倜儻之才饒經世大略人人以公輔期之居
掖垣諤諤有聲熱腸快口不作寒蟬囁嚅態逡巡卿列行且柄用
一與時忤便留神著述家世簪纓多藏書徧發讀之又性敏捷目

數行下一過不忘無論經史子集神仙佛道諸鴻章鉅簡即瑣談雜誌方言小說詞曲傳奇無不薈蕞而掇拾之聰明之所溢發筆墨之所點染無不各極其妙學士家傳戶誦而全副精力尤注射於五七字之間扶摘刻削吟或一字未安即經歷歲時必改竄深穩乃已眞有語不驚人死不休者即孟襄陽之眉毫盡落王摩詰之走入醋甕其攻苦殆無以遠過以故其詩有莊麗者有瀞雅者有曠逸者有香豔者至其窮微極渺靈心慧舌或古人之所已到或古人之所未有忽然出之手與筆化即公亦不知其所以至而至焉公家堅之先生吾郡中推才子古人無兩亦心折公門下問字者接踵輒曰盍往質吾家勳卿則知公所得深也吾竊有慨於昔之持論者曰詩必窮而後工至以詩爲致窮之具而諱言之則詩者僅一困人蹇士抒憤泄懣之物瑣尾喬宇無聊賴者之所爲而古之人歌之樂章奏之郊廟陳之燕享何其道之尊而用之重

乎吾夫子身任在茲之文至舉而歸之天之未喪則文者物之華天之寶也六丁爲之收拾太乙因而下觀繇來尙矣夫子五十而知天命知之眞故任之重也後世宗門相勘驗亦必曰近日有何言句纔一動舌頭而成佛作祖不外乎是且天之厚夫人也將予之以如夢如幻如泡如影之功名富貴爲厚乎抑成就之以千秋萬世之大業照耀之以三辰九曜之光華爲厚乎不朽者文不晦者心動天地感鬼神天壤間止此一物至今天下知有明允而不知有文甫知有昌黎而不知有子昶八斗五車與三公九卿所得孰多文章千古得失寸心前人之精神不息後代之心眼倍靈是以古立言君子畏之愼之重之而不敢輕昔李百藥論詩上陳應劉下述沈謝而王通不答薛收曰子之所言是夫子之所痛也則詩亦難言之矣三代盛時無論公卿士大夫卽牧夫游女皆涵育於先王之澤而湛濡於敎化之深吐詞爲經矢口成訓何容揀擇

夫子晚而刪詩僅存十分之一所存少而所去多何耶聖人造化之筆世儒何能窺測其微旨而逸詩之傳於後者又皆可歌可詠可咀可味門弟子皆能習之而皆能言之則聖人之未嘗一概抹煞之也亦明矣而至今傳者寥寥或後人遺失或經秦火皆不可知而當時親受業於聖門者說詩又各各不同豈詩爲活物聖人固未嘗執一說以定人而人各以其意見自築一宮牆別開一門戶耶禪家有活句死句執其死句則此心自然非彼心一地不能知二地爲元微之之優杜劣李也可爲楊大年之以杜爲村夫子也可卽爲近日之吸吸王李輩也亦無不可得其活句則放開眼目恢廓胸襟永明不云乎衆生言語悉法界之所流外道經書盡諸佛之所說而况李杜元白蘇黃諸大家及近日王李鍾袁諸名士卽其中不能無利鈍何容輕置擬議於其間耶大顚一難昌黎杜口不讀佛書歐公晚悔勿謂床頭無捉刀人甚矣立言君子之

難也況乎宇宙之間止此精靈坡老爲鄱陽之轉刼留鄴是歲星之現身相尅卽以相生千月元是一月何彼何此何去何從惟前有毘陵晉江之爭雄故後有中原紫氣之犄角後來作者建風雅之幟自命爲千古之人釵釧瓶盤鎔爲一器百川大海收之一滴勿效金色頭陀妄擯神變之妙德只恐當來之佛尚迷如來之舍利耳公詩刻成以余久交命余一言以弁其首癡鈍人作癡鈍語以請教於公不知以爲然否

時

崇禎乙亥秋眷弟葉燦頓首拜題

詠懷堂集序

傳稱詩者志之所之也嗟嘆不足而歌詠生與觀不足而怨生聖賢以之達政易俗成功告神其失志也詅諷性情以親媚於君父無物非志無之非怨怨斯善矣吾師石巢氏鍾衡廬瀠霍湓蠡之氣而煥乎離處神光禧廟今上不諱之朝而丁乎蹇厭登歌淸廟賡載肅邕而啁哳乎江潭蕩瀁之濱鼙繭臞胝哭秦完宋沮釁裘而顛連乎五噫之廡明乎王政之因革風俗之播遷鬼神之悲悼餔糟審矣離騷牢矣伯玉行年悔其少作宋生平汗牛充棟不盈卷掬小子志之敷衽討論不汚彝好觀海觀瀾牢籠衆妙飲明堂在鄒之醇割西園南皮之腴彈厭六代而砥柱乎柴桑其協律之什伯玉翕焉禪純摩詰聖焉禪智三唐無其匹也況下此者哉夫代有變而情不遷乎心而鋪萬物之自然故讀者不勞而勸不遷止乎禮義也不勞而勸紐之王化也誦其詩知其人庶幾可以論

世

嶺南門人鄺露序

自敘

夫詩者教所存以情治情之物也情亦奚事治蓋身心與時物觸而詩生焉于是導以理義黜正其有未合者則人之所爲詩聖人教人之所爲詩也人生身世得失亦何多端而羣怨足概之誠能澣泳中和善所羣怨斯情治而人心世道亦罔不善罔不治唐虞卿雲八百康衢歷山之歌哀樂固殊然忠孝之則之至一也國風小雅尙矣謂離騷兼之者傷厥旨則然乃若其辭幾何不開賢知鬼神之漸乎降是而大風柏梁短歌公讌浩蕩雄麗震爍一時似取諸齊秦雞鳴板屋者居多鬖鬖喬煩惡能無慮即家步兵祗浮沉致諷耳賴陶公起而閑焉公睠懷典午恥拾宋粟托北門考槃以寓弁宛感其體植斯志深而興遠中和之脉所留豈其微耶齊梁淫極而傷亦隨之矣李唐君臣慨亡國之靡靡受音響以節制體雖至律而變然變亦至律而止變即其所以爲功也與唐初情

法不諧參差拘㝩未免互見至雲卿延清而嚴射洪而宕咸斐然
足觀惟輞川太祝達夫少伯盱眙新鄉六子爲能彌綸興象磅礴
性靈雖標負各殊品不盡副而于三百篇正趨變可以羣怨之旨
服習含茹什一猶存不可謂非靈均陶阮之餘韻也餘輩芃芃然
疑相介違心推獎吾終未之能矣矯哉皐羽振金石于式微匪獨
趙宋希聲即置之太祝諸子間登降獻酬雍如也豈非感遇日促
離憂日以長怨而無失其人倫之正者哉嗟乎悠悠時代茫茫宙
合予出入揣摩于風雅逾三十年自審所獲理義與有獲于理義
之君子止此而大旨則括于以情治情之一言質先民俟後起舉
不易此矣
崇禎乙亥冬日石巢阮大鋮拜手撰

詠懷堂詩集　卷一

石巢阮大鋮集之著
南海鄺　露公露較

四言

岊彼詩 為詒潘木公不果而賦也

岊彼三山江海是藩分波若畎立表疑莖百谷宗之晝夜盍云彼崇者阿亦豐斯殖藥露炎滋林芳寒特以迨川祇厥馴爾德君子之有君子之寬令儀干岳澄思懷淵行芳氣潔式則幽蘭好逑用展秋棹烟飛曙霞汐月是見容輝未謂幾及風水乖違言及言歸中心彌擣俯怍孚魚仰慚求鳥臺笠祁祁詎如綦縞班荊采綠約在春祺敬此寒山松柏保之居諸以寸亦莫不思

雙星篇送史弱翁東歸

明河焉逝雙星在天纖月虛徐秋花如煙將子南翔載瞻烏鵲渙
爾方舟遐爾言謔湯湯江海欲厲何梁誰云牽牛可以服箱登高
望遠綴心長路古處敬哉罔或爾裕選芳攻瘉大業斯升暇豫吾
吾殆庶盍仍星漢不熄光照四表皇皇之求維予既女

鳩嶺草堂酬方式谷肅之姚繩先見過

杲杲秋野亦載其陽天清氣豁墟井相望潦收植筍稑罷疏暘顧
我廩廚蓺畜多有務靜人閒寒山當牖婆娑其間可以飲酒羣龍
入谷潛躍欣同亦有不速鸞車䟡䟡班荆蓐食力拯頹風田園顧
步寓目蕭散衍扆中林洩琴高館話言及酧以莫不善悠悠爾別
亦復何嘆留煙石戶注氣秋蘭晨夕見之延情愜歡

酬璩日卿山甫過平等蘭若

秋林肅肅夜靜以長窈窕月出空山雨霜心之憂矣是洄是翔爰
有同心軫余于獨開情若曙惠言如束耿耿伊何亦莫不告敬爾

飲酒齊爾話言悅管而幃吹箎及塤澼衷植義曷維其諼願言能
愔以御陰雨匪席匪石日月攸序百爾君子何莫古處

餞爾卓先生偕令嗣幼安幼光飲集園

悠悠時序既露以霜森標朝竦素烟夕翙離憂中來云胡不長琴
瑟在御寫此幽獨翩其谷音沛我弗速薄陳芜簟以話疇夙寒山
靜好高樹雞鳴嘉魚旨酒歘我平生豈無他士古處維朋臨觴不
樂日月彌晏停雲崇阿播芳南澗龍蟄匪存鳳衰何諫願犛羽翮
相從敖遊攀霞懸圃摘月松舟任運之之盍舍盍求

田野

豹叔瑕仲輗書遠埶晤言戍阻秋野屏居觸情胥且難已
於懷

肅肅田野矯矯脩林暘雨夜滌山氣朝深婆娑一室有觴有琴弄
琴御觴爰寫我心田野肅肅脩林矯矯村靜鳴雞天長歸鳥明月

宵盈軒墀淨晈偶影其間羣象載悄迢迢星宇夜境其幽蟲聲嚶嚶若或相求園列靜峙雜籟交流我思君子饑劬曷酬良夜有燦良辰有撰霞冠鮮姿颸迴餘善與子遊般期罔或倦豈無他人懷我親串

黃鵠篇爲潘次魯南征賦

淸秋吳會白雲戾天層城標霞空江如烟黃鵠何儀於彼皇澤睨爾蝃蝀肅爾羽翮月連修坂露被平皐將子翺泳我心忉忉忉忉如何琴瑟用寫子當騫騰去余中野野有其綠亦采其萍出處敬哉以莫不臻

雝之水四章章八句爲方司成書田賦

雝之水鐘皐流之洪源湯湯溯洄求之求之無射罔其有懌下上蟲飛永言來格

雝之水鐘皐衍之於錡於釜左右選之抑抑君子敬其簹笙饗之

聽之中和以升
雍有水釜則尸之於昭在廟皇人私之陟降有桷脐璽有若馨之
聞矣載裹其瘼
民之勞止曁我西京皇皇多士誓敉於寧伐柯如何心誠儀之景
福爾介亦莫爾思

樂府

聖人出

聖人出乘青玄金支庶旄繽哉紛高山大海告美人以心美人遊
故下上罔極嘉夜都良何所德筮甘屋懸悱惻美人哉

君馬黃

君馬黃馬黃將安逐九河湯湯日月出沒秋龍騑離自南北駕車
馳馬美人亦何極如蔡如易乎悲矣

赤烏飛

羣祉期於追古故各擬古一章余拈適得朱鷺因憶鐃歌
之義俞徵君安期辨攷之殊詳而恆易朱鷺以赤烏飛者
誠是也余曾載之詩印故賦赤烏飛以首簡
瞻飛彼烏烏飛何以赤飈輝王舟祥爾赫百靈儀之亦胡射陳寶
雞安鳴茄下之鷺鷺焉食飛土逐肉以彈九雌畢日重輪光四極
聖人萬年天無斁簡兮之臣二千石

獨漉篇

獨漉獨漉水深泥濁止邪心則苦繈綷弩渝何所舞東方未明車
班班姹女而冠工數錢枯魚連索飛上天天色朔蒼蒼暮霏雨丞
卿盱視當鼓前跼蹐小兒不得語

猛虎行

虹下垂粱之甫蟠谿頩虺怒如虎噴礴天狼驕水弩行暉黯黯不
可指孰可犯冠莫匪蟬緌莫匪范扶桑不旦慨在余東海男子長

欷歔芳樹豈不蠹黃雀將安居乃公食採丹木實峚陽笑語閒啀啀

烏啼曲

風從閶闔吹滿路浮雲陰言逆我馬載披我襟行人忽忽難爲心瞻彼相烏爾復何爲長太息東西南北俾予罔所極我無爽德忍馮丹朱流丸伊止弗過甌臾霍納都粱氣何綺荆棘翳如將焉徙鳳兮鳳分吾其已

雉子班

狸膏匪食翰音用以塗芥爲胄金爲殳斯距斯羽錦臆敷觀者何爲不闐闍雉子飛飛莫與格集於陵岑飮於山澤黃鵠下來朝且夕勞利勞利雀啄強頹舍老人泥空倉北風漠漠綿雨雪有時四野天昏黃

升天行

朝榮亦可悅短世亦可嬉高陵日有傾松柏將安爲縱體排崑崙
仙人子爲誰雲日蕩精魄芝菌禦我饑此事不可要終爲黃壤欺
窈窕春風開秋月還因之畢情向一觴但醉勿復辭辭之餌丹砂
行行躡高霞

河漢吟

坐久望河漢高高安可窮草露氣象交柯條貫微風徘徊於此間
喟嘆從中起仙人不可希遷化誰當已惟須飲美酒坐使朧容澤
被服紈與裘敖遊肆娛悅林深夜以靜鹿鳴何呦呦離羣而索居
在野空相求同心有佳人遺世稱窈窕皎如雲間月臭若三春草
我無鴻雁翮枉用懷奮飛相思彈玉琴終夜流清徽迢迢河鼓星
靈會繇來晚寄言天上人努力進牛飯

淮南詞

青青河畔柳搖蕩獨何心流烟向芳草吐葉與春禽

淮水搖空綠艸色欲誰際情隨極目來旋與風香逝
青絲絡玉壺十千何足道小立壚邊人拗得花枝好
雜英繞春甸杜若吹還香香多不解憐爲憐采路長
樓頭玉手垂立馬嬌不發少婦逢健兒目成若相齔
花底捉迷藏燈前擒社虎非止媚心情大可持門戶
小婦進屈卮冰盤勸阿姊歌舞滿名倡不解誰作使
袨服鳴金鞭馳射春風中彎弧貫雙兎廻手接歸鴻
誰言估客愁歌吹徹清曉雙向曙窻眠歡閧烏臼烏
一擲紫騮馬再擲珊瑚樹男兒好作健意氣堪誰負
參星夕以中杏花開復落曠野無牛羊渚田立閒鶴
春湖水艸闊疎星動魚罶撈蝦拌餔糜漁苗稅何有

子夜歌

曙花能有情紛紛布苔隙爲憐歡去心一覆歡來跡

銀箭滴金壺漏水無心轉遲歡苦刻長歡來刻何短
持歡比春風歡聞薄作㗂吹衣徒婀娜吹心那可忍
回頭歡忽至虛徐如非烟詰歡見何許見儂理行纏

詠懷堂詩集　卷二

石巢阮大鋮集之著
南海鄺　露公露較

五言古

同白瑕仲石塘湖上行卽望其所居

村煖杏花久門香湖艸初吾愛數來此于君定何如君言樽中酒
斟酌長不疎陶然臥山窗松風開我書

春日園居程搏仲錢豹叔衡之兄前之弟夜集

春風解沉冥霽心難與昧騁望感有餘靜審意彌會林恉香詎弱
禽適語方泰同心旣偕集淸論亦旋沛杯旨泛寥廓燈英播芳靄
淹坐遂忘疲孤鐘肅靈籟敬此良夜娛達生理無外

初春顏若齡自山中來邀吳幼玉社長天都山人戴德充觴

春雲能有情流英照園圃二子行藥來相延散林步遂令曲徑蘿挂彼高峯霧剡谿發遺興延陵洞音數天運誠悠悠達生貴能樹礚礴意有得沉冥理非誤初葉一禽囀輕颷數花鶩啣觴此何云籬山青已寤

春夕雷雨大作曉霽枕上口占呈茲園大人

春宵盛雷雨林臥憺忘喧嗜焉形神交塵慮安得撥踵息未易固山夢猶然繁所歷舉非故殊別桃花源整策追孤霞秋烟開一村藥香旣連畹蘆葉時隱門轉步達淸溪溪古趣彌敦聊就苔泉濯復聆松風翻山月宛能來照見石上樽不速二三老依依道寒溫覺頭已聞鐘未畢漁樵言展轉遂亭午白日麗前軒起循池上步池水閒心魂綠光若微演岸艸增春痕花葉沐以齊晴鳥紛我園竚立始有悟任運良可尊逝者固如斯轉盼何足論明晦復何餘

寤寐無一存願言禮松喬窅守天地根

春籌聞若齡將入豹嶺咏此訂次月偕幼玉往遊

春山紛睇笑列景給遊衍嘉子獨往意恬然謝矜勉及時課耕種
餘力肆諷撰穆穆秉弘尚趣伸跡彌卷余方守塵巷庭圃溺微善
所未辟粱穀志氣何繇展候至鶬庚鳴村深杏花暖此當追高煙
良話詎令簡

春初述懷寄方無念首聯卽雪際得無念書夢中句也

積雪照巖戶讀君寒歲書倏忽節遂更梅閒羅我居未蝶香已展
將鶯葉方初游氛冒澤霧苔沫激晴渠情生固有勞候盡安所餘
斟酌春風中我懷益以愚雨至讙山約田園念當鋤此事治便已
不復思畋漁悠悠此窮年焉知盈與虛八公秀春雲鷄犬無敢嬉
云有無念子天花漾精廬平等山色在靈異鐘音殊廣月被江淮
千里流瀟疎向茲印遙心同異將焉如

看杏花宿瑕仲山館微雨

鷄鳴杏花中識君深隱處山靑與托隣艸碧自成路炊煙亦何閒小酌就花樹辨葉斂傍眺因香縱恬步湖風弄微寒果兆夜來雨蕭蕭春竹鳴高館更成趣移燈諳山窗茲遊吾已屢留興及三秋天香飲華露

仲春過訪方仁植同年廬居因游南浮有懷野同先生

春岫羅鮮雲朝暮表空翠嘉遁於焉托靈眖傳聞異來此屆芳月入林踵香意伊人抱先疇白華自躬被仁智秉遺則艸木衍閒侍時聞歸鶴響莫制皐魚淚盼柯意長餘褰芳旨兼備閒情向前浦浦暄綠已遂渚嶼乍開合篠石互爭避想見花蒲時琴樽各臻媚濯纓感洪源高山獻長喟

與左又錞飲花下

與君酌未已花葉旋成故此理定何違小飲彌有悟所慮芳樽空

斟酌難爲趣臨水悅空影因風察香路憺然賦新詩盡此林山暮

程藎臣以天都遊記見示賦此

天都萬古峰從君標腕相結撰聊見心高深甚殊狀旨定星潭瑩
興展風榛壯石髮吐華月藥芳藪雲養余方畫荒籬耳目謝靈晛
遵烟憐鳥凡縱沼哂魚妄三復刷胸顏奉情入霞上警蘿若開笑
追香宛迷杖道存靡迭趣意至有餘況喧鶩屏塵慮端嘿聱游尙
兀然吐長謠淸絃禮禽向

藎臣擬爲余刻詩述懷以謝

晏息向竹房耳目憺無侮林花覺我閒紛紛下庭戶霽心與定氣
馮之酌終古自昔邈何獲在我恬有取人謀實未饒叔季矧多扈
宙合府一雲朝昏瀉千雨正則固何云微言孰辭怒彌天蟲豸知
至矣荆榛堵願言謝桔槔山甖溉寒圃蓮社無齟煙濮田洞遺矩
潭心靜月開峯首孤雲舞刁刁譽鵬風智力將焉賈

憶李煙客林六長寓天寧寺

蘿雨靜可數閭巷如空山念君蕭寺中焚香終日閒聞鐘結旅夢
攬鏡杳塵顏野水濯靑菰罜魚何以飧晦色不連暮素月光可攀
霽心托孤琴爲君開潺湲

雨中喜羣賢集十賚閣會文

榮木給靈雨衆綠交有聲斟酌一氣中可以知文情拳勺屑海嶽
爻象排空明艸木負本性日月有飛英感之不令持孰謂非我誠
雲龍滿虛谷咏賞難爲名花葉春煙和石瀨秋泉淸長謠達松風
茲賚何可輕

吸江樓爲林六長遙賦

余昔涉閩江孤舟涼夜永深煙閉蘿葛疎星墮笭箵去此垂廿年
迴思神䰟警之子彼土秀結廬攝淸景雲嵐入吐納風泉交眎聽
春汲山鬼俱睇笑文魚領陶公亦有言夫我愛其靜何復事遠遊

苕花蔽寒井鍾阜看孤雲鄉夢誰能屏夢中江月斜閒猿呌秋嶺

送吳元起應試白下

弱齡貴意氣吐吸青雲端與君先子交味比淸秋蘭中路忽捐背喟焉悽心肝柳宅既寥落秫疇亦摧殘三子讀其書菁菁如琅玕仲復邁儼伋汙邪匪所干旦夕乘雲浮此豈才者難一釋藜與藿再被綺與紈何以奮平生而酧岋嶫冠高枝饒疾風陸海多狂瀾還期善翺翔無臻弋者歡舟檝在江皐抱琴向子彈勗之敬言話申以長加飱帆張曲未終東去如飛翰

泊青谿柬銅陵崔明府

秋江閒可涉露盛香未巳枉渚既搴目繁葦亦因沚沿波弄逸棹采采向誰是循藻審魚樂聞歌詧纓理青山列遙岸月下絃聲起屣逝琴且荒重覩茲邦美江村植豊菊山叱刈餘黍服義絕訟萌歸仁集遐趾令譽崇笙簧嘉言備芳醴何藉龎參軍從君自茲始

泊采石遲郭侍郎金谿不至感憶

孤舲倚山翠木葉靜可數微風入淸夜海月漸遙舉佳人隱秋花琴樽暱何許幽禽響高樹恬魚擊寒渚所得良自然異患復何悔開烟無弱帆蹈藥見貞屨懷哉終古人智仁洵有取

再同周公穆張損之劉爾敬嵓玉家衡之兄登采石山寺廣濟閣

客次理淸娛懷情赴霞上耳目馮象泯雲天盡簷向空翠感微息定覽蹬殊狀葉並遠帆鶩鳥習天花漾山樽給永日淸言副靈睨信美土非邈沉冥旨何妄礰礴遂忘嗔江烟響歸唱夢覺聞秋猨孤舟若靑嶂

九日壽後同李煙客粱非馨朱白石汪遺民吳栗仲田衛公何丕承方聖羽王禹開方爾止密之集李玄素通侯松筠閣共用遠字

幕府秉冲規佳辰集璐琬俗名豈虛愛正冠事遐綣清論紹涼雨森林若危巘羣盆既延逕陳芳亦充畹遂使短襦人不復顧牛飯貫月矚高戟遵霞踐華幰洵知絲竹妄力策盤匜蹇孤蟲吐深花閒魚擊澄堰向夜理幽桐清醑爲君遠

謝吳明府闇生餉菊舟中

陶令盍云邁高風長在茲清尙君更遠蕭然客江湄旅舍罕炊煙盡室良苦饑念我滯孤舟恬以香露遺密葉既垂盎繁英亦唧枝秋雲映水窗青山對支頤閒寂自可樂搖落誠何悲因嫌籬圃間雞犬還我追

喜李煙客同舟往眺三山因柬潘木公

孤懷對江峰支頤憺忘語陰霞乍興沒風葉落無禦葭菼極遐矚鳥歸識何處廣除吐遙月意爲情人舉水白導魚路烟青飲鴻渚欣子期適來閑琴展良緒嶺猨即悽葉海樹若吟嶼曲罷江轉青

秋花列楚楚三山整烟磴中清湛芳醑勝情余旣饒倘禽矧多侶

阻風望燕子磯不得往同烟客爾敬公穆孺韜慧玉損之賦

海氣感川薄涼風歘焉起孤舟寄若鷺羣籟亂于雨客心彌以恬吟賞自茲始奇嶼點空碧風濤限逭止遙葉響清猿淸漪閣殘芷眺聽與誰格論詎亦咸旨物遺悟觴聖神和兆琴美悠哉懷昔賢達生復何理

柬姜儀眞如農

秋峰立何遠清吹起寒木空碧豈限慮澄瀛載延目琴聲沸江路孤舟念明牧嚳並之罘峻澤向東溟縮潔性見麾魚仁心傳抱犢場馨禾黍盛人豐桑棗熟古堰無殘筍遙烟覩平屋萊蕪詎虛儷單父愜私淑江淮此襟邑安危若旋轂蒲璧籍嘉猷用介邦民福擊汰滄浪干纓歌爲三復

送吳孝廉修能北上

峨峨天子都雲端表空翠日月瀑源湧雷雨中峰肆紫芝摘還長
玄猿嘯殊異君家代居此窮年探靈閟隱几閱候變徙藥登泉自
玉女攬花笑霄鶴窺烟至壁坼靑霞開琅琅辨仙字勝情若未饜
江天跡遐寄川氣映簾動水花切窗侍雪響廣陵濤香裊竹西吹
眺聽意何適智仁理咸備抱膝吟已深盱衡志當遂河暄冰未兆
堤秋柳仍媚霽日照洪波征帆若雲驥諷誄追羽獵訏謨策安治
金門視瑤臺大隱旨非二及春驁遊鑣宮鶯爲君醉

喜孟元白見訪因坐湛閣論詩

孤舟聞吹葉客感彌以繁臥起入星露雜籟連朝昏靜者復奚自
遙琴開我魂山翠襟下吐妙香亦敷論家云鄰濾湖中歲遊夷門
嵩雲覆旅夢芳晼綿鄉園所挾豈區區自哂無一存秋潭演寒碧
靜浴三山根視聽此交愚天海將何言與子露危願敬此終日樽
齋心禮川嶽望古懷所尊陰霞斂浮渚圓月逗層軒惻惻念蘆中

野雀安可喧

已戒三山帆風逆還泊鑾江招杜退思入舟觴咏

三山搴予情逸棹已晨理風水晒迴互還摘荒洲芷微月吐遙岸
空外飛鴻止雙樹流湘煙旅情念吾子明燈黃葉下寄夢疎鐘裏
霜篠惑深夕涼吹渺然起伐魚就沙埠菊逝酒仍美孤舟自可尋
琴聲況星水

迴舟風日甚美與諸君子飲酒賦詩都忘客感矣

方舟肆游衍靜見寒江心霽景既浮嶼孤烟亦懷林良飈勝波來
悠悠感我襟諸子具瓊枝話言若開琴遂永舟次酌閒矚川上岑
葭菼乍虧蔽鷗鷺時飛吟爲適無復餘懷古何必深

繇天開巖歷諸勝登攝山頂還宿恒覺方丈

石路淨無塵昨夜況微雨氣與山雲霽響悅松禽憮勝具固所尅
澹慮饒有取碉暄芳詎歇巾晦翠恒普既就廣蘿蔭亦漱寒泉乳

此興各未夷更爲高峰賈懷音達鐘界飲光坐霞廡烟定羣峰開
林缺江帆舞遂覺性情逸彌惻塵襟苦無言儔法王諸天盍予侮
歸彈石上琴月華應絃吐

攝山東峰石上坐月

竹路亦何白涼月燦東嶺客心感佳夕遊咏孰能屏危步歷禽上
清言滿松聽泉幽滴春脉林貞抱秋影澄鮮入何際空明轉遺境
微風拂露花石上苔彌淨身心化寒碧沉冥不知省賴聞霜下鐘
山蘿動微警

宿方大方山館

塵居苦物役諸向靑山必霞外詎有方區中誓當紬遂禮孤峰雲
便造幽人室花藥性所殺詩書道終吉裁裳濫碧蘿註經寶丹漆
堦前虎跡馴石際羊聲叱靜夜無端倪高論恣回潏豈徒暫遊衍
托志于焉畢淸境未可淹又共山雲出廻睎笑言中人與翠微一

采蓮曲江微雨晚霽同茲園大人長子叔前之弟洎諸詞客賦

嘉會屬羣彥撰酌非所任將肆塵外遊以夷終古心肅舲泛江浦
浦曲花路深枉渚衆香鶩垂景廣霞沉采采畏花疎靜意誰能淫
微雨川上來忽忽滋重襟萬象斂霽夕圓月逗孤岑文魚負我舟
蘭芷充我簪宓妃顧我嘻馮夷鼓且斟釋此不臻懽晼晚將來侵
沉冥豈絕躅高陽遵故林擊汰弄澄鮮廻芳怡所欽昔賢何爲哉
喟然涉江唫

送宋鍾南計部歸楚

秋蘭行作花君歸理荒畹孤舟去若翔青山夢俱遠余同蘉落情
跡向滄洲偃截潦安魚梁迎晨進牛飯狂歌入谷深遐情自星返
何以肆娛悅高雲閣危巘鬱鬱澗底松柯條畢淹蹇貞此霜雪姿
聊當卻晼晚青陽自代除東園謝芳婉

答吳太史天石見訊幷訂天都之遊

遙望天都峰峰高雲木秀嵐翠終古凝芝英四時茂寶鼎煉金光
神皐泄所守余友謝塵纓逸駕茲焉逗遺身翶鶴路結廬抗霞首
近遠風中泉朝暮簷間岫曆遯羲和則藥補神農漏厨粻賤椒蘭
山香貞橘柚遐念蘆中人音旨各相繆江氓亦何營固窮守耕耨
飯牛遵若時分蜂謹其候採薪樂有員緯蕭則安陋誰甘負鼎譏
濡彼在粱味枯樹復誰慼問天理常謬秋山蓄烟霜褰裳誓相就
從君折瓊枝雲車以先後睇笑逼眞靈行藏擾華宿雲梯檜栝扶
山響林簌奏娟月整清絃欣泉理閒漱返景懸圃來若華頒初晝
松喬既可要瑤象亦紛遝高斟北斗漿一奉軒皇壽

讀顏若齡種秫齋詩即贈

若齡玄對人霞上結修軌道開巖壑昌跡謝簪纓滓其身卽貞松
清飈言下是詩書肆愉悅意至亦秉耜任運趣彌超觀生吉所止

秋嶺綿鮮雲春湖散芳芷開樽吐長謠思君應若爾

秋夜宿白瑕仲山館

涼風動庭樹離居軫宵旦采蕙此何時搴芳畢遐眷吾友考槃人衡門若河漢象緯闚睇笑艸木感冲蒨湖光澄遠心峯霞蔭華撰歡余擥結情機經事游衍剝棗就荒籬登魚理芳醮詎違飪織常一謝簪纓患露下秋蟲鳴閒宵閱吹萬寄夢向山窗身心竊餘善

方爾止見訪感舊

蘭蓀三十年與君先子好峻義干青雲英詞擷芳艸屢獻北闕書歸種南山稻次第謁承明雲龍感天造喆人萎昭世予亦墮輿皁音塵若在夢江海歎長浩之子美何度英立洵國賓身固瓊華枝氣則江山藻好我終古心示以周行道翔益下蓬藋疏榮與梨棗黃虞事敏求蟲魚亦深討宛在搴蘭居故人遞遐抱亭亭秋月閒瀼瀼露花皓清醑陳枯魚鼓鐘爲君考日月收蕐星谷王備行潦

勉矣庶殆隣鼎實誓相保

方肅之自天都還畫谿以書見訊賦答

危坐若垂釣此語夙所美涼雨秋燈中顧影居然是獨持寒竹心靜審啼蟲旨劃然天都雲廣蔭而遐峙鮮意感枯夢高情破荒視于焉獲我性亦既見吾子陶陶永一樽長謠報芳芷遂覺尺素煩加餐托雙鯉

秋夕遲友人不至

塵居忍違俗蒙慮如荒萊安得弄秋霞濯濯胥顏開懿此籬下花幽香亂我醅唧觴復鳴琴高興誰能裁剝啄蟲聲間僮穉諳無猜此情正可同梁月爲君迴

秋夕同若齡公穆衡之兄前之弟集正之弟水亭月下

人閒豁幽興月色亦更新欣無外事牽易我樽中醇衆艸悅柔露蟲響羣來陳繁柯歛倦鳥水霧升恬鱗此夕夫何如不樂思誰因

達侶各能齊古歡斯偕臻觴咏甚有得陶陶嗤天民千古奚逝哉
而珍豁間綸

再同若齡集正之水亭遲幼玉不至

秋風吹野心曠然覽川陸澄波涵夕陰返景耀深谷鳥下輕霞鶩
觴處孤花肅佳人期未來碧雲隱修竹蘿篠各自媚琴樽意俱穆
賴此林月佳延輝破幽獨

答潘木公

遙月江上來見子顏色好林外立秋峰是亦余懷抱同心而離居
相安異何道徑絕風雲通壹志于文藻朝華匪所居榮木感將老
茲文幸不渝微軀誓相保霜中鴻雁飛江海思彌浩流聲東去雲
鼓鐘爲遐考蓄此呆呆心三山擷春艸

答錢寀緯

撫此籬下酌芳意晚而靜陶然遂移夕素月抱高嶺虛寂迫遐思

空明閱眞境佳人隔江皐菰蒲澹秋影情來華露滋語際霜星耿
余方偃舊廬齋心漱苔井曲阿春烟翔旅翮爲君整

秋山霽夕同胡衷朴白瑕仲方聖則月下酌感賦

懷情欲誰喻睎此中林月霜空氛以淸山霽輝如發園列肅澄景
蘿篠響寒汲故人二三子共我照華髮啣觴百感盈開琴素襟洽
靜體卽巒岑浩論失溟渤悠悠尋古歡食此蓬蒿力兕虎復何之
鳳圖久蕪沒愼此露中行秋野媚陳蕨

鳩嶺遲潘次魯不至

山雲靜吐輝流英照中野持情復何向偃曝秋扉下穫餘禾秫繁
可以贍罇罍開逕欵親益漁樵亦來社獨有同心人煙霜格車馬
暘雀定不喧菊香澹盈把使我對寒月孤琴爲君寫

山堂初度呈朱岫翁夫子

本無偕俗姿初服乃成適林肅以徵秋月廣是知汐達生何必觀

憺忘覽揆夕籬花表孤英露葵給寒摘動植具有會語嘿各來益
區區哂昔人悲凉撰頭責

從鳩嶺至龍山赴宗白上人平等蘭若晤言之約

野性亦何獲林外前山影搴煙簷鳥路排虛達猨嶺同心二三子
先期候蘿逕巖扉悵獨寤風泉羨孤聽舒趣雲霞末洗心鐘梵永
旣肆招隱情瀰引高丘領使我慰離居閒琴爲君整

山居懷汪以玉

摘葉臥荒煙心神自修特霽景抱榮木暘聲響餘穡遙憶同心人
江雲事閒即逍遙吐鳳歌沉冥昴龍德先民道未汙敦悅力所克
佩颸蘭蕙芬室捲蓬蒿色豈徒恬寤寐方將贍鱗翼華鯨狎海情
怒鵬負風力秋駕亦云然於君復誰抑

寄懷王徵君化卿註易桐中期以春晤

野懷澹無向高矚肆霞外窈窕寒山色遠近風榛籟任運跡彌伸

招隱思俱泰貞吉慕伊人龍眠臥蒼靄冲意眷泉石忍力謝喧繪
陋注中古書洞啓先民昧白首猶聚螢紫芝取充糲山空夜雨霜
耿耿星辰大整襪拾谿步廻艫擊寒汰石路悵停策春洲乘當沛
女蘿曳煙裳巖琴寫幽慨蓄此芳蘭心逍遙撰良會

冬旭偶過若齡江亭幼玉烈卿紫瀾亦至觴咏終日欣賦斯作

景氣含蕭遠遐心念川陸役形一室間彌歎塵襟釁伊人秉奇懷
高館抗霞服江廣日華鶩烟盡峰情肅興至忍自岐相從解憂獨
羣賢各有會歡言理邁軸秋蘭串芳咏荒洲攝恬目閱帆思無倪
審鈞理恒淑所未窮夕佳遙鐘限城隩素雪當寒翔抱琴誓來宿

從石門湖汎舟至百子山別業同璩山甫顏若齡賦

山澤招予情蕭晨肆無歇卬友有同戒扁舟日超忽趣與遐峰眷
棹向朝暾撥閒漁響各臻暗覓意逾伐初至惑雲壁轉步辨墟樾

循葉懼谿盡標烟識林闕傾壺榾竹下逑興高陽末延賞輒迷端清論詎宜訥出谷値歸鳥還艫演華月枉渚殫廻互陰霞覩興沒共此寒歲歡吾生悟恒達

寄曹元甫

屛居向田野異境誰能干耳目罕妄營志意亦以安置酒發浩歌追我平生歡遵養嘉若人靜體如秋蘭殖芳露晼中栖與天雲端夢外理幽築璜處辭塵竿北風晨夕來江海稜稜寒願保貞松姿爲加白石飡芳艸釋春冰旅翮烟洲寬誓將戒方舟從君相遊盤

郊居窗中同程搏仲錢豹叔觀道上行人

土室納朝暾理恆意逾肆偶影步簷外川原入寒睎悠悠古道塵車馬共紛媚中夜已云然日入猶未旣役形霜露中豈不感劬瘁世路固有營馮生亦殊智余情彌未閒汲汲理幽事種藥懼晼荒採薪恥林麓魚梁軫其頹雞塒儆當治烟深禽甚聒蘿淺月難邃

樽香寂何聞對君起長唱

雪中陳潛山蝶菴見柱賦答

峨眉饒古雪積素通萬里高從天柱飇光照中江水衆象既以輝
纖塵復何滓迎暄弄華色蓄潤流春雨陳侯天壤英爲政亦如此
余方息微躬霜疇守寒耜高軒聞見過榛萊蔚焉起一感羅雀心
爭鳴若臻喜何時侍清絃寓目春風美更濯吳塘纓長歌醉香芷

早春懷計無否張損之

東風善羣物候至理無違艸木競故榮鴻雁懷長飛二子歲寒儔
睇笑屢因依殊察天運乖靡疑吾道非鑿冰弄還檝春臯誓來歸
茲晨當首途遙遙念容輝園鳥音初開籬山青且微山烟日以和
及時應采薇古人無復延古意誰能希

送王方伯梅和督運行便道觀省

擊汰向春江江煙漾笭箵甸色衍芳意纓歌感遐聽閒眺白雲上

晴雪冠高嶺爲政于此間俛仰亦何靜山花蒙鳥路軒琴達猨境護糈屆行役征帆念當整靡鹽洵所尅後樂誰能屏弭節展潘輿南薰日初永親好亦來過陶然殫觴咏田龍徯利澤綀馬曳淸影誓當及秋期雲旌建華省廣霞蔭石戶遙泉濡苔井重慰山阿氓膢臘炊煙冷

同聖羽元起价人五一四蘇不迷肅應慧玉損之集園觴咏

林煙日以和衆鳥天機鳴澤氣若蠕動瘁物亦懷榮觀化有殊候給賞無孤英恬居巖戶間野酌時自傾靑蘿乍開合羣瓮爲我盈良話擬春風悠然述平生情至趣仍默理達物逾輕無言指芳草日夕靜自萌風榛空外流山翠離端明顧言共閒觴釋此何復營

園居詩 有引

偶影空園欣慨交集感此榮木冉冉懼老遂招同好勵意長往巳念南陔斯在而谿刻自處殊乖昔賢任運之旨復

賦此詩標舉興尙敦告朋疇焉

息影入春烟形釋神亦愉外夢疇能干此境漸以愚偃坦遂交旦林禽聲已俱感此耳目前理勝未可渝樂志豈在多遠游將恐拘僮穉覞我與薄陳漱與餔華此就簷暄聊用曝我軀臥起春風中百情咸有觸偶立聞空香緩步歷溜綠蟲豸亦懷暄云動狗所欲余方守故情女蘿咏巖曲時復釋道書高亭事遙矚悠然江上峯無心入恬目誰能忍此懷弗爲羣賢告

述懷

春風蕩緐圃孰物能自持人居形氣中何得不因之情逐舞花亂唫隨鳴鳥滋循此遂百年我心誠傷悲希古良有獲元化亦可窺試策追高霞濯影清江湄曳曳空山蘿豈不寒與饑聊用達所伐亦自拯其卑卒此孤雲心悅是貞松姿世人或相笑余情終不移花鳥及時羣方春爭一候景氣良有諧靜默盍爲守車馬騖芳月

琴瑟展清晝意至境無餘所歷宛非舊鶗鴃臻悲鳴荊榛亦旋茂徘徊婉與變美服誓誰就亦有丘園士感此若懷疚幸已謝榮肥遺身入孤陋村中杏花繁籬外春山秀及此土脉和渠渠理耕耨

讀陶公詩偶舉大意似聖羽价人五一慧玉 有論

靖節詩蕭機玄尚直欲舉大風栢粱短歌公宴漢魏間雄武之氣一掃而空之以登于考槃北門之什似離騷歌辨亦在然疑出入中也至齊梁三唐彼何知有此世代而區區謂其簡澹有以相勝此後人弗論世而管蠡柴桑者矣乃易世而有輞川太祝京兆三子者又能變化以廣其意令從陶入三百功力倍取資博而意象更覺日新則後起羣賢不可不勉也

迢迢漢魏季陶公生其間義恥食宋粟投紱歸舊山日飲籬下酒坐看飛鳥還托跡類沮溺希志惟孔顏力革雄武風和鳴擬關關

華月耀清流素雪標晴巒慮靜理復深大雅賴以班斯文去千載微言何繇攀多謝王與儲餘聲猶潺潺京兆負潔姿靡雜強自刪余復後數子步趨益孔艱三復考槃詩鐘鏞無敢喧咏已望柴桑天雲將何言

郊居雜興

郊館亦何豫懷此青山影孤舂響花樹閑汲藉苔井耳目克自繇物役始知省艸深汩牛路松晴曙禽境恬行春野中四矚雲光靜惟覺和歌聲農喧未能屏

徇物固溺志絕俗亦近名何如井里間努力籌桑耕春深花藥香氣暖倉鶊鳴蓐食起負鋤自向田間行人生衣食交疇復無一營田祖未可要悠悠風雨情豐穰縱安希聊以畢吾誠

野綠何茫茫莫辨行人路我居向山曲艸樹復糾互辟穀恥未能炊煙時一露遂引同心來琴書展情愫惻睩城市間攘攘頓成悞

綠香蒲水壯清吹松風騖于此話桑麻坐閱春山暮夷猶詎忍分茗糜聊已具

蘿葛翳山窗夢境亦沉邃覺聞松際禽始悟晨峯翠是時力作人起治田中事感彼力能勤吾生理恆遂既念黍苗深和澤久仍闕蹉跎違土膏輾轉動長喟賴此中林鳩交鳴慰予意溝塍導潛脉樵蘇徙暄地風凉雲已卑南湖雨當至

春夜野館獨飲有懷前之弟讀書松閣

向夜山氣流春艸飲繫露閒此燈下心感彼蟲聲騖卽境固無欣深酌漸開趣思君晝諷暇松園展恬步偶察乳禽鳴時與落花遇和澤幸已稠郊原綠咸嫮何當擥琴樽薄訊蘼蕪路

曹梁甫過訪因談望中龍山之勝

遠游洵匪尅塵務恥所營遵時自飯牛努力原上耕蒲杏候何愆屆夏苗已深乘閒坐新樹悅此黃鳥鳴是時朋亦來切展平生情

中野略周旋柳下陳班荊春醪釀已綠持向巖戶傾藤花次第飛
田水參差明悠然至穎陽聊觀世上名
夙愛龍山秀結室翠微裏種藥不知名採薇念茲始君抱玄暉情
舍爾青山美巾車過其間睇笑亦依此雨餘百艸香雲播千峯詭
何當偕素心來問巢居子

松閣同搏仲損之衡之兄夜坐臥聞風雨賦此

山氣生夜凉蕭機革塵侮明燈艸蟲次彌覺清言膴倦至歇琴樽
支枕向終古夢路復何寂迨覺聞風雨竹戶竟如晦松聲遂交武
幸慰東作期歡歌動塍圃時暮友朋珍代降農桑愈悠哉白雲心
繇來幾人取

雨霽晨起展誦友人至

野臥獲自便申申復何慮松凉潛入夢蚤覺未當曙不知林雨收
微悟山禽語是時力作儔薵食向田去竹光漸浮動簷戶各森著

予復何所爲澄襟展書疏性情理彌獲艸木旨咸預哂無干祿能悅心聊可庶

同徐雲仍張損之繇郊居至佛嶺田舍飰

息影偃郊扉塵欺未能屏志氣復不怡幽栖興彌耿燦燦堯時天白雲挂高嶺遂招禽向儔迢遙越農境繰車響疎竹筍粱演繁荇林音鳥何鷙山氣綠初靜始悟耳目前忘機即箕潁聊就田家飯餘暄漱苔井悠然山鐘來谿步更偕盤

繇佛嶺至龍泉菴旋憩石巢

石路交初縈欑篁綠已衆循此達蓮界漸覺天花縱古鑿寓聲聞諸峯侍云動空翠如有人香端轉孤誦松屑薄作炊薜陰更閑夢四大忽焉無給此清機用

宿石巢晨起

山夢自難繫嵐翠警空想即此寓覺因矧復風泉響嗷嗷聞淸猿

流音動雲莽始悟夜來身臥此千峯上展轉至高旭巖戶納虛朗
艸露氣象浮爲疑碧岑長

溪亭

石瀨何濺濺朝昏破靑靄云去龍居近能使川雲大初至趣如失
稍定理徐會碉藥雜飲香風篁漸交籟靜覺物象繁自負逸民泰
輕衣懼谿晏轉屦値煙沛境絕俗已殊林靈鳥仍昧數峯爾何心
蒼蒼立簷外

從石巢至平等菴宿

眞隱亦何佳寬然良自足寫性與澄潭等身若羣木兀兀無一營
稱心進茗粥遂與僮稚諳相呼共嬉逐飛土射松鼫撥苔探谿族
凡響哂鐘梵方言亂樵牧隔峯聽猿聲泠泠度深竹憶茲境當殊
遂就白雲宿繫禽旣展林素煙亦翔屋于此洵所愜在彼念非瀆
野興固無恆聊當謝寒燠

夜聽平等巖下雨

青林艸木糺氣盛自爲雨向夜稾山蒸其用遂能普淸響入空際蕭機感靈府旣念肅聲聞彌希暢田圃苗深澤猶閟桔槔欲何取所恃天仁垂子遺饒所憮滂沱以終朝霑潤及高士凡我棲林禽願作商羊舞

平等菴竹下壽徐雲仍四十初度

修竹綠千竿長留萬古月況復切雲巖妙香時一發臥君于此間白石煮薇蕨松栝引淸夢雲霞照玄髮祝君再四十步履更超越耳長眉至頤其健如山骨余亦策靈壽相從結谿禳羞稱曼倩生蟠根拾殘核

雨中遲宗白不至

近有溯江魚傳君泊采石錫越雨花香帆挂天門碧遂先杯渡期峯烟弄輕策旣安靑翠身還念遠游客時見故年松新條忽盈尺

林下苔逾軟窗間雲未釋衆鳥鳴施臺山鬼伺花隙相遲寧弗來奈此風雨夕

山中五日懷次魯客江上

與子靜相見閒雲及芳艸兼此松際月時向潭中杲想子江上心應懷薇蕨好楚些激靈波離思更難稿雨止山青開泉聲喧一道煙駕念當來巖花落恆掃蘭芳彌話言靈谿澹何討

贈種茶僧輝盧

上人住高峯眉端凝古雪種茶了一生經綸入萌蘗徒衆各承習遠近甚傳說斯知一念深于義亦超絕餘力墾山園蔬藥宛成列編荆限鹿羣揮鋤避蟲穴無事鍵巖扉兀然安蹇拙衣食既纍足儔輩每和悅循茲畢天年于君覩明喆

山中憶瑕仲子卿价人五一應試秋浦

明月江上來照我山中扉虛白亂潭影荇藻交澄輝徘徊于此間

感歎焉可稀遂彈石上琴中夜流清徽栖禽響深竹露蟲鳴且微
願托松下風吹君秋浦衣九子青霞開能靈芳艸機玉笛弄江煙
文魚聽以飛酒碧菖蒲香酌之願無違

暑月園居偶成

喬木結清陰端居若深峴涼風北牖來當暑趣彌善遂釋手中書
枕簟聊一展任運已忘心夢覺復何辨皆前白日移林外鳥聲囀
坐起睬琴樽意至惟所撰詎屑方世人直覺巢繇淺

鄺公露從嶺南相訪感賦

窮巷若層岑跡罕境當邃庭櫚宛已秋況乃清商至客有宋玉儔
海珠抱奇字云從獠蛋居更與山都戲樂是陬隅謠避此螻蛄地
萬里就蘆中吟觴藉相媚江郇黍已香菱蛤亦堪刺對酒復何嘆
盡此林山翠夕月念當佳開琴禮松吹

園居池陽李司理長度見訪兼惠以詩稿

門閉未交夕艸際百蟲吟檐間挂高柳床上横孤琴野風時一來悠然吹我襟炎曦被廣衢緇塵貫華簪感彼啍啍車稅予嘉樹林氷雪開話言茗粥未及斟世人競樵蘇古誼多不尋長跽受琅函服義良已深習習蘭杜香參參韶濩音三復松窗中庶覯君子心一官寄秋水海汐復江煙小艸卽奇樹五斗如璣璇何陋五指苗來觀九子蓮靑峯隸朝閣碧月迎夜絃自云食鮮魚何如跕飛鳶一郡絕訟氓歸種春村田長日枕丹經高松眠晏然及其當讞詞瀧瀧鳴春泉豚魚亦咸孚掾曹無敢先采采涉秋浦浦花繁且妍香露漸幽襟纓歌爲君賢

園中止水宗白過訪

端居閱秋序高樹閉柴門意象日疎豁始知微尙尊偶看耕稼書如共漁樵言法侶覘我暇步屧到我園林蟬靜自聒山鳥閒來翻衣聞蓮露香飯啜菰米温曙義徹雲霞緒言雜寒暄月色凡幾晈

沙埠潮幾吞汲井就何泉種藥何畦繁逍遙深竹間盡日煩討論長話未及半夕陽照雲根子隨江月歸遲予叩山樊廚羅蔆芋族石掃莓苔痕小逕從蓬蒿余方辭高軒

懷錢豹叔授經桐中

庭樹日蕭瑟江雲更沉沉夜夢龍眠花不知秋淺深美人弄山月隔谿彈玉琴清風谿上來悠然吹我心我心不可道離居憶春艸青青水上蒲纂纂籬間棗把酒秋蟬悲閉門葉堪掃時序閱艸木風物感懷抱願遺紫芝英使我顏色保

月夜懷幼玉長秀江上

月從江上來照我林中露清風與之俱竹香瀉衣屨蟲雜涼籟喧螢犯樛枝度思君未應眠看月轉江樹婆娑清景間獨酌自成趣石門秋水香夢遊吾已屢何當載芳樽共汎芙蓉路

田間雜興

理策赴秋山山遠趣彌殷其中嵐彩積不異城市氛來往巾舨閒
知是何峯雲隔谿見艸堂依依散斜曛禾黍被前坂樹下牛羊羣
入門喜僮僕能令四體勤遙泉上桔槔爨室資斧斤東園花木稠
藥畹次第分泠泠脩竹枝萬葉搖清芬飲此青翠光使我心顏醺
揮手謝時哲吾廬吾已欣山木笑徒壽餘情何足云

屋前樹榆柳屋後樹松柏匪徒資蔭翳實以延土脉我居安且和
作息俾無斁敦此井竈常力彼塍圃獲丘麻相歷亂田秫載狼藉
鶗鴂日以鳴我心顧反懌酒滴山厨香衣縫秋雨夕晨起望前山
林楚淨寒碧舉觴集隣老笑言動巾幘薄暮聞田中遙遙來下澤
誰云翟公門鳥雀乃如客

雲厚天色淡秋山帶餘暑鳩弄春巢鳴潤上前楹礎芒芒荷蓧翁
歸來向牛語南湖雨氣白指點約疇壟婦子各紛紜禾稻安其所
散步衡門前悅此好情緒暘雨信有徵動息諳古處池藻泛羣鴨

林果抱山鼠物性誰不骯悠悠莫爲園開帙對古人引杯酌芳醑

松菊繇來佳吾亦識所侶

結室面東湖風來湖水香隨意采菱舟夤緣洲渚傍香靜月色吐

淸輝照中堂澹澹螢火流泠泠竹露光絡緯抱花啼啼聲亦何長

隣女弄秋梭竟夕燈火張晚田虞不給餘布易我糧聊以贍兒女

非爲成衣裳感此勞者情終夜爲徬徨湖波豈不豔菱葉亦以芳

刺多泥復深采采中懷傷

月夜同吳幼玉劉長秀泛石門湖便至百子山莊兼過長秀

穀居

秋色湖上好水木淸有餘落日映微波我情將焉舒閒棹弄明月

牽我良友裾香逗浦中菱響接川上魚流文蕩心目琴樽泛空虛

颯颯鳴幽林風吹前山櫚劉郎憶花源余亦懷田居各指雲峯尖

帶經思共鋤山葉接繁影犬吠連深墟遂偕同舟歡理策矜筍輿

初覺石路狹再轉芝術疎暫憩林竹光旋造精妙廬藥露滴後院
星水靜前渠牛羊臥秋燈鼯鼠窺殘書復傾林下酌笑言彌睢于
還舟月亦斜雞鳴旦方初塵務豈慮逼所悲良夜除

曉園偶懷前之弟

曙月如纖雲不共秋河沒步起向西園看此興超忽朝暾接露光
鮮采蕩心骨步屧憺忘還誰謂淸景歇秋竹池上閒寒輝夜當發
將子抱琴來山樽共餘蕨

九日詩

微雨空籬獨酌行盡客有過我欣悵交集遂爾賦詩

達人貴神適寧爲時所娛耳目踵昔賢千載徒區區我心抱故常
節候如欲無久暄山氣燥涼雨知爲濡籬圃意方澹蟲鳥音諧蘇
家人欣致詞叩我何所須啓罍登纖鱗飯牛有餘餔閒對門前山
罄此籬下壺遠遊無乃勞即事天雲俱

聞劉起伯談蜀中山水諸勝

閒居罕物役煩暑逼孤想安得弄青雲振衣峨眉上俯矚紛龍雷賓空謝倪象劉子彼土奇登探副心賞層霞若蕩胸幽靈亦指掌能先杖屨尋深以話言獎峯居想像危慮汎烟嵐敞遂令清嘯開炎齊百泉響

七夕秋情呈從祖樵川公

夜靜河氣白迢迢星宇晶服箱竟有佗停機空復情若木曙光啓天雞東海鳴俏予何可嘆虛此嘉會名雲旗杳難卽長空秋泬寥蜷局視世間蔚薈以蒸歊隕石既軫慮騰梭安所饒恆願依天津孤景同逍遙

平等菴雨宿

晏息向秋窗葉聲蔽山雨夢淺妙香侵宵孤百蟲侮慮盡復誰在境眞安所取紛紛巖戶間微覺天花吐

將抵釆石元甫書至迹懷便答

挾此終古情蛾眉禮遙月肅肅蒲葦根霜華靜逾發高天閑曙啼
初霞飲寒髮江潭霽春雲流澌亦將歇含睇向晴蓮孤靑表山骨
石瀨寫幽心林香歛閒笏將子帶煙蘿霓旌泛超忽

雨泊蕪湖謝羅侍御濬研招飲兼志別情

寒雨滿天地蕭條況孤舟盡此一樽歡爲銷千古愁芳醑耿華燭
雪唱翻輕謳高塒琴書閒靜哂天雲浮粱肉坐崎嶇世人如此否
橫笛弄遙月旅雁懷烟洲相共此山川白雲何離憂

梅根冶得友人書有感

憑鬱亦何極登栖各有方雨雪蔽中路鸞驥安得翔浩浩洪流波
泠泠星露光悱惻不能寐飄風爲余長抗旌則有霓總珮亦有芳
擧睇復不怡初德焉可忘
靜理椒蘭心當如歲序何白日既晚晚相媚以山阿亭亭寒木稠

氷堅竦其柯表立姸雲容揚靈寫微波舉肥無爾賢鹿罟將媒和
寄言蘆中人相期寐無吪

雨泊泥汶有懷曹元甫

積雨晦天色空洲寒自生渺然失江海舟檝難爲情潄流慰閒汲
委甸懷芳英孤杯欵春醪感念何能盈

秋夕園居有懷姜侍郎仲訒傅祭酒子京

秋夜不能寐起視星漢高閒知幽獨尊靜惻云動勞風林驚衆音
栖鳥求其曹偶影向園列我思何忉忉藥堀寫閒月露坂零長蕎
風來隔溆香悠然吹鬱陶上有芙蓉花下有鴛鴦翺采之漣漪長
執之無輕舠

瓜埠月下舟行有懷潘木公

澹月寫空水微烟綿夕林于此理閒檝儋然生遠心臻響蒲葦肅
吹寒霜露淫何以役虛無援琴懷所欽海氣千里白蒼青竦遙岑

颯然風雨蟠吐高而含深古處不可夷浩思焉能任

同吳仲立張損之周公穆集汪士衡湛閣

久暄霜氣惰月白烟冥冥蘿篠飲江色颯然延秋聲媚以觴咏萃賓之池館清冲意理音樂窅視開檐楹寤鵲察孤光夜定匪一鳴飛星落寒溆濳魚啜其英觸物忽舒嘆偶影誰能幷賴有樽中香爲怡千古情

雨中遲木公不至讀其詩

危雨挂踈樹吹葉識何托於茲載客心百端斂寒閣洲暮惑鳥情藻枯格魚約晤言藉心聲延思向寥廓偶影孤宵中杯香爲君拓

再答木公詩訊

孰哂元氣薄江山森此材壹稟先民程而持孤鳳衰寒思削秋碧綺則春雲開曼聲事溝澮吾道行汚萊獨拍稔衆咻善者失所裁有美負鸞情鳩鳩無敢猜三山表雲容勢與天波廻

殷徵卿自楚中見訪不値旋舟下眞州賦此

蓄此芳艸情遙遙弄寒汐林間風雨聲霜下雁鴻夕鳴雞憮空館隨鷗怡海客餘興不可宣復挂東南席開樽發吟眺援琴寫今昔江海自多感離居刳形役意至閣笑言憂來無羽翮曲終江月高楚山向君碧

春夜同葉以冲越卓凡先生集卓左車裓園

春疇野煙綠是處閒空香山翠既虛無月氣殊微茫奉身入清機耳目非故常向夜竹籟喧栖禽念歸翔小碧摘園蔬靜御燈下觴哂時睇笑開酌古離憂長雞鳴桃花源犬吠華子岡夙隱千峯外今居綺陌傍始悟高士心慮澹景亦荒琴書一念深舉世無敢狂余方負遁情憺然托菰蔣時依落花臥或與孤雲颺君倘選高柯爲余挂蘿裳

余未也招同陳旻昭集烏龍潭賦

潭定水光白諸煙無與爭落花靜可數時聽閒魚鳴無言酬清機林月悠悠明遂永巖下鴝聊惻世上名杖藜出山扉蘿篠咸有聲歸覺衣履間空香爲我盈

余夙枕山囪身心禮寒碧妙香既氤氳清論復開坼違此行七年魂夢未能釋潭月與林香茲來宛仍昔卽事懷天雲故人念荒譪玉樹流春烟叢蘭冒幽石賴有白社賢開逕代研益

用韻和王計部岕菴脩禊詩

冶城秀春雲河柳日以舒悅此煙中禽關關鳴我廬含香有俊人清譽騰璠璵閒種烏衣花倦枕粱園書奇服擘芳蓀鮮韵標芙蕖芳醴既延酌嘉賓復連裾衆綠醉香光修竹如未徂余方理荒疇百藥手自鋤永懷蘭亭歡未副柴桑輿薰風拂瓊樹字字來華予脫巾漉松醪螯鈎翻荷魚何當辟逕苕旦夕廻高車

行宛溪道上望敬亭有懷玄暉先生

初晴山氣正艸木香未釋宿烟既展林落英屢沾幘余夙眷峯霞
茲來踐苔石感此景候佳彌悟身心適敬托孤飛雲寄訊山阿客
嶠月洩光儀松風話疇昔漱齒動寒泉開琴響遙碧皦皦聞淸猨
庶幾領三益

至姑孰懷敬亭

夙眷敬亭山茲來發深省綠谿寫雲木俯見高峯影朝霞飲虹梁
夕月掛猨嶺鳴琴矧多賢泠泠動花境化行俗以敦質具文彌炳
滔滔此何時人和卽箕潁平野列稠桑深村樹繁杏誓當負釜舂
八口隸烟井祝雞土屋喧飲犢苔泉冷悠然懷古人眞趣遠而靜
幽渚洩空香孤雲弄鮮景遺身沮溺儔琴書詎能屏

同以冲少宰潛夫同年雪照恆覺步明月峯微雨還方丈宿

已而霽起看月偶成

雲松蔭野心閒此林中步艸暝氣亦和空翠自成露次第閱歸禽

却立饒有悟前峯至餘雨山葉鳴已屢絺衣念當濡遂歛高霞屨
薄展茗粥歡悠然竹房暮
微風吹石髮向夜集山響寄夢高峯間陶然謝心想覺聞竹露香
微度苔花上孤懷遂難持起步矚蒼莽潭定藻影開月白蟲吟廣
山鬼不可思青蘿洩英爽

過卓凡北窗下偶成

越公負鴻略違時挂皐網謫居滄海隅身恬趣彌蕩茲從執戟暇
散髮秦淮上窮巷隱雞聲紅藥緣堦長隨意植梧竹風來北窗響
猶愛陰符經焚香寄心想抱膝視世間煙塵日蒼莽而我閒有餘
清言共欣賞笑矚鐘山雲無心自來往

七言古

招姚康伯光含萬周有郃吳湯日潘次魯家茲園公長子叔

飲俶園

白石何齒齒華星亦桓桓短襦冒重露對酒開長嘆客從遠方來
授我以雲英一服云色好再服令體輕揮手爲謝客天道焉能明
憂從中來掇將如何身之兕虎手無斧柯扶桑昏昏翳天際精衛
罷銜海波逝公且渡河奈公何亦復誰能長厲揭我胡爲者枯蓬
中五絃方聽彈薰風
元會以還復誰是荷鍤差無落吾事星高夜白傳樽空悵望糟丘
起長唱君不見西山春老薇亦荒棗花麥秀吹茫茫又不見桐廬
之濱一拳石潭靜煙深弔寒碧昨日朱顏發華滋今朝清鏡盈霜
絲笑盡一樽苦不足君胡對酒長嗟咨年光如顧人嗟咨長江應
有西北時

讀書佳山水歌爲王水部遂東遙賦

東南懸圃推稽山耆煙聖沼私其間草木各能雕日月鱗羽相與
驕瀛寰先生覽揆適茲地坐見剡區泄靈異情至能枯怒鼟鳴毫

飛特博高霞忌卽不讀書無不可蒼頡以還具瑣瑣乃其沖意無端倪譬較參辰及蟲蜨小結櫓楹就寒碧鴻濛宙合紛來宅遐綜山海割眞靈載邈隣虛晉纖脉隃麋寸寸研鮮雲咿唔亦掩秋蘭芬閉招山鬼諷明月詎屑桃花濫世聞枯梧大笑莊生據亦恥山廚乞殘蘋恬從秋水照吟魂餞向青峯質危語乃知先生帝所睞綠字丹崖許標槪不將淺籟接淸哦肯弄凡煙格玄對我欲從之何所遺隱有苓兮山有枝孤舟天地閉雨雪此興悠悠無盡期

答錢密緯以詩見期

閉雲與飛鳥客心良可見擊汰鳴秋花琴樽意方晏三山能有情流雲滿江甸碧入空明盡候爲遠遊善山中之人睇笑長詩來屢割秋蘭香水墢閑魚待垂釣野籬扶菊容銜觴窈窕向人青若語更覺朋從慼孤慮星翔露白沙路開夜夜三山延夢去

東海鵠爲衣文學妻王節婦賦

黃鵠海上來雙雙避繒弋如何大運至中道轉相失其雄徂落高雲翰雌者絕吭青林端似當持此告鸞鳳簫酹絃接難爲歡日落波心海山綠腸斷猶闘杞梁之妻哭終古精魂不可招願下靈風女貞木吁嗟乎東海鵠

杪秋同李煙客周公穆劉爾敬張損之葉穉綃劉慧玉宗白

集汪中祕士衡寤園

客思秋深不知處寒吹孤霞滿江樹落帽遙從雨葉翻空樽笑向林山暮因尋勝概靑門隈陰厓曲沼參差開雞犬猶嫌傍秦叟芝苓何必窮天台茲遊礧磚瀰有緒觴咏于今益佳侶靜矚能疏潭底花高吟直擾林端嶼幽情既暢遊目舒主人敬愛將焉如水檻迎波還射鴨氷盤帶露長炊魚玉簫金管且爲適此際何從感蕭槭歸途冉冉御春煙花月空江宛然白

豫園別虞學憲來初

秋花潭島紛紛亂屢日窮遊擔忘返恬月長栖檜栝陰晚香不輟茱萸堰主人奇尚逼高旻霜庭宴客春風生嬌歌儁舞歡不足蘭燈還奪九華明榜人擊鮮出靈沼蒼頭射雁喧馳道南莊漁獵何足云會見西園盛雲藻祕書遺卷時復親石牀磵戶無纖塵世事豈殊看蟻芥樽前詎忍疎鱸蓴半嶺遙遙裂金石長嘯將君謝頭責莫移雞犬入雲中令余夢隔仙山碧若有人兮曲之阿臥春星兮蕩秋波蘼蕪綠兮復來此與君坐花下兮歌高歌

江村歌爲王梅和使君五十壽

江村酒熟魚亦肥檣車漁網連江扉老人笛鼓賽秋社醉騎黃犢風前歸粳秀荷香一千里上世胥庭如此矣傳來三戶殊未然艸木軍聲咽殘壘蟪蛄繁響亦不聞用貽之者維使君苜蓿骨高鈴下馬梨花手演帳前軍弧矢高懸届此節繞案文書省何輟赤羽長覘楚澤星綠髮因添藐姑雪四十九年非自知少時歷落鹽齏

爲雕龍會有神物妬園犀不顧妻孥饑乃若永慕慕無斁夢繞西池酒香碧已從册府拜花綸更向安期需棗核江鄉戶戶爭歌舞不祝仙喬祝天姥二十四考歸未遲長向板輿劈麟脯帆園黃石纍纍然余亦騎魚浮海煙升堂拜母斟大斗與君萊綵相蹁躚

江上柬陳元朋

石頭江清楓復殷君胡不住歸舊山片帆雨掛岸艸濕孤舟月泛滄波問舒州酒香入江霧蕭蕭石尤響秋樹丹霞已負荔枝期海門且問蒹葭路吏部手中多蟹螯步兵廚內開新糟湖海相逢不擥醉雲天長憶空忉忉

得侯木菴南湖秋興詩憶寄

靄靄嵩高雲飛向粱園宿風鳴脩竹枝吹香到江澳江潭漁父習雙槳蕭蕭曝網蘆花蕩烟中忽墮霜鴻聲使人夢在南湖上南湖之水碧粼粼主人秋興詩清新手持蟹螯對樽壘跡隨雁鶩辭風

塵塵沙歘忽成滄海白日蒼茫顏色改軒中笑竹幾竿存惟有西山月長在月出西山黛色青照君雲臥當華星雪苑欣同鷗飲啄木天還想鶴儀刑莘野春深艸花碧不用飯牛歌白石軒冕知君如等閒好爲蒼生赴前席

漂母祠

繡簾襲黃閑膏粱餧宋鵲當其委頓際纖波蕩鯷壑嗟哉鳥獸失飛走鷹隼翻遭雉媒誘大鼎饔人人不飡一飯沾脣復何有淮上釣魚長饑寒釣而不得身亦安雙瞳炯炯誰氏子何者爲猴何者冠乃知哀哀食進口徒養無雙好身手王孫悔受婦人憐亭長應澆老母酒

蕩子從軍行

洛陽城東遍桃李洛陽城中遊俠子彈丸長逐青門外蹴踘時過綠楊裏青驄油壁矜繁華鵶黃半臂盤五花金距鬬雞贏大估銀

瓶絡酒醉倡家倡樓婉轉春如海白日靑春有時改海西烽火照
遼陽官家赤羽懸相待雕弧寶劍去駪駪功成鵲印皆黃金健兒
自負從軍樂倡婦空爲頭白吟

詠懷堂詩集　卷三

石巢阮大鋮集之著
南海鄺　露公露較

五言律

巫山高

巫山不可憶終古但啼猿蕪絕夢中路青搖空際魂峽深雲有族江潤雨無痕靜慮撫琴瑟幽通理自存

閒酌

終始揆元化余情亦以閒春風自難忍羣物豈相關香激花中葉青颺雨後山對茲彌靜嘿小酌展頹顏

春雪憶顏若齡讀書山中

春江何甚雪撰酌味芳期念子整煙駕還山尋紫芝鳴琴林月覺

洗耳潤雲疲若更逢瑤艸遺之慰我思
高枕並山雪思君視聽淸澄時固余事易地亦閒情籬井稱恬汲
鐙春無妄聲悠然循作息遯世復何名
園雪海嶽菴僧過訪感舊游賦
繁梅照巖戶殘雪復銜林感此香光氣彌澄虛白心鶯歌寒未續
艸色雨猶沉何處天花至紛紛點蕙襟
黃葉兼秋雨曾聽海嶽鐘別來京口月長挂嶺門松島漲龍難寐
花飄鹿易逢看余颶片席重訪鶴林蹤
周公穆張損之家衡之兄登蛾眉亭懷古
微波搖極浦孤嶼暮潮生旅泊已多感同人饒有情荒亭寄秋露
高屧越松聲目盡銜山日因知世上名
答潤州周司理芮公招遊三山
三山春雨外擘結及芳時明牧規玄賞褰裳不遽私覓雲延野鶴

遙露濯江蘺謹俟鱸魚候相從螯釣絲
山雞酣雀夢隱几謦微喧北固潮升壑南徐月到門撥雲禮鴻鵠
飲氣激蘭蓀秋海天煙合懷君在不言

喜徐介白自天都見訪

峯霞開坼處遙策下天都行李響空翠居停選綠蕪齋心踐雞黍
高興略川塗詎待陳良話君情已覺殊

程蓋臣徐介白還天都旋下松陵寄憶潘木公史弱翁

綠谿石何許靈異導余情上古苔仍在六時猨自鳴煙深閉漁路
潭靜落書聲別後抽思際淸絃向月明綠谿蓋臣讀書處
靑楓延浦漵佳月夕長流望遠若爲夢懷人何待秋風螢颺水驛
露橘扈香洲浩思馮誰遺搴煙理勝游

送李烟客還嶺南

吾子區中秀誰言冠嶺隅飲霞恒若寐負月詎嫌孤思綺珠光案

情嚴靨氣枯予懷定難忍遙集海天桴
知君度嶺日行李入梅花海白欲何際峯靑則爾家鶴來延夢路
鳥與導歸霞琴酒攸懷際羅浮月未遐

久客還鳩嶺艸堂

明農安舊隱畎澮自依然竹暝登山路葑侵負水田分蜂長檐日
飲犢亦揄川細較吾生事終推沮溺賢

山夜有懷潘次魯居廬

山庭恣散步不寐一思君至性應悲岵離憂各抱雲松窗微月吐
竹牖暗泉聞想見支牀際懷余夢亦紛
世事寧庸問其如高枕何儘容恬寤寐無可寄悲歌山靜烟雲秀
林深鳥雀和秋籬能就菊爲爾撤門羅

五日觀渡卽送人還汝南

靈均識何處終古櫂歌聲衆美此深酌澄江凝遠情水嬉亦胡極

蕙嘆幾時盈且就滄浪曲晴沙笑濯纓
狂歌盡落暉望遠送將歸試極雲天目難令月旦違木陵桑影厚
蓼國秫田肥何必聞長鋏知君思已飛

柬瑕仲約往看杏花

美人容與處山暖杏花繁遙憶青林曲能無黃鳥喧澗松聲滿戶
湖芷氣暄門古意持芳月深情含未言

越卓凡出天界同宿月下賦

幽人共明月不速至空林今夜蟲啼處秋花如更深風榛無淺籟
露篠洗閒心偶影山籬下爲君動薄吟

春暮得賈方伯孔瀾中州書

千里東門艸青青直到淮晤言殊有托搴采復何乖隱几河流靜
開帷嶽色佳知君爲政暇于此寄高懷

坐綠夢居賦送一門上人北參

精廬閉花藥息景亦何深偶至隣峯衲來分秋樹陰淸機閒省竹
良話靜開琴即此戀攜手寧堪判蕙襟
思君錫所指來鴈正南翔黃葉孤舟雨青燈旅夜霜石經雲未綻
靜琬樹猶香一施名場法蓮花社莫忘

送桐城李主簿召卿移雷州衛幕暫歸莆田

三載佐鳴琴耕桑處處唫孤舟從此去偲夢亦何深幕晝驚蠻鬼
春聲革瘴禽雷陽梅早坼莫不寄江潯

山中懷若齡久客婺州

婺女高空夜猿聲給客聞炊烟冒嵐彩旅夢接山雲磵戶風琴歇
春谿水碓紛荒庭女蘿色延碧待夫君

久不至菩提菴偶成

高枕代千峯香林至亦慵片籬江市隔丈室雨花封貰圃莳春菜
超烟響暮鐘見聞殊往昔吟賞更無窮

秋村

卷跡蘅茆下秋窗閒對雲竹疏山氣透荷近稻香分款客盡家釀
爲農無異聞土風自淳朴敢曰厭囂氛

村夜

坐聽柴扉響村童夜汲還爲言溪上月已照門前山暮氣千峯領
淸宵獨樹閒徘徊空影下襟露已斑斑

止水見訪集園

結制何蓮界茆齋過亦稀苦參知畫粥行藥倘開扉畦冷藤花老
江深鷺影微潮聲秋更響應觸法王機

村居歲晏

歲暮偃村廬中懷此晏如烟聲爆山葉雪影漾窗書寒覺雞豚歛
貧歡黍粟餘充廚多美酒不醉復何須

出山別社衲

寒谿相笑別君去臥山樊欲雪江雲厚將梅谷氣暄風霜知夢苦

歲月藉詩存切莫嫌蚪蚪閉居廢討論

香界久依依風塵意已微何堪車馬路長逐雁鴻飛種藥晴燒圃

翻經雪照扉石門秋水動整檝待予歸

述懷答陳不盈吳遊返寓江寺見投

江潭吟賞意不媿白鷗知偶爾春寒甚悵然芳艸遲楚狂勞諫鳳

商皓誤飡芝自倚修林竹蕭蕭閱歲時

秋夕同鄺公露坐循元上人綠夢居

野雲挂秋竹予意與同閒薜葉甚妨路荊扉何事關夢青松雨後

夜白露花間祇覺無言際星河侍定顏

秋山鐘梵定諸感觸無幾堦藥立方靜艸蟲吟亦微林空聞露響

潭曙識星飛此際形神影何煩辨是非

喜宗白微喻博山問法歸

曳杖問禪栖花深路轉微隔谿聽晨諷知是山僧歸其地背塵俗
所言俱道機江雲何靄靄閒挂水田衣
領却西來意何妨返舊山經行松界響歸臥竹房閒樹色晚逾邃
江聲秋又還六時烟水曲寧異萬峯間

將抵三山登高柬潘木公

三山栖海口艸樹擥秋雲鐘梵于焉動天波始覺分結廬憑此地
把釣復攻文兀兀閒居賦高深得似君
烟霜弄遙席疑義就君翻彌覺乖葭邃從知雞黍尊萬年遺帽舞
三徑古花繁率此成賓主青山儋盂喧

憶宗白秋客海嶽菴

研山翊皓露禪定結其中夕鳥銜情入秋花質影同艸開星路永
月展島煙窮是際颸輕席從君詧海鴻

江行有懷趙侍御二瞻

沿棹意何適江流與政平葑香蔽漁屋水族省軍聲候正秋虹歛
潮升海鶴鳴野夫漱寒月小酌咏樽清
奇輝開寶璧江月更如規雲氣通仙掌菰香竊漢陂威名高隼避
仁聞野鷗知擊楫勞封事河山未許危

喜葉孺韜至金陵舟中小酌感賦

湖海意何適雲帆君共翔寒羣集鴻雁秋夢遶煙霜蒞菊觴雜制
儔登舞易狂餘香重宴采未覺露沾裳
物情何足哂入眼且交娛立渚見恬鶴爭煙聞亂烏頌雜申橘柚
嘆不歇蘼蕪藉有山樽在秋江月未孤

舟中彭天錫見過

汎宅如籬下良朋晨夕來看山臻薄諷陶菊藉深杯野雀煙間旅
繁蟲露下開狂歌動清夜海月更崔嵬

送方聖羽吳元起失解歸皖

秋雲歛江水片席入遙空橘露朝炊地蟲聲晚泊中風煙今特著
遇合古原同君但陶樽罍江田黍正豐

過印海方丈

過君焚誦地深戶立秋花閒與巢烏似晝聞山鼠譁巖身等羣木
鉢水濾恒沙自說空林日婆娑未易斜

李小有錢密緯遲予三山偶葺屋未赴

敬爾三山屨高雲托遠心遙聞遲片席君亦倚孤岑野圃花棚廢
山籬橘刺深予方操短築結構向荒林

客中晚坐江亭有懷吳幼玉顏若齡

欲暮江煙動秋峰翠轉深客懷何所寓是際惟孤吟黃葉燈前夢
青猨嶠外心高齋山響夜知弄逸人琴

客眞州喜杜退思至即招集汪氏江亭

幾載離居夢因依瀨上雲如何黃葉岸擊汰得從君汐滿標魚路

煙卑抑鳩羣林亭對紅燭良話尅餘醺

吳徵君充符招集修竹菴

煙霜挺寒玉數畝竹風清是地入古寺主人兼勝情天花雜蕁飯
空翠警書聲歸步逢新月悠悠篠路明

江路同友人行攝山道中夜宿恆覺上人禪院

帆影青山近佳遊詎忍疎友朋情並勝杖屨興彌舒望鳥悟煙路
聞鐘禮誦居松端開犖闕步步達清虛
葦窮阡術見野徑省間關山氣固無格居人亦以閒霜花平壄裏
石竹小橋灣即未探靈異茲情詎易還
林嵐兼夕靄積翠失花宮是處聞清磬因香叩遠公堦喧黃葉雨
社準白蓮風更向猨聲指雲峰碧未窮

聞張損之自白門來期入鳩嶺艸堂

木落鳳皇臺悠悠思獨迴人依賓雁至帆載女霜來古堰修笭箵

寒原息翳媒如君問奇字詎肯鑿山坏
石路秋花澁幽尋莫厭過罇香秫田穫山翠竹林多地僻庭除肅
人閒艸木和飼牛遵俗尙叩角恣高歌

出攝山至江口候舟不至因宿旃檀菴枕上作

安心向黃葉旅夢亦何閒乍覺堂開誦還疑枕在山雞潮寒月外
鴿鐸古霜間此際觀名利何機觸定顏

冬日同潘次魯劉爾敬坐天界綠夢居竟日

貞林寒不解鐘梵動其間遂共同心者拈花薄作閒松沉銜鶴嗽
翠盛澤禽顏隱隱空香際諸天似未還
四大皈寒碧香林夢亦無恬行融飯力危坐禮琴孤點石花長雨
資煙葉正枯此中名利判清淨復何途

依韻答潘木公舟中見懷

高興乘無極孤舟漾綠蘋風飡昔賢喆法溉幾由旬塵淨梁開月

羅荒鳥狎人何祥匯龍德縮地向靈津

艸堂廻道駕象緯豈虛關古誼扁舟是沖情從者閒搴芳寶幽谷

翔益負三山淸論如瑤艸華予澤畔顏

送吳湯日遊閩幷訊曹大參能始園居

榕葉青深處君行聽鷓鴣桴長天欲坼琴在月何孤翔思窮雲海

搜奇軼貢圖石倉鴻隱地好一問潛夫

俞駕部仲茅左官賦詩二章爲賀

君復持何法終能蛻一官特貲高隼力長漸遠鴻翰蔣帝山無恙

孫樓酒未寒予狂殊已甚莫惜割餘歡

燐火綿羣望腥波達具區蜉生衛猶拙虎子執何愚烟雨篘三晦

風花柳數株人羣笑誰可鳥獸勝吾徒

方密之見訪卽送其遊吳

南浮敦悅地君復振華音塵下概千古霞端翔寸心固窮榛艸在

安土稻花深何事元方御來參抱膝吟
擊汰復何適白雲吳會長江楓搴秀色海月弄秋光古市簫聲斷
高丘劍影荒煩窮練馬義一發步兵狂

寄懷方式谷廣野伯仲

龍眠嘉遁地石瀨與溪光夢亦哂塵事饑還擇曉香開琴林月靜
徙藥澗雲長江介饒芳艸知君詠不忘
不見何年歲離居未敢思江雲空靄靄野艸復祁祁清夜弄瑤瑟
高煙斸紫芝秋山有叢菊好一就東籬

喜史弱翁見訪并閱松陵徐介白湯俊民諸子詩

搴芳何遠涉子自導其心幼志托嘉樹高歌懷蕩陰淩霞無弱思
御夕有孤琴太息扁舟誼誰堪攬蕙襟
吳趨元楚楚君復事孤騫遂約江山氣爭歸金石言筳篿心自苦
綿蕞道何尊余亦興觀者狂歌向海門

登攝山頂題曇林禪室

不知禪誦處淸磬鳥巢懸百藥延春氣羣峰侍法筵澹游如閱夢
空慮直賓烟日暮松風起雲霞共諰然

春初齊价人相訪余適東遊卒爾别去茲復見過賦此即送

其再往臯城授經

臯城函丈地飲啄判春雲作客心如艸懷君夢亦芬琴言酬定夕
霞氣避高文想見傳經暇風前咏有聞

剝啄重陰下開樽御晚涼人偕江雨集吟割水花香又欲驅征馬
悠悠載夕陽秋林應爾思明月挂高霜

答張孝廉紹和自漳南書訊

客星辭詔後飲啄入靑岑海雨蒸吟閣峯霞標執林書經雷電至
夢集芷蘭深遙感成連旨空江弄玉琴

鳩嶺秋穫喜汪偉長從樅川見訪

之子能乘興扁舟湖上來正逢穫稻日薄暮柴門開野臥枕山竹
村酤稱土杯雨暘憑縱語田父定無猜

夜坐依巖竹翻嫌衣屨涼悠然山月吐微識露花香水羡魚情逸
烟懷鳥路長此中無外事惟有靜銜觴

秋夜雨中同木公幼玉若齡集孫烈卿玉照閣古梅下共用
晴字

小閣延眞意羣芳多晚成從君探嘯旨沉飲入秋聲涼雨冒春響
繁燈爭晝晴寒香彌可憶遙思向孤清

寄懷馬侍御訥齋

白露下庭梧空江雁夕呼伊人宛何在高咏孰能無天造荒雷雨
時情賤鳳圖絳紗聞更啓歸集舊生徒

薄暮同胡衷朴白瑕仲方聖則鳩嶺野望

授衣亦成適蘿薜稱秋顏吾道籬間菊朋樽湖上山潦收漁務整

盋山精舍

暘淨穡車閒漸覺村烟合栖禽向我還

鳩嶺秋夕喜方式谷肅之姚繩先見訪

停雲愶遙矚亦復集高霞賴有貧廚酒能酬晚徑花月林開象緯
秋影貼蒹葭感此幽貞意山禽靜勿譁
昔人應未達雞黍跡猶存蕭槭秋盈樹荒寒月到村于中成野聚
是夕理清言縱使樵蘇歛平生誼亦尊

答周農父見訪

寒色動平楚憺然臻遠心吾生何曠野之子亦中林屐閱秋花響
樽延月露深永言向終古爲一罷行吟
相媚此山阿山空鳴女蘿水閒魚悅藻風止鵲恬柯叔黨樵蘇㩳
高陽麯櫱和陶然偕作達詎屑衍勞歌

小春海門社集得中字

薄言除晚徑撰酌藉來同浩露接修坂寒林栖遠風人遵鴻漸地

月吐鵲聲中賴有淸言在山樽未遣空

喜楊孝廉幼麟見過即送其南州訪舊

蓬門霜篠動君輿破荒烟蹔罷玄亭艸遙尋白社蓮情開洲渚色跡寄雁鴻天去夢隨明月應窺楊久懸

袁公家見過感賦時正銜觀察公恤因下淮南白其勞狀

君舟自天際寒載雨湖霜九晚賫生拙孤琴寫慟長開吟林月秀質夢澤蘭香何事隨江雁煙帆又獨翔

送方爾止白下徵文

龍眠堪諷雪掛席欲何之一閱冰霜路遙徵蘭蕙詞鐘飄禽定夜潮廣月開時寂寂江亭上于君倍有思

築室百子山寄馮相國鹿菴

達生易爲趣考室向林泉道識漁樵泰羣憐鳥獸賢瞻蒲天若邇納稼地何偏攘攘觀人世閒心爲惻然

寒巖窮結搆自負隱情深衆鷲鮮危事相懽聞野吟雲常通井竈
月不釋陵岑備此幽貞履因風質所欽

寄答三昧師講律楚中卽柬臬使林存峨

楚山浩無極寒翠入江煙蘆影亂歸錫潮音宣定禪傳經何石悟
聽法幾猖賢千里分花至拈茲亦輾然
九畹居然在寧推白社花妙香吹郢雪淨業轉空華鉢暖宜龍蟄
鐘嚴止鴿譁嶺南有耆栢慈蔭及袈裟 存峨嶺南人

光含萬汝遊返寄訊

離居亦何極睇笑入閒心流影接遙月栖琴懷靜岑以君蘭畹格
使我薜烟深寒木春應秀寧孤黃鳥吟
萬卷資生在臨卬未足謀遙知剡谿興已倦木陵遊歲晚情逾貴
煙高夢亦修龍眠吹雪處吟諷日悠悠

送楚友之姑孰訪曹元甫同年

寒江那可涉擊汰復何之月燦西園夜煙綿供奉祠高言開篳簬
幽意質芳蘺遙想琴樽會余情亦已移
三戸今如此斯文爾不辜力圖荒大澤道未喪靈芬吹影多危調
譚天有異聞長歌重進酒敬矣袂將分

郊居夜酌張損之

野心無所與晚步向田原寓目山何靄招禽烟遂繁村舂延月夕
室火永農言敵此高閒意須君罄一樽

望龍山憶宗白南詢

遙辨鐘喧處林閒雲滿門留烟施寒鳥護戒與山猶月憶江湖廣
花將朔雪繁禪心自無着予思亦何存

倪資生過訪郊居止宿夜酌

悠悠十年別相見鬢增絲顧我虎兕野復當風雪時薪烟綿土屋
荒雨滴山蘺賴有樽中物爲申寒歲期

笑質平生倘浮沉指顧間觀心如古雪栖與此寒山跡喜孤雲并

名矜石戶閉惟君種芳樹荒宅一分顏 資生令嗣孝廉予從甥也

九日病起得方侍御孩未書賦答

病起瞻園列始知秋氣深女霜嬌晚葉蟲月汎孤琴棄世慵頭責

端居謝足音所思小山桂相保共長林

秋色來何際江雲陰遠天楚臣歌自苦宣室問誰先幕雁平沙月

延烏晚樹烟人生幾叢菊相憶乃悽然

寄懷同年王參漢分臬台州

故人爲政地旌節擁標霞結䆅動嵐彩鳴琴喧瀑花雁歸春有序

鯨貼海無譁何必淸源曲悠悠遡始嘉

幔亭張樂地傳說宴曾孫眷此名山藥能無祖跡存蕙蘭搴詎歇

蔚薈氣空繁擬棗桃花飯從君細討論

喜湯爾胄見訪卽送其還宣城應試

春星繁若雨燈火復江村遙快高人集深憐古誼存桴情通廣汐
珮旨約閒蓀更略樵蘇跡淸言靜勿喧
敬亭花且發歸及唱新鸎芳艸自生處春烟何限情靈香吹澤氣
壯雨集潮聲好塈雲龍策家風藉爾榮

歲晏懷止水兼訂春晤

鐘聲度遙雪知子定方初歲序忽焉盡禪心何所餘盈虛信潮月
豐儉察寒蔬余亦懷芳艸春當禮誦居

歲晏同程摶仲村居夜酌感賦

涼月起疎竹悠然土屋明喧風羣鳥息媚酒一鐙淸履道持寒歲
觀時發古情各銜冰雪思期不昧平生

春望蛟臺有懷聖羽廬居

晴雲開岫色想見紫芝廬觸物定臻嘆懷恩難輟書巢音傳乳雀
邁實薦春魚俯仰南陔下知君思有餘

悠悠千載士幾得肯孤雲自負能遺世交持況有君霞情開鳥上
夜諷切狷聞好鼇支床瘁春風甚可羣

春五日雪與价人肅應五一損之感賦昔陶公義熙斜川遊即是日也

對此空林雪塵機向爾開朋樽砉寒竹高詠敵芳梅彌覺身心逸
翻令云動猜還覘山候暖徙藥踐春苔
層城極遊目風景憶斜川高隱一以逝勝情誰不然興觀酬皎雪
語默寓春煙盡日銜觴聖逍遙達我天

初春行大龍山道上望方大方讀書處有懷

霞上眺高館山雲太靜生危峯猶旅雪淑氣且催鶯禪印安心法
吟宣抱膝情春深蘭被谷搴采定何盈
餐痾親藥物肉食幸能殊門靜苔恒覺檐喧雀未孤時危何取達
願廣且從愚旦晚春疇綠經鋤待爾俱

吳長人元起季木許中燕汪搠先齊价人章永錫劉慧玉曹

肅應張損之黃任魯雪夜酌

霏霏江海雪積素失春林昭質通交道寒機滌世心話酬良晤罕
燈衍夜杯深且蓄搴芳思暄風歆蕙襟
野觴容率略盤菜摘籬間塵務何端入春星此會閒幽人卽芳艸
宵語若深山更覺林花白寒江月又還

春初懷吳幼玉顏若齡倪三昧

春林抱繁雪不泯曙禽聲感此和靜意臻予朋好情士膏達潛脉
花葉兆初英天運誠如是何貪沮溺名
寒流鳴野澗寧藉汲相遺敦宿饒有獲懷新空爾爲暄閒微艸處
雪釋衆山時君但酣觴聖年光詎可思

春夜同搏仲元起損之家衡之兄泊江口小飲

向夜江煙定春星次第開沙明潮月吐風善樹香來炊擊漁航火
酤安野市醅閒心兼靜侶鷗鳥爾何猜

薄遊成小泊寄夢入江花若有芳蘅意翻疑梟鴈譁琴樽御良夜
星月衛浮家因笑乘槎客勞勞水一涯
門人吳孝生家于九子知余泊秋浦來會賦贈
知君居九子境與世人分夜諷山燈漾春遊磵藥紛飲霓窺井下
乳鶴切林聞何日追烟杖遺身禮白雲
春江浮野艇小泊亦何閒對此一樽酒悠然無盡山多君芳艸意
尋我浪梟間遂討靑蓮勝煙昏未遣還
舟中望大龍懷白瑕仲昆季
寒雨竟遙夜空洲烟火遲山中枕芳艸遂動故人思橘服寧遺頌
薇登盍苦饑石湖春水活好爲展烟絲
莽莽黃巾亂軍書達里門何途偶麋鹿未忍語雞豚野靜三星晈
雲停八表昏誠哉天運及沉飲復何論
送蔣子卿遊匡廬

匡嶽春烟外看君採藥行遙筇分鶴路高枕向猨聲山鬼寧蘿笑
巢僧降樹迎何殊三徑裏二仲接平生
水田循梵服塵土陋華簪獨往誰能繫非君無此心千峯青且至
二月雪猶深但遇悠然處書其報竹林

春雨坐江閣聞光黃警感懷寄木公密緯

江雨繁無次春陰貫薜蘿閒知芳艸至漸詧語禽多澤氣滋青甸
沙光紊白波遙思流目際君亦奈情何

秋晨過訪谷語不值

靜者復奚適雲光閒蔭門自嫌筇竹步爲亂蘚花痕翻葉鳥長戲
啼蔬蟲不繁君歸山月出寂對亦何喧

與李德林酌感舊

明燈坐高館與子靜銜觴良話吐非一離憂憶更長禽喧林月至
魚戲水星翔眞意殊堪領悠然命古狂

竹林礚礴日廻首倘悠然寒雨寄春樹昏煙生野田余方投紱久
君亦考槃偏賴有觴中聖逍遥共暮年

俶園坐雨偶成

春園集繁雨靜氣直兼秋塵雜遂無侮高閒聊可謀綠池蒲脉動
青嶼竹光幽坐此銜觴聖饑劬藉爾瘳

春陰同聖羽价人五一慧玉喬伯集園中得樽字

林陰若微雨遂覺綠光繁此地延羣益悠然盡一樽風恬花氣定
蘿警鶴聲翻坐對無言處彌令眞意存

懷趙又漢久客金斗

坐臥入春艸于君倍有思客當歸雁路吟及落花時露藥分林吐
山蘿蔭戶垂石蓮秋月好應踐讀書期

酌次魯十賓閣

艸閣晴香裏花繁君適來有懷何契闊于此且徘徊簷柳靑難忍

江峯碧盡開好將寒靜意閱世向深杯

春晚郊居范子明自桐來同价人五一過訪時雨適降欣賦茲作

野閣枕松翠褰開雲滿林情眞逾狎俗務簡薄從心花雜山厨飯蘿銜石戶琴因君詢古處微激楚蘭吟

好雨連昏旦農情幸爾酬風泉聲並合艸木性俱柔山氣淸無惑村春晚自流于茲懷靜正野酌共悠悠

大方移酌同价人五一前之弟觴咏盡日

山居方首夏物感亦何深夢忍釋農事聞難給鳥音遙樽香薜路清論洩松岑復整閒吟步池光照野心

琴書酬耳目好我遂忘歸烟術紛將夕蘿山靑且微盡茲林响興彌惻世情非好識松根路還來共採薇

山居雨中喜鄧簡之見過閱其近作卽送之渡秋浦應試

千峯翔雨氣君至歷何雲試省身心際無非青翠氛傳藝永良話
槌磬響高文爲警山猨嘯方知達夜分
江鄉逢首夏魚筍競茲時獨自尋巖戶相延摘露葵薄陳古人意
聊與野雲窺惜便違芳艸烟帆掣遠思

巖松咏陶公詩而賦也

艸木何蘩長青松如是閑飛花香谷口飲翠下簷間懷此雨中勢
居然秋後山谿風生日夕清響爲君還

同張若仲林六長家傳八兄青靄居聽雨

靈雨能時沛中和澤並敦稼收雷電用不市稻粱恩終夜猶鳴竹
高峯自閉門與君觀此夕睇聽亦何尊

五日喜聖羽喬伯至山

青林無解葉客至盍聞聲未有竹風度亦令幽鳥鳴暄烟飛渡日
空翠禮山情何待交馨語君身即杜衡

束薪南澗底煮石薄爲炊聊則高人意羞陳末俗悲竹雲千頃漾
松月一峯危此際歌山鬼靈均定不疑

山夜

眞機滿山夜梵止艸蟲鳴即境已忘辨觀心無可淸和琴風葉響
稾月石泉明祇覺雲巖下猿啼細細生

從平等菴還省覲

身隱欲何文枯閉視野雲難忘城郭思遂與梵鐘分磵藥香猶綰
谿篁翠尙紛還傾百花露聊一澣中裙

郊居樹下偶成

幽居何有夏縟樹與淸陰尙悟初春日行吟卽此林土暄初坼蕙
烟弱未開禽復此朱明屆薰風蕩葛襟

用韻答蔣子卿見訪石巢

煩暑交蒙慮因君鏡太淸悠然良話吐何異石泉鳴潛藻魚爭躍

巢松鶴亦迎籬根指微綠還悟菊苗生

藤陰銜石戶難許世人尋有嫥級芳艸令予彈素琴古懷凝嶽雪

靈語掩鐘音今夕柴荊月爲君碧更深

喜湯爾胄見過

桐陰方匝戶詞客復何來新稻熟堪飯幽荷香可裁翟門無駴雀

陶令有恬杯坐閱江南暮千峯碧盡開

寄姚吏部石嶺白下

艸閣飲江色濔之開遠情暮山通鳥路高樹共蟬聲映笏千峯翠

酬琴片月淸思君讀書處吏散夕鴉鳴

依韻酬趙又漢雨中見懷兼約過飲

旅吟香積雪何以喻高寒鶴語恬宵月鵬翻怒海瀾曙星開霧谷

綺氣被雲巒復共燈前酌椒花咏詎闌

送三昧律師之五臺

祖林懷寶月萬里謁文殊古鉢潛擒柏秋航正有蘆律香薰汉鴈
梵貝出飛狐一演淸涼法春山望衲珠

趙芝庭改官南使曹訊之

海月照秋樹微風吹夕涼故人官建業逸咏想滄浪身即松篁翠
衙團橘柚香悠然高枕處何屑較羲皇
屢欲浮烟艇其如刈穫何緣坡瓜蒂熟被圃菊苗多秋市魚蝦濫
山厨麯蘗和誰期飛寶璧明月映荒蘿

訪鄺公露著夷土異書于三祖寺（寺乃予少讀書處）

古寺通秋艸從君獵異書文章逼蝌蚪箋釋到蟲魚怪軼齊諸上
圖開禹貢餘因之謝鳩鷺夢逐日南車
總丱于斯剎咿唔徹曙鐘戲翻鈴際鴿狂揭鉢中龍電晒流光疾
霜驚點鬢濃秋陰覆奇字還記舊時松

九日薄暮泊汀口

憺憺循時序聊存野菊心悠然照秋水殊勝集長林孤燭延宵酌
幽香溢露襟銜情向終古爲一泄行吟
格盡壺觴累身心薄作閒跡隨秋燕泯吟與艸蟲鬬氣白遙徵汐
霞靑靜數山因嗤塵世裏舉俗費躋攀
雨中舟行
暄鬱渾無序秋懷不自明食茲涼雨力一洗遠江情眺聽將安着
山川若始生晚香感遺播搴采欲何成
一氣兼天水孤帆若夢翔偶于開圻處岸渚洩靑蒼形骸緣俱盡
詩書慮亦荒廓然無念際聊得似空王
蔣吾翮移樽同謝莫京徐慶卿正之弟賦
寒雨及初霽陰晴俱閉門蒸藜炊宿火曝藥就朝暾室邇雞豚穆
廚荒棗栗尊所欣塵外侶能不格芳樽
深酌懷千古林賢達可追定推茲會彥爲有世人疑嚴語貪霜夜

清機省竹吹成連觀海思對爾已情移

答清流令萬青丘書　青丘以皖司訓遷令

十室千峰裏閒琴正可鳴溪漁喧夜火水碓滿村聲襁負山猿至絃歌蛋戶清傳來舊綿蕞彌式魯諸生

秋夕平等菴賦得山空月色深

香臺鐘定後羣動肅秋林視聽壹歸月幽喧莫辨心影開潭底藻曙襲葉中禽是際山阿客誰堪薜荔吟

月夜石巢宿靈公故房感舊

山月弄孤明雨餘山氣清洗心眷花露轉法與泉聲竹晦翻經色苔延徙藥情思君示寂處秋壑艸霜生

長子叔黃梅溪閣成同白瑕仲前之弟夜集

考室枕高煙幽棲此地偏暗巖覆秋葉媚壑滴春泉屧歛山鐘後杯開嶠月前今宵溪閣夢應降竹林賢

邀瑕仲長子叔前之弟過百子山別業

落木領寒序雲峯青可登湖霜飲殘芰野燒入胡繩先月啼猿至將煙宿鳥憑山樽招衆嫪不醉欲何能

三昧律師過訪感舊賦

師住錫東林寺予雨北禪房信宿後閘戒衡嶽廣陵茲來江上距前期十五年矣

山燈照秋雨信宿領清歡與子過谿笑別來行路難披雲衡嶠衲釣雪廣陵竿復此坐池月蓮香白未殘

秋夜泊燕子磯月中同吳仲立周公穆坐亭子上遲曹元甫不至

不夜江天月秋聲積氣中攀巖喧暗艸弄汐察歸風警露禽難定啼沙雁不窮秖餘虛白在眺聽入鴻濛

佳人期未至宛在此亭孤夜定秋何際潮寬月欲無寒情寡宿莽高詠響菰蒲子復誰能遣青山有繫桴

同虞來初馮猶龍潘國美彭天錫登北固甘露寺

莫禦馮高意同人况復臨雲霞鄰海色鴻雁赴霜心川氣飲殘日天風侮定林無嫌誦居淺暝月已蕭森

徐南高同年招飲董刺史里淳張懷我孝廉令嗣于鳳皇臺

覽古感舊欣慨交集爰賦斯作

野酌就春艸班荊坐不更長離復何逝臺竹爾孤生酒碧林陰厚峰靑夕照明應憐楚歌客不共此時情

送王龍光遊大梁

石城聽班馬君去客夷門風絮殘春路春燈旅夜村鳥程爭暮堞艸色媚晴原爲問牛羊道還銜幾處恩

泊魯江同殷徵卿程搏仲夜酌

客思原無際春洲綠更荒魚苗沿岸罶蠶婦滿提桑溪艸吹香暗檣燈照雨涼孤蹤藉朋好小酌野情長

東遊旋舟次懷宗白讀書山中

春林禪誦處壁影復誰羣花亂香潭水龍馴戀鉢雲孤峰超夢界
幽磬閟靈聞賴有深江月空明得似君
江鷗兼嶠鶴莫適與親疎偶逐桃花水因詢漁父居三山延海霧
六代響春鋤陳跡無遺覽雲林共枕書

柬銅陵崔明府滄浪

化國俗無煩吒歌江上村雷聲動菱澤花霧接柴門訟閴鴛禽乳
蒭貧櫪馬喧遙看九子色飛翠集琴軒
雨霽春江路輕帆入太清林聲何睍睆川氣亦和平野靜犢長臥
磯寬鷺不爭李侯秋浦句今日爲君賡

人日寄鄘公露客池陽文選閣

春懷寄何許君共九峯雲芳意含初蕙微吟在夕曛花齊庾嶺發
月向海珠分知爾彈魚暇巖搜六代文

同越僉憲卓凡馬中丞瑤艸夜酌

雨餘開艸色握手擘春煙戰哭歌鶯地烽颺舞蝶前心隨花事謝肘任柳絲懸靜對兵厨酒時危覺汝賢詎敢關時務安危亦有軀憂天知共哂謀野定非愚蒟醬誰輸版龍媒未獻圖從君頻剪燭雄辯不能枯

范總憲質公雨中見過感舊

窮巷綿春雨高軒念屢過憂時心共赤失路鬢先皤良話更紅燭深杯眷碧蘿瀾園回首地黃鳥續悲歌瀾園質公家園名

幾年春艸際星氣隔陳荀高枕千峯侍移家四壁新應門多倩雀蔽罟詎遺鶉未敢呼仁祖知君甑亦塵

再同卓凡集瑤艸水亭

水煙將柳色一氣綠光浮坐久領禽語始知非夢遊星繁堪案燭花靜直臻秋不是研今古清宵詎可酬

小飲流長話身心此會尊崩蔦憐瘴海貢馬紀花門所歷何非夢
惟閒不負樽坐深占夜氣寒靜亦無痕

鷲峯寺過譚遠韵寓賦

對君如夙好夢久達寒河所寓向古寺故園芳艸多禽言響新樹
花水曳微波此際借吟眺悠悠意若何
琴樽無淺興況復値危時曠野既相率停雲深可思春星動魚罶
艸露集珠絲遙念山阿客燃薪讀楚詞

寓李孔凡水閣賦贈

高士靑蓮後秦淮隱釣竿搴裳向花發授館及春寒煙盡山難寐
潮通月並寬閒來春白石廡下薄爲歡
與君閒閱世今古一桑田坐此落花下無如飲酒賢緯蕭共牛語
種柳待鶯遷更採秋籬菊相從年復年

旅懷感呈南高岡卿居廬

愁思如芳艸春來日日生煙花迷令節烽火掩孤城鄉夢啼鶯斷
微生旅燕輕遙憐故林竹新碧欲何成
谷蘭香可把良友惜居廬楗戶枕春艸明燈開梵書庭長迎弔鶴
夢亦泣皐魚始悟遲還召知君重割裾

春雨旅懷柬葉少宰以沖吳廷尉玉華兩先生

江雨綿無輟閉知春艸深攬衣集秋氣隱几類孤岑花藥恬開步
琴書靜侍吟治城際芳月幸植歲寒心
曠野欣相率朝饑恥負薪靜銜彭澤酒平眎葛天民魚霧馮潮吐
禽烟逐樹新時情正多感不獨戒黃巾

過忘所精舍

春艸綠茫茫因風聞戒香偶尋雨花跡閉至遠公房領梵松機著
開琴月旨長無言禮空翠更滌竹林狂

至半峯菴訪雪照不値

孤錫颺何地松花香飲門霽禽語初善幽栝境彌尊無復琴書擾
兼收鐘磬喧與君相見際潭月寫虛痕

過青山禮李供奉先生墓田

供奉鯨何適青山有墓田懷情與誰質作禮向高煙辭樹花爭舞
沿溪柳自懸悠悠馮眺處村酒碧香鮮
孤生同放黜何異夜郎西自笑如蓬轉思君聞鳥啼艸繁煙詎弱
山暝葉初齊野唱來樵牧予情更爾迷
宮錦君王賜荒碑逐客魂窮通聊與叩山水寂何言才足勝時忌
文何忝代尊椒醑兼麥飯一爲展松門
玄暉流寓後之子美洵稀艸木空香在牛羊夕照微銜觴山月侍
搖筆海烟飛今日青峯裏猿聲日夜歸

從青山曉發至黃池逢式谷時生繩先弈予旅酌

雲臥起長晏茲行露未收一移名利擾爲作友朋謀麥旨蟲難避

林音鳥自求荆高遺酒在擊筑共銷愁

黄池公館夜雨有懷方肅之四十初度肅之時在宛陵爲其四兄告急

小雨鳴深綠清機寓所聞思君敬亭夢茲夕與猨分摘露滋棠色推煙衛雁羣寧虞芳艸路天馬跡紛紛

不復知撄覽弧辰轉向隅冀廻鷹隼翮一慰鶺鴒呼臺澗瓜長衍池暄艸未枯期君攜廣被高枕勝蓬壺

賦慰方時生

避地將何適風花相共飛爲敦友生誼未忍寸心違粟次禽言苦蘆中魚服微橐饘擬何具還採賸山薇

湯爾冑徐宜生俞其章詹在右攜樽汎宛谿相送

烟草微何際舟行綠漸開還聽谿路響良友復能來夏淺螢初兆漁恬鷺不猜清樽演華月放溜遂忘廻

病中鄘公露過論詩

高枕荳花雨孤鶯囀竹扉與君清論展更覺世情違綠酒樽中滿

黄精巖下肥相攜共茗粥且爲解絺衣

雲海思茫茫高歌對此觴請觀時輩習誰獲古人狂春澗泉聲翠

秋潭月氣香見聞參此際爲與聽滄浪

病中高吏部龍門見存感賦

空園羅灌木高枕向蟬聲自勸樽中酒閒觀世上名水香菰米熟

山暖橘花生努力持農圃猶慙負聖明

蓬門枉知己忍學野鷗飛力疾軀彌善譚言俗所稀野菭延蛤路

深艸曳牛衣笑指山籬菊憐秋葉漸肥

世情何處識江上萬峯雲潮汐復何意朝昏徒自紛雞聲紅藥砌

猿嘯綠谿聞終欲辭家去長攜晨暮羣

雨後池上坐月有懷薛比部諧孟

屏居成獨坐池水與心清林月自然至塵機何處生露涼集蟲語風善定螢情夜境渾無際寧論身外名

藹藹雲停處思君朝夕閉孤樽持白雨高諷給青山晴葉臻蟬響風林振鶴顏還期浮野月秋艇撥潺湲

雨中同葉以冲先生雪照上人坐弘濟江閣

盡日江天雨彌疏物外情意中諸嶂在影際一帆生潮廣從魚鶩沙閉泯鷺爭眞機集恬眺玄對亦何名

坐燕磯亭子再賦呈以冲先生

披襟對雲汐身世入青蒼飛鳥復何向孤帆相與翔清言給松篠閒眺貼菰蔣廻視棲鐘地空煙已混茫

肅此孤亭抱空江颯有聲停雲終古思浮海此時情領雨龍行苦呑沙鷗路平晚航遲霽月同擬濯吾纓

坐法雨上人澄觀閣

結搆循雲壁無妨石竹陰不知空翠裏何處海潮音遂偶孤霞至
來叅靜者心江身現虛白如月照幽林
帆影何飄忽靑山爾穆如沙田觀戲鶴水霧察飛魚花衆籬難衛
蘿沉磬與疏白蓮有榮落何羡遠公廬

立秋前一夕坐栖霞方丈

客心元易感落葉不須期況是先秋夜悠然鐘定時露涼螢悅艸
月晶鵲翻枝是際空山裏能堪薜荔思

坐慧汐居贈觀一

禪室臨江埠自然軒戶涼蒲喧聞蛤誦蓼盛覺鷗香海月潛栖鉢
秋潮每觸牀暫來分茗粥已識道心長

杜于皐至天界精舍相訪

遺身入香界自負世情違何意秋花外君來叩竹扉人閒同樹定
話止到螢飛泯泯松根路無妨帶月歸

酌張問夫

屏居齊堁蟄龍性頗諳時菊外山長澹蘆中服自奇深烟趨鳥候寒雨遞觴賫豈遽傷窮節姸暄意可遲

詠懷堂詩集卷之三終

詠懷堂詩集 卷四

石巢阮大鋮集之著
南海鄺　露公露較

七言律

除夕大雷雨同徐慶卿曹肅應齊价人周子久張損之守歲

詠懷堂賦

雷電誰明時序心先春解作擾長林豈緣天帝讙無度應哂山龍蟄未深野甸虛徐延艸色暄枝次第囀禽音江田薄治鋤犂後酌酒將君賦蕩陰

甲戌元旦

耆舊何非萬曆民龍飛輯瑞憶茲辰四門共集夔龍履九服無聞甲馬塵世事頓驚桑海燥春謀漸與黍疇親陶然自炙屠蘇酒笑

閱梅花歲歲新

青冥閣

昔王元美先生舟過江上指大龍曰蓬蓬勃勃海上三神山乎青冥中有人未可時代計也今年入山山僧建閣翠微中問名余因感先生斯言而以青冥題之

蓬蓬海嶽並眞形指點曾聞動客星淨業倘能師白社高文敢曰破青冥吳門練影難窮辨楚澤蘭香未解靈時代雖殊精魄在筵簿一爲報東溟

泊李陽河

春陰野泊念江寒紅燭青簾照鶡冠聽雨漸知農務動乘桴聊取酒程寬燈餘伐鼓人何靜鶬止鳴雞醉已安霽視羣星尙無恙少微歷歷挂漁竿

舟中雨夜懷謫居友人

孤帆細雨靜依依極目春洲綠尙微節物又從新柳換謫居寧有幾人歸王孫祠畔叢魚戲歌舞樓中野雀飛往事旅情君自見蒸藜釀秫莫相違

寄懷劉敬仲司空

與君執戟向塵沙官舍蕭疎接暮鴉天祿閣吹藜杖火步兵廚勝酒胡家春鑣競踏高粱艸秋艇輕穿淨業花屈指廿年如夢境靑靑雙鬢已增華

桃花春漲瀁晴霓平奠勛名刻水犀何藉從官沉白璧恭聞上帝予玄圭山靑艸閣容高枕野綠閒疇好杖藜何日任城樓上酒從君沉飲醉如泥

仲春七日同韓姬命曹鼒應張損之方聖羽齊价人彭五一劉爾敬集劉慧玉宅

荷鍤寗須紹古狂竹林淸夜與傳觴澤居人飲春雲氣彥會言蒸

蕙艸香露白鳴雞招舞劇葛靑飛鷺詠懷長醉分何必攜餘興高

柳垂藤切短墻

寄懷崔銅陵滄浪

九子山雲晴自生盧徐江上訾芳蘅花村到處有人住訟閣閒來

惟鳥鳴石戶燈靑煩夜織春疇烟碧起深耕何當更汎芙蓉路瀨

靜沙寒聽濯纓

喜史蓋卿請告歸廣陵江舟小酌

南楚殷須坐鎭才菊松引興賦歸來江鄉麥與魚無恙春嶠人同

賜並廻鈷鉧畢探文藻勝春陵未釋繭絲哀如今芳艸容高枕且

望蕪城罄一杯

閩爲余使車所至地讀汪大年諸詩重若臥遊遂賦此

解薜曾乘閩嶠軒至今淸夢武夷繁爲吟花縣邀庭句似引灘聲

到枕喧山靜切簷聞乳鶴海蒸焉凡閱翔鯤何當更漉荒厨酒石

蛣蛛官細討論

初夏送損之還江東期以秋至

蒪鱸曾不待秋風歸路芳蘅綠未窮百子鶯繁山夢遠長千鐘定月光同琴聲幾夜彈湘水帆影遙天破碧空爲語霜籬叢菊發遲君高步睇飛鴻

山居雨中張若仲林六長先後至

雲林次第集羣賢招隱何如此地偏夏淺凉隨新雨至吟悽人在夜猨先無言山磬傳空翠晏坐松燈照石泉此際塵機定何涉將君清夢各泠然

山中五日示若仲六長

雲旗終古自逶迤歌到離騷敢妄悲漁榜祗循巫覡俗文壇徒羇蕙蘭詞山當積雨收虹後人際空香飲露時內美于斯微可驗獨招山鬼薦江蘺

喜王使君梅和銜命移鎭皖上

莽莽軍書七澤來一時風鶴起蒿萊關中自轉當時粟開府無如
叔子才平野不妨驅犢出高臺曾此射蛟廻欣傳竹馬喧江路幕
府無聞晝角哀

孤臣胥靡敢論兵陰雨難弛桑土情軍府自移龍虎節江濤遂接
鸛鵝聲長風倚樹人何壯夜火量沙謀始驚征虜雅歌知不減潢
池秋艸近將生

細雨春洲感袂岐袞衣欣即咏來思寇恂轍動蒼生臥定遠功成
白髮垂楊柳薰風鈴外暖梅花香雪篴中吹海門月吐千峯靜大
斗歡陳朱鷺辭

遺身近復入蘼蕪簞食蕭條禮法枯一壑途窮安阮籍二天江左
仗夷吾野心不系漁樵侶羸疾聊資藥餌扶飯罷牛歌中夜起車
門叩角待傳呼

寄韓太史求仲

西子湖花秋正繁聞君于此託朝昏能將賜隱齊狂客不羨擒詞近至尊數載碧山懸鳥路長歌白石奉牛樽何時得永漁樵話露屨煙竿道亦存

送汪六御入覲還靈山

薰風楊柳散晴烟遙望仙凫向海天猺峒瞻蒲還勸穡珠淵飲馬亦投錢軥鉤聲裏花迎舄薜荔香中月暎絃縱使聖朝無闕補天書好爲夕郎懸

寄楊中丞文弱塞上

榆關有爾繕泥丸左衽寧虞到鶡冠羽獵繇來推賦手樓船新復隸衙官帳前調馬春蕪細酒後呼鷹磧艸寬相憶不須憑夢路盧龍秋月値漁竿

文酒長懷邸舍時楸枰世事詎勝悲短襦中夜陳牛飯破硯秋窗

註楚辭朱鷺定知油幕沸紫鱗聊爲布帆私桃花源水渾無恙羡爾功成有釣絲

萬世甫至訊楊修齡先生

桃花源水接煙波聞有玄亭領嘯歌達士聲名存酒德聖朝勛業滿漁簑青山幸不嫌瓢笠碧月偏能選薜蘿散髮與君呼犢語秋田細艸近如何

謝方侍御崧生書訊卽送其北行報命

大東驛路散晴煙攬轡趨朝儼若僊蟲館栖琴多白露鷹風鳴佩入青天雲沙萬騎弦長控水霧三星蹕獨懸安攘定知煩石畫先陳民瘼聖人前

寄懷吳南寧孝先

嶺樹江花結夢長羡君氷譽滿炎荒一官遠寄霜鴻外合郡秋聞露橘香稅薄鵝毛常代賦徭馴蠶女不爭桑遙知齋閣無長物椰

酒聊堪與客嘗

送程霖宇南粵遊

蔘香荻露片帆輕君向南天越鴈程錦荔秋深房久熟黃茅雨後瘴全清裝連霍納春煙吐手擘珊瑚海霧生安得九夷偕杖履踏歌蠻舞聽蘆笙

酌姚純甫時將省心甫銓部于南署

柴門秋樹掛斜陽莞爾聊持犢鼻張自喜種瓜綿野圃不嫌鈎棗過隣牆黃雞犖啄山籬黍紫蟹將銜石岸霜酒熟更逢良友至沉冥彌覺發吾狂

芙蓉香露及秋清掛席將爲采涉行江近嘉魚隨市得官閒修竹繞衙生危時更悟萸樽旨中歲猶懷布被情古處如君兄弟少倍從風雨念雞鳴

寄懷董玄宰宗伯予甲子乞身先生以詩贈行今十年始答

也

淸時疏傅卷高蹤十賚新膺九節笻祖帳軒眞乘野鶴虞絃目亦

送飛鴻故侯瓜蔓靑門笠開士蓮花白社鐘爲報野心難割據總

持近已屬夔龍

駐顏何藉餌丹砂手種頹松自有霞獨對東籬閒採菊任傳北闕

廣宣麻霜盤侍史調鱸膾秋艇漁僮捕藕花三迦朝昏連坐臥寧

煩墨勑動官家

講幄文書競繞身禁籞終不易江蓴好持船子魚中梵一滌元規

馬上塵松籟平分弘景閣檀根應是輞川人五峯秋月聞笙鶴綠

野羊求有上眞

紫禁烟花拜夕郎天人遙接祕書香宮磚立處衣長白帳餞詩來

絹已黃艸際飯牛襦自短蒿間飛鷽咏空長何期進履窺園日盡

醉樽前學楚狂

月下飲鄺湛若感時有賦

淸宵小飲儘無譁聽爾玄言曳海霞夜久禽聲翻月樹露涼蟲響抱秋花羽書艸澤傳新嘯羯鼓漁陽警暮撾惟有鱸魚甚無恙鱗鱗爭滕石門槎

園中種菊聞雲中虜警

虜騎燕雲報合圍刺閨烽火照龍旂垂魚卿士帷中策射虎將軍閫外威戶籍卽傳編老上佮官未可黜鮮卑山農刈罷秋田黍不醉黃花何所爲

秋登十三叔中江樓

詠懷久擅竹林幽作逹還開江上樓露白汀沙難辨月潮靑島嶼各臻秋春流魚湧桃花沫彥集人依杜若洲倍喜聖時漁稅薄儘容載酒狎輕鷗

寄答陳太史雪灘卽送其北行

繁露空香飲夢深蛾眉移月照秋林平津賓滿傳投轄正字名高莫碎琴罍勑已催行李色碧山整釋採芝心遙知侍酒堯樽日不但西南噀傳霖

秋浦舟中感時似子卿

星枝烏鵲繞南天辛苦無衣好共憐旅泊不堪山葉降秋吟寧讓艸蟲先人情似獸彝倫腐時論羣推盜賊賢予亦與君肯巾幗短篷私泣對江烟

送何青山相國再起還朝

西嶹歲月儼東山睠顧蒼生未許閒遂有起居關帝夢再瞻劍履押仙班心恬綸閣猶莘渭道泰卿雲蔭孔顏好抱懶殘煨芋火鸞刀一爕玉鉉間

清霜皎月映蒲輪正值陽廻玉琯新梅鼎調丹賚聖手楓宸衣白
覩天民堯陔解作人龍雨禹貢咸銷士馬塵廿四考成還未髦青

山來問赤松鱗

立秋日送吳明府闇生南旋

一葉流風秋序臨能禁黃鵠動歸音姤人子自矜高下畏壘思何異古今石竹春留盤馬跡澤蘭香入抱琴心谿來海燥須臾事莫就湘纍叩陸沉

江天秋水澹無倪傲吏孤琴恣所之松栢不凋寒更見芙蓉堪采涉溪疑習池此日沽微罪峴首誰人剪去思向後鯉湖雲臥處五株門柳亦絲絲

焦山

東南浩刼此虛無欲抗朝宗島勢孤一勺人天窮眺聽六時潮汐有榮枯林深山鬼招難見壑靜秋龍睡可呼却笑焦君名未避空煩指點到寒蕪

金山

積氣難名天地心古今無限此登臨珠間星影長開島鵬下雲光欲飲林滄海幾還秦帝藥洞庭不隔楚妃吟憑高一奏成連旨江月江烟次第深

方孩未禮普陀回至鬱江相晤感賦

遙禮青蓮汎島隅鵬雲廚雨片桴俱香臺密結金仙印碧海單提明月珠煙火已從雲汐判身心都向水天無君歸應笑長生客桂樹婆娑老一壺

送望江朱侯擢守海州

秋清凫影動菰蒲峴首碑看勒小孤數載菊松望彭澤如今釜甑接萊蕪風雲淮海儀神雀煙雨家山夢鷓鴣臥治定須同內史閒調五馬飲春湖

晤陳駕部劍華感賦

道直誰能避轗軻青山無恙奈貧何柴桑杯蟻長酣菊廷尉門禽

不畏羅甑底清塵標儉德車前白石起勞歌與君笑閱人間世驌
雨衝風蕩九河

蕪關謝王水部季重招飲 季重舊令當塗

堯時天路未高荒執戟何嫌再作郎從此斗杓開象緯遽令英雋
有文章客帆寒載家谿雪關樹香連舊地棠更具阿戎玄尚在竹
林重與紹清狂

霜露凄其歸趣濃逢君何復恨途窮鯨飛怒掣無滄海嶽立蒼寒
表華嵩宮錦再披流古月江帆四集納條風杯前靜察潮生路桃
葉春深夢許通

荻港楊守戎子儀移酌舟中

霜鈴月戟靖江關樽酒還來慰旅顏孤棹影開冰雪路殘年跡滯
鴈鴻間筆從投後花逾盛字卽行間問豈閒日暮潮聲如雪湧看
君麾羽向胡山

燈夕阻風蕪湖舟中口占似程搏仲家衡之兄

莫向青山憶舊廬扁舟吟笑幸無虛春帆着處依鐙火江鴈何程畏簡書月照花林如積雪潮生沙埠有鳴魚相歡共醉村旗酒且傍香蘺問索居

同俞駕部容自徐悶卿南高赴徐侍御孟麟招感舊

無恙春星帶薜蘿與君盡醉復高歌百年世事等殘局一飯君恩有荷蓑青甸香蒸遊屐艸紅橋風胃酒船波還思杞國同憂日拳石空勞障九河

述懷答友人

雲駟虛無江上臺薜蘿香動有朋來名銷更覺琴書逸道在能持稼穡衰非國有天收瘴雨罪言何夢托寒灰與君笑盡手中酒池上藕花閒自開

謝李臨淮玄素見枉不値

西第春烟接漢宮棘門新柳散條風石花飲羽眞成虎竹素抽毫盡是虹題鳳靑蘿人自遠飯牛白石調逾窮何時獵騎喧芳艸槖筆從君賦小戎

聞趙侍御二瞻自金焦取道遊西湖賦寄

秋淸碧月照菰蘆露笠煙帆興未孤盤水自招梅嶼鶴翔星誰識栢臺烏長卿徒擁三巴傳宗炳空懸五嶽圖獨羨使君情具勝東南寸景不令逋

憶家大人俶園

坦坦何慙履道居雲林幽事定無虛籬閒密竹不妨鶴潭上落花能供魚晏坐高齋閱秋水客來小圃剪春蔬猶嫌弘景松風鬧懶向華陽乞秘書

小閣靑蓮佛火光閒將四大隸空王繡幢風曳金鈴語石鼎煙流貝葉香耕穫恥爲營下潠滑稽深欲斥東方鹿門自踐眞人隱頂

首先窺覺路長
大隱繇來不近名蕭機玄對澼塵情據梧盡日曾無夢動操羣峯
各領聲祝噎不煩鳩刻杖步虛自駕鶴爲笙慙予養體眞豚犬烟
火空調禁鼎羹
藹藹南陔自可親幽源慵爲逐秦人紫芝好作芳廚饌白苧爲翻
畫棟塵心淨蓮花容結社機忘鷗鳥亦歸仁斑衣似不煩兒舞醉
起登前唱鬱輪

壽方四如五十

雲逵羽翮羨冥飛隱處星辰指少微紅稻可釀千日酒碧蘿還勝
六銖衣山空鶴語高烟響石爛牛歌細艸肥松菊平生嘉尙在考
槃視履亦何非

送汪涵秋歸淮南兼憶斗樞

君來江上正芳菲今去淮南雁欲飛聚散人生如落葉蒼茫空水

對斜暉青山不隔孤臣夢白日誰憐季女饑爲寄愁心河畔艸年年春色望中歸

木公從宛應教歸京口小詩送之江上

秋水知予別夢長悠然天際下孤航衣無宛雒風塵色簡是梁園竹素香時事何途私涕泗江山留治報文章君歸豈托鱸魚興菊意楓聲已漸霜

寄答陳南充姒疇

秋籬叢菊一思君江上青楓隔暮雲劍闕天孤銘尚壯琴臺花改賦猶芬雞神自肅祠官典僰道爭銜父老文長物定知非所蓄郫筒美酒可能分

寄周觀察杜瀛備兵淮海

卜居近已老漁樵閒向秋鴻望赤霄龍節定知生氣象鶡冠殊可慰蕭條春旗暖色颺河日秋閣寒聲靜海潮近說移軍屯細柳東

方蛇豕更誰驕

吳幼玉六袠禮雲栖還賦壽

塵世桑滄定不疑采山聊可謝朝饑榮分几杖眞人賚香滿彫胡
弟子炊湖月能疏心鏡彩毘藍詎向覺花吹歸來更達沉冥旨米
汁秋樽好共持

寄懷林存我開臬楚中

離居蹤跡托垂綸顏色長從海月親道在冰壺懸鑑地環投滄海
抱珠人靈芬不格筳篿旨荒澤能無箄簵陳更有青山棠樹在年
年花載嶺南春

感懷寄慰田郡伯三峨量移還蜀

峨眉晴雪照歸裝數卷圖書共隱囊縱使世情如灩澦難磨清咏
在滄浪徑開彭澤三秋菊畝列成都百顆桑聖主知君心似水爭
傳冰譽滿朝陽

袁公寥自廣陵回雨泊招飲予粲感舊
盡日春江雨不開暮帆遙向廣陵來寒濤似枕山扉雪埋照猶銜火樹杯蒼狗浮雲聊共哂白鷗野水定何猜廿年多少悲歡事銷在西窗一寸煤

偶讀元次山喻舊部曲詩有感
兵興十載焚戎服嘆哭曾傳樊水陰退谷樵漁今已老普天士馬正如林榮光定叶明時兆閏氣難窺眞宰心日暮碧雲修竹裏空臨梁甫弄春琴

送江菊裳之信州任
海門新柳漾晴沙極目雲帆引鶩霞溢口潮迴猶帶雪弋陽溪暖欲蒸花春潭霧白鬭魚徙訟閣峯青絕鳥譁聖代緜來重才子豈令江總滯天涯

送李煙客林六長下金陵有懷博羅韓夫子

楊柳風恬五兩輕艕邊桃葉若聞聲露芬孤嶼啼閒鶴月印空江舞舊鯨聖代詩書寬捃摭農臣耕鑿有經營君行幷閉羊求路芟舍惟占紫氣生

送洪慧生南行幷寄子明爾止

秋林叢桂露香翻送爾殷勤展一言熊館誇胡臨羽騎牛歌乘燧達車門嘉賓無負筐篚饗計吏借知禮樂尊木末烟平霜滿際馮高不盡我思存

寄趙侍御芝庭

年來整暇理漁竿擊鱠撈蝦政自歡所喜黍疇荒下潠敢將楸局問長安樽前延酒月長在籬外映山花未殘爲托鴻聲報東海遠遊何日共高冠

謝遲侍御之來招飲黃山閣

東望天波曳紫瀾峩峩崇岱峙霞端花香飲鶴蕪城近海霧吹魚

渤澥寬綿曩自慙無禮數惠文深得罄交歡樽前已燦雷峯月願托盟心未忍寒

柬錢密緯

北固山前鱸正肥知君撰酌近漁磯煙餘野月全歸艇霜下孤花不隱扉吾道所須秋黍泰客程寧與海鴻違江峯歷歷青堪數早晚蒹葭片席飛

采石磯同劉爾敬晚酌感賦并柬同志諸子

晴江小泊荻風微掐月乘流有舊磯煙邃似爲歸鳥計波喧頻聽醉魚飛邊笳羯鼓烽俱莽鼉箔漁苗稅未稀此際野心閒對酒豊橙濟菊道何非

金陵晤郭侍郎金谿感舊兼送其赴嶺南謫所

十載離居未忍論秋花重對白門樽採薇留得餘生在孤竹彌瞻大節存黃葉路從湘水濶青山道爲逐臣尊殊方飲啄君恩重雷

雨行看起伏鯤
瑣闈夕拜共爲郎憂國覘君鬢早霜柳下不彫三黜節宣尼何陋
九夷鄉青藤釣酒蠻奴榼花氈編珠峒女裝陸賈金知非所好爲
搜奇瑰入詩章

李通侯玄素移樽舟中偕同志賦得秋江晚照

孤航搖曳寄秋花小泊班荊對莫霞樽酒自延殘照色六朝如此
晚歸鴉風搖遠火應難壯波立羣峯各不譁是際客心渺無極鴈
聲何復遞寒沙

與李將軍湛閣對酒

酒碧似分江上峯何知身世成飄蓬幼安東徙笑何地醉尉夜行
安可逢煙渚離離戲田鶴海天歷歷橫秋虹接輿是際楚歌發吾
道稼圃將焉窮

送羅別駕衡阜監督固原兵餉暫還南州

幾載題輿別思牽依依征蓋拂江烟龍沙暮雨搖珠閣僊掌秋雲
映石蓮飛檄虜移山後帳行春人種磧中田金城旦晚條方略宣
室爲君席欲前

冬夜酌杜退思感舊

燈白窗寒雁有聲與君深話十年情霜皐落葉鳴湘水煙陌繁花
簇帝京琴瑟自閑中散調文章還避左徒名樽前對影因相笑短
髮蕭蕭次第生

答梅長公書訊兼送其開府酒泉

秋淸蘭畹散餘芬列騎香風繞雁雲三戶已開鉤黨籍五花新領
酒泉軍杯前杏酪聽笳管馬上隃麋掃檄文遙送莫歌重進酒龍
堆元擬策殊勛

秋杪楚友何章長見訪

餘生安敢說行藏逕艸多君與破荒衰鳳有歌聞枳棘孤鴻循影

到池漬茱萸山酌高呼酒橘柚霜盤細薦香更剪秋燈聽落木湘
臣魚腹詠難忘
楚江千里布帆輕巖曲相尋叢桂盟風雨蕭晨無謬詧龍蛇大澤
有孤生閣通山氣樽俱翠琴入秋泉響更清此際悠然懷尙足東
山惟爾預沉冥

歲暮予築落成時程禹璜自北歸同幼玉長秀社集得年字

新除荒徑竹林邊朋好琴樽自此偏汐社不愆風雨候歸人更及
雁鴻天庭中藻影能稽月杯裏椒香欲報年落落歲寒忻共保春
舠詎負石門煙

中秋答余谷王

遙峯分月挂江城篠路蘿庭冉冉清高酌直翻叢桂露孤吟聊壓
百蟲聲闔廖石瀨喧秋澗簽葉寒香覆古坪此夕知君情不淺開
琴浮白坐空明

同方潛夫泊弘濟寺潛夫宿澄觀閣柬之

紅蓼青菰暝色深相從漁浦放閒吟夕陽已下江峯翠淸梵遙聞水寺音雨後野螢飄亂艸燈前吹葉響空岑思君高枕蓮花界夢裏能觀不染心

晚霽同元甫望九子有懷季供奉白

九子青嵐霽不收搴芳信宿向中洲布帆豈待鱸魚掛水幕聊尋海燕儔春市壚開香飲月空江烟盡澹淩秋獨憐供奉虛飄泊不共淸溪此夜舟

喜從祖茲園公解樵川郡歸

閒雲輕席兩悠悠天際遙歸故國舟海郡衣冠聞餞鶴江鄉飲啄幸隣鷗好風偏與粳香會佳月寧虞薜影稠只此東山足磅礴湘臣何地着離憂

浮雲自古不堪論初服彌瞻吾道存艸木賴融軒冕相人天合讓

岀粹尊幽心遠渚聞荷發霽目高霞快鳥翻自喜林間備羣從問
奇那得隔朝昏

秋居有懷楊斗樞霍鍾西呂益軒

九河日暮起重陰蒲葦冥冥秋水深如此陸離委長珮一時睇笑
倚孤岑攬茹不掩湘臣淚采葛誰明越婦心欲寄幽香虞道遠空
餘叢橘耀霜林

山阿歲晏孰華予西極將騰徑待車颯颯女蘿啼赤豹鱗鱗秋水
頷文魚天高冀野雲終被霜落吳江木更疎我欲何聲酬鳳德蕭
條自接楚狂輿

感時賦慰十三叔并諸兄弟

窈窕秋山青可憐更逢落木下晴川江魚薄媵寒潮水野雀深啼
晚樹煙縱目高臺遲佚女愁吟粱甫有遺篇汨余日月蘆中老招
隱難為衆嫮先

瑟瑟微風鳴女蘿邀予睇笑彼山阿衣能至哥呼牛語艾不張羅奈雀何淨露宛從荷屋降幽香誰並竹林多烹雌釀秫深相勞窮達無如理嘯歌

九日病中感賦

鶗鴂深啼感歲華落英猶繞故年花茱萸不厭人三已橘柚還香水一涯絕塞風煙無徑路彼都臺笠正繁誇山蘿土甑餔牛後起視秋虹抱晚鴉

采石弔太白先生

煙波是處若爲家鯨影空搖石上華祠像幾人能縮酒英靈終古自懷沙月當牛渚難爲夜江在天門未可霞山水將君共寒碧幽通何必薦疏麻

乙亥元旦雨中試筆

雲物空勞太史占江村竟日雨纖廉屠蘇逋老還先酌梅蕊流香

入小檐閱世又憐人事驚明農自許野心恬晴洲早定搴芳侶候至難令杜芷淹

慵思四十九年非眼底青山興不違松菊未荒彭澤酒桔槔久謝漢陰機蕭風楊柳鶯將囀新水桃花鱖更肥薄俗桑滄寧足哂煙帆擬向五湖飛

同越卓凡飲馬瑤草水亭聞寇警感賦

避地逾寬物外身相從抱膝覽烽塵淮流遍飲紅巾馬春壁雙開白羽人快集月霞能導酒薄寒花氣轉憑裀狂來擬奏俞兒舞野嘖星高未忍陳

雨中李京兆曉湘招飲秦淮水閣

綠楊吹雨濺芳樽煙艸離離漫水痕避地烏衣尋燕壘開觴白袷近龍門衷言競吐羅浮雪眉筆堪銷桃葉魂醉後與君偕騁望青山幸爲六朝存

鶡冠生事感蕭條愁緒寧堪雨共飄寧戚飯牛歌自苦幼安牧豕路長遙江田畬火春俱輟澤國軍烽夕永銷藉有使君高義在野人長此託漁樵

旅懷柬何計部蓉菴

烏衣旅食共閉閒小隱鶯聲艸色間聖世甯煩憂赤羽主恩到處予青山煙深漁屋鷗相狎月靜畊墟犢自還此地捕魚兼釀黍與君長駐老親顏

寓秦淮與長子叔水閣相對有懷茲園公

何地徜徉無竹林青山宛載六朝心遺身魚服江煙窈努力牛歌春艸深隔浦共聽花底曲開窗各弄月中琴茲園松菊知無恙醉後應懷梁甫吟

晤孫銓部意白感舊

冶城新柳正鳴鶯握手相看百感生共駴風波人世滿爲憐辛苦

賊中行一官大隱齊黃綺六代方山類削成廻首遂園觴詠地西京烽火幾時平遂園乃銓部園

方司成書田見過感賦

研北推君二十年如今雙鬢雪俱牽高車響並鶯聲至清論飛于柳絮前謝傅墅開芳艸坼孫弘閣啟晚山妍請從絳帳諸生後問字來分太乙煙

聖代潢池警未平漁樵夢亦入軍聲夔龍願奏雲天舞鵷鷺長銷雪夜兵葦岸尚容魚網曝麥秋不廢牆車鳴野夫敧枕巖灘月閒漱清流咏濯纓

家大人初度謝李戒菴過祝

汎宅聊申菽水歡秦淮碧柳照斑斕似聞黃鶴舞瑤笛更喜白魚迎釣竿自向源花通飲啄寧煩野竹報平安紫衣不羡逢元發斗下猶龍氣未闌

移宅城南郭侍御雲機過訪賦此

春深艸樹展清陰城曲居然軼遠岑蒿鶉幸能安弱羽花驄還與沛高音清飈貫體渾如竹古雪霏譚不藉琴有道家風知不改華簪長抱澹寧心

閉門高柳曳新絲何必雙柑遠聽鸝酒碧不離花下甕山青自至菊間籬鳴絃欲和松風籟煮石麤充菽水饑自食補天公等力江南無事子山悲

與葉中翰白于感舊賦

蚤歲相從供奉班如今青鬢點霜顏金門懶乞侏儒粟艸屩同探幕府山牛飯有歌徒自苦鸎聲不醉且無還木奴萬樹搖晴綠鄉夢知君更未闌

送王宮諭崑華北上

薰風堤柳拂平沙極目雲帆入遠霞朝列爭來迎赤舄至尊親與

押黃麻雞神漫飭祠官典葯醬虛通博望槎早晚夔龍陼羽動鷺

翻一爲舞訾邪

秦淮艸色碧初勻斗酒還來踐隱淪野啄亦招霄鶴至山羹欣有

鼎梅陳衝風搖海難銜石平隴開煙許負薪願得金甌名早貯敢

徯霖雨及波臣

月下陳令君剛長招飲敬亭山

女蘿睇笑自孤牽雲鳥何煩咏昔年藉有美人閒載酒更憐明月

皎如煙鐙青高閣遙鳴屧氣白羣峰靜侍絃夜久山禽響空翠清

機特爲此宵偏

空山碧月漾淸暉觴咏難令此夕違共剪紅亭今夜燭一參黃蘗

再來機風中接葉聞猨嘯露次翻松悟鶴飛寧待留髡投去轄野

心礚礴自忘歸 黃蘗禪師爲令公鄉人

謝項司成水心招集古林菴

古林嘉木展晴暉永日琴樽眷翠微宛有宮鶯囀香樹特分掌露
溉閒襟高談一破青山夢緩酌聊擕碧月歸久矣帝師推項橐此
中猨鶴欲何依
鴟夷幸托五湖船高枕菰蘆懶問天春艸薄吟桃葉雨秋菱小摘
莫愁煙逃名尙畏漁樵著息影甯逾薜荔賢自哂鄭虔無一絕煩
君爲給杖頭錢

謝范司馬質公見訊

野心端合旅樵漁自喜岑牟久遂初陶令菊酣三逕酒楊雲花覆
一牀書遺身祇覺青峯淺息影猶嫌碧葉疎艸犢且肥松鶴健君
恩元未薄居諸
烽塵莽莽此何時方召推君定盍疑大樹爭瞻抒虎略枯槎聊可
寄魚絲月潭自爲鳴琴秀雨圃難令種藥遲爲報菖蒲樽已綠銜
杯何日醉江離

程司空我旋見枉賦此

山公物望著巖廊高閣琴書對隱囊直使公卿失榮膴遂爲頑懦廣津梁新除特爲龍髯重夙譽高覘馬骨香自哂苔花冠已毀未堪拂拭向王陽

用韻答薛比部諸孟

汗漫長懷若士行負春聊結五噫情陶彭澤酒碧無恙謝太傅山青自橫野竹𢯱稀風細解池花烟破月初平與君濬枕松間石廣武同嗤異代名

水亭吐月宛然秋彥集何殊名嶽遊艸聖爭傳靑李帖芸香不散白雲樓官閒鶴嶠賓長至句就雞林賈競求別後搴詩勝蘭芷一時梧竹讓淸幽

柬董冀州里淳

五馬歸來物外身下帷還擬著天人閉門日與世情隔沽酒不嫌

生計貧士屋春閒朝飯犢布袍秋冷夜編鶉從君卜築青谿曲何
必花源學避秦

桑田滿目駭風波世事如君高枕何亂日加湌推麥飯野人努力
向漁簑幼安澤有豨堪牧廷尉門無雀可羅鳳去荒臺秋艸碧登
臨寧復忍悲歌

謝顧兎泉以其先人東橋公集見贈

芳隣結向杏花村衡宇相望似鹿門亂後始知魚麥貴閒來彌悟
雀羅尊琴書高士風無忝封禪先賢艸尚存近局隻雞招未遠與
君期不負山樽

晚坐弘濟寺

古柳參差掩寺門荊籬石埠自爲村風嚴烏榜通菱浦日落漁炊
就荻根野月荒荒難辨色江峰寂寂更何言鐙前無限浮沉思銷
在菰香水鶴喧

再遊栖霞來恒覺上人

憶聽天開巖下鐘苦吟淸嘯對霜楓別來幾碧山中艸偶至還靑
雨後峯大壑古雲仍抱石空潭夙月又開松振衣更指高霞路落
日將君辨海鴻

懷季重觀察江州解官還山陰

猿鶴稽山約未寒羨君欣整遠遊冠綵來聖世容招隱安有才人
不左官老圃鋤長隨酒甕中山篋豈至漁竿懸知高枕層霞上翻
惻人間行路難
琵琶江月思紛紛君與匡廬共一雲蓮社偶來分虎笑蘭亭長此
狎鷺羣亂來野菊難爲色愁至霜楓易入聞強起支牀舒遠眺不
堪秋艸載斜曛

曉過石馬沖

古原何地不桑麻六代陵園問暮鴉是處石麟銜晚照幾聞笙鶴

駁高霞橫塘綠水漫菰葉平圃青藤罥豆花野犢不知離黍恨踏莎還上玉鈎斜

石言十二首

歲時薄有稼穡彌力秋穫屆期而桐警聞矣

十晦年來夢已安農臣自許考槃寬祝雞晴柵秋煙迥捕蟹霜疇夜火寒竹篠謹應騰酒頌桑乾警不到漁竿何來蜂蠆生懷袖空使顛毛豎鶡冠

春中聞流寇警予倡乞師議甚力里中亡賴謂無病呻毒詈之茲潘將軍可大捐貲募士至而桐變旋賴以鎮然則予議非與

南箕嗡嗡吠江城共懟侏儒浪請纓愴主爭爲羣盜袒罪言難謝姤人情蚩尤朝避鈴門氣妖鳥宵嚴鐸帳聲到底安危憑此仗杷人何復負平生

賊野掠訛言四起兵使者王公憤之力疾提師㳄練川擒馘壘奏賊儲而解合郡以安則吾儕小人借公袞繡

者去尋常攀臥情旨相越何啻徑庭

江左夷吾藉鉅公小戎薄伐奏膚功符經秘篋分黃石劍氣中宵射白虹身共荷戈零雨會手援失楫亂流中練川璧月明秋水不與尋常借寇同

郡伯愷悌君子且撫固其職疇曰非宜即賊殲後佯示慰藉安反側也百爾務蕘多所採納其用意蓋穆乎深遠矣

懷綏自是守臣心表餌何妨試綠林蔀屋已令書犢劵桑間誰與弄鴉音軍書莽莽秋雲苦官道離離蔓楚深燧火車門宵未屏憐予一顧短襦吟

宿令楊以清幹移攝桐未匝月賊厝火久颺發駛矣然身處虎穴指授成擒雖其太夫人在宿署涕泣念之勿顧也令何負桐哉

令尹家風接四知三年冰譽滿松滋計當赤社移琴日久屬黃巾定策時慈母啼烏淒月樹神君徙鱷著霜威至令三復鵶鴉什風

雨飄搖咽口碑

茲園乃家　樵川公懸車處公憂時殫智慮不愛髮膚倍余而受羼裘之訴又同也黃鳥啄粟鳳德何衰是告曰歷吉日乎將行矣

茲園黃髮幸皤然憂杞恒居衆慮先尼父豈能違曠野靈均招與問高天鼎湖弓劍龍長臥故里荊榛鶯已遷艸色玄黃殊未已聽夷莫負五湖船

賊渠黃文鼎汪國華蓄亂久而通奴張儒者適乘駿馬拜墳爲里兒所嗤儒憾之遂輸貲汪黃以佐鳴吠後其主誘縛之伏法與情殊快

鼠子胡然蓄異圖馮陵恥作霍家奴流言笑指青驄馬妖樹爭啼白項烏燐火不堪成異物穢形還惜點靈誅空餘蔦蟻饑驅甚賴爾嗟來薦一餔

桐中一時耆彥文儒表表月旦者薪木圖書爲賊所焚標幾盡相率避地白下而吳宮諭客卿先生聞變遯跡于郊遂不得大葬衣冠陽九一至于此

眞宰悠悠問莫申幼安何適避風塵長林未免衣冠禍浚谷誰閒飲啄身廢壘歸無王謝燕羈栖行負叔敖薪更憐太史修文日梁木淒涼未敢陳

風雨舟行謂軍府陳賊狀不自知其初度也

江墅秋深菊未荒幽香細雨遞危檣紫萸樽爲離居罄白石歌緜此夜長荷屋衣裳元誨露杞人容鬖易臻霜故園豺虎縱橫甚弧矢羞聞射四方

弦高椎牛包胥胝繭艸臣于父母邦心力竭矣不知我者謂我何求退而思遠遊豈予所欲哉

羈禽豈不戀喬柯如此青山滿目何避地若將違左袵迴車何必異朝歌四隅終自擢毛羽千仞從今謝網羅寄語籬邊衆雞鶩好連爪距啄秋禾

兩脅人欲下居白門如歌五噫出關也華陽地近得時叩鍊客丹方用代菽水洵是大樂

煙駕雲旗道益尊飄然鶴髮共加飧廚多粻糗充牛飯地遠謍邪

即鹿門山賚有雲延履杖萊衣何日不朝昏因嗤異代秦時叟雞犬蕭條寄古源

六朝清綺之遺搴采宛在舊與諸君子結有羣社茲得晨夕相訂清商玉樹尚可返于正始乎

六代菁華韻未荒緜來詞客此翶翔長干花滿青郊雨玄武荷綿綠水香敢謂浮槎關象緯漫思大雅易清商好沽孫楚樓中酒酹向高臺弔鳳皇

五言排律

壽龔直指瞻鳳太夫人八十 四十韻

佳辰開鳳曆天寶煥龍光柏露凝華重芝雲攬秀長因駒歌渥水于鳥紀瑤筐卷耳懷空切松筠意不忘碩人儀特劭女史德維良蘭取充幃珮蘩頻入釜湘和熊親誦讀卻鮓訓官方琢就家珪璧隆稱國棟梁甘棠榮旦月直木凜臺霜殿策能爭虎邊烽詎避狼遺身等飛藿固圉若苞桑對壘援桴鼓登陴奮蹶張飡眞窮穴鼠

虜亦畏神羊更歷虞廷狩重開禹貢荒包茅馳筆籙竹箭溢艅艎
鶩鸐呼無癸貔貅氣孔揚遂廻天步險再見廟謨臧叱馭辭京室
乘軺肅帝鄉義聲韮艸木仁聞洽飛翔周道揆胥溺勤思戒復隍
澤先頒尾螯恩到白駒場望愈崇巖石勛看勒太常三江澄練淨
九子嶽蓮香華轡週南國中褕念北堂夢長依橋袖歸及捧萸觴
濟美蒸三秀弘文萃七襄麻姑停羽翮阿母授璈琅曲許雙成度
簫從弄玉颺西山呈日麗南浦獻雲祥此樂誠何極羣心若未央
膝前飄繡袞履下飾明璫曾借于游劍將鳴尙父璜感機抒黼黻
秉菼掃欃槍愷澤諸方豫忠謨聖主康普天歌大母良史撰幽芳
算與山河並麻將日月昌絲綸重賁閣袍笏且盈牀綵褓摩銅狄
蘭燈續玉昉龍門懃未陟鸑鷟永相望願托長庚彩遙申北斗漿

題吳橋范氏祖德詩二十八韵

維恆鍾蟄德于岱劃雄風雹逐燕臺駿波翻北海虹山川既蟠鬱

文物乃冲融疇美成炎史淹推奠夏功餘靈難遽歇華閥必終隆
累葉開良冶彌天譽聖童敬恭敦梓里詞藻冠芹宮侍學庭趨鯉
爲儀陸漸鴻經生容祭酒哲匠讓宗工取果寧嫌小分荊不厭豐
伊人誠隱豹其夢亦維熊萃聚英初拔飛騰業早攻名駒挺思曠
毛鳳蔚超宗艸聖門包鐵琴心爨識桐薦因名士挫家以腐毫崇
巨彩收星漢長天隱蝃蝀沉埋人似玉損益道如弓珠櫝光應燦
璇源衍勿窮崢嶸誇水部磊落起山公鱗向溟南運羣能冀北空
梅花官閣爛桃李藥籠充汗簡抽毫碧泥書映軸紅門蘭紛馥郁
庭樹接青葱仰久高山並懷今片刺通淸言連曉夜奇字抉鴻濛
蹤跡五湖長家聲萬石同末緣瞻化鶴聊爾竭雕蟲彤管盈東壁
賡歌正未終

柬瞿起田二十二韻

漢庭褒異績周室宴嘉賓四牡乘軺至雙魚折柬頻自慙旋豹尾

未敢逆龍鱗病已同司馬耕將問子眞庭萱長入夢篋艸久生塵
獨樹風驚鳥空牀月照人鄉書千里隔藥裹六時新顧腕疑多鬼
論心倍有神梧垣霑劍履芝宇限城闉蕭寺經行寂空囊旅況貧
倒衣難命駕得句每書紳涕淚榆關事支離瓠落身喜峯虞勒馬
樂浪不爲臣揭揭徒看日滔滔莫問津杞憂虛慨慷桑土竟逡巡
廟算恒多闕封章肯厭陳松筠瞻勁節糠粃愧前薪紫塞餘蛇豕
靑蒲獲鳳麟補天君煉石釣海我垂綸鷗狎淸江渚鶯啼別墅春
蒹葭人倚玉芳樹月如銀白社依開士靑山作逸民著書餘歲月
壤擊大江濱

夏日東池送友人納姬廣陵十二韵得僊字

嘉澼酬良月靑門豫野泉池光開旭鏡林籟動薰絃枝綴投車果
香舒引步蓮裀星吟遂切簫月綵誰專鶴路行飛駕驪歌詎黯筵
偷分眉閣黛別卸御衣烟采藥難擕侶栽桃好趁年針樓蛛卻掛

銀渚鵲爭塡梅稺羞承鼎花嬌不耐鈿吹移臺上史夢綃洞中僊
詞客傾奩咏王孫賤錦纏余慚參遏末聊賦定情篇

五言絕句

園居雜咏

至人遺外事靈貺集霞上流鈴時有聲泠泠若松響　十賚閣

水淨頓無體素鮪如遊空瀕視見春鳥時翻藻荇中　鏡舫

獨立步欄外空香何處來高枝颺綵蝶始悟木奴開　香嶼

花葉循古情目玩自成綺莫惜倒山樽搴芳從此始　綺雪亭

斟酌向邃古埋照無醒期爲憐竹林賢秋艸生蓬池　酌古齋

拔爾荆榛叢立之琴書牖幽風曳女蘿向予若稽首　石拜坪

平等菴偶成

泠泠曳蒼玉風庭不斷香馮崖眺寒碧或恐是滄浪
白雲自來去山情復何有胡然無盡時廡下羣峯首

童子施臺飯諸禽忽而懼爲適野人家桔槔看澆圃

夜靜松子落山鼠時一鳴空林殊寂寞賴此小蟲爭

煙客以水晶巵見貺繫以詩賦答

大冶結瑤冰善手劚寒玉綠蟻若浮空光氣自爲燭

撫菊引華巵因思貽者美報以玉壺心明蟾照秋水

七言絕句

釋稗十二首

江行偶閱稗官書輒咏其可喜者自娛

翠嫣折溜見盧魚天老擎拳拜綠書蠙大如虹看莫笑炎皇珪女

有盈虛

蛤螺星聚寶光微拾得靈盆當璧歸不信禹餘糧坐竭池邊金鴈

莫教飛

雲陽谷口潦翻盆峭壁孤盤失晝暄却笑緼袍秋不暖甘泉聞說

有寒門
惠嫋湖邊灌木敷雞神來往在菰蒲猶嫌落葉汚澄練靑烏遙銜
出島隅
溪上丹房草不蕪洪厓杖屨費招呼宜城春酒溶溶綠欲藉蘋香
酹鮑姑
雷塘無限白楊花寒食西風集暮鴉莫向舊堤窺柳色春鋤爭上
玉鈎斜
載燭行壇自委然靑瓊遙望氣如仙桃戈試舉誰能刺薄向藍田
瘞寶煙
烟花賓從盛如雲別有欽嶇刺史情歸去不乘淮海鶴單衫小馬
看盤伶
嵩高枕樸臥雲烟月戶遙分玉屑餐不是萬靈攢七寶望舒安得
勢如丸

高壇元狩禮星精東海眞人果集靈槲葉蔽腰書滿把人間長誦火珠經

曲江勝日剪花裝蜀錦流蘇引獸王不解繁華終逝水紅絲爭欲絆春光

賓連蓂莢繞堦生少海靈臺作頌成獨有金莖閉平露夔龍何日事韶韺

從眞州還金陵舟中無題

沙晴水碧浪花柔明月烟中度淺謳不是青衫絃上思依稀香語囀西洲

秋蕪小直步痕深目遞無聲綠綺琴不羨桃花人面似願將絳葉點雙心

瓊枝萎絕廣陵烟橋月無宵不可憐控鶴直追嬴女駕簫聲定繞鳳臺邊

淸商玉樹已成塵天女光音復度春不識麗華能似不雪霞一片藐姑身

文園消渴苦難蘇悵望金莖澤並枯自笑秋庭褌尚在肯辭犢鼻勝當壚

湘蘭露重轉無芬遮目猶嫌巫峽雲千頃豔情關不着蛾眉寸月一疑君

偶過長板橋感舊

秦淮何處饒寒色長板荒橋霜艸多惟有春風寄樊口當筵能唱隔江歌

舟行無題四首

芹香艸碧柳花疎雙燕雙飛掠水初暮暮春潮弄明月海枯何日到前魚

水調淸歌何處郞蘼蕪爭讓口脂香自憐雙袖龍鍾甚爲爾平裁

尺許強
不是從軍女木蘭佩聞芳艸號宜男歡聲欲鬬前溪舞私向菱花試小憨
廻風舞雪壓春波不惜千巡醉叵羅酒後藏鈎殊意氣郤嘲桃葉是青娥
南海陳路若新婚甚𨯊調之
鳥爪遙聞出綺疏城隅寧復費踟蹰孟公更不投賓轄花葉長扶七寶車
增城沖舉有僊鬟君美重聞接珮環秦氏烏生八九子不須郎在鳳皇山
琴心曲曲豔人腸共臥牛衣秋夜長頰上粉痕銷不得紅潮何必醉檳榔
寂寂青谿笑小姑上山不唱采蘼蕪辟纑生恐柔荑頓忍遣調漿

卓氏壚

詠懷堂詩集卷四終

外集自叙

蓋聞才逐情生情從境感興有所會響亦隨之故蘭亭曲水紀逸事于流觴桃葉春江囀香喉于柔艣長安多古意遊絲將啼鳥爭妍麗日照皇洲艸色與蜻蜓俱醉酬茲勝日藉厥新聲亦有楓森巫峽葉落洞庭女蘿睇笑峯山鬼之雲容寶瑟悽清泣幽靈于湘浦斯則宋玉對以愁生雍門感之淚下者矣若夫水清月吐霜滿煙平凌波皓腕拾海月兮石華吸烈絳唇和流鈴于松籟颯沓轉空林之梵蕭條爲半嶺之聲斯則塵慮唐捐淸機獲露幽人曠抱微有可宣以至高館張燈動離思于琴瑟旗亭折柳惜行李乎驪駒水咽河梁天長雲樹既登高而送遠復感夢以懷人此柴桑所以有靄靄之章商陵因而臻悠悠之慨也其餘勸兒飲馬倡婦彈箏或葡萄美酒舞龍劍于帳前或繯縩花裙啼鳳聲于屏下薰宋鵲以博山之焰啼烏臼于合歡之株下至鬬雞躪柳飛埒藏鈎樂

有多端咏難一例要以情鍾我輩樂所自生無慮江令之花繁莫
遣參軍之才盡萬籟號而鏞筬並奏秋水至而瀾汋齊盈而又何
必較量乎工拙按覆以神理也哉

石巢阮大鋮漫題

詠懷堂詩外集 甲部

石巢阮大鋮集之著
衲子德　浩宗白較

早春至平等菴憶宗白遊吳

寒花繞巖曲孤錫向何飛楚嶠猨中秀吳雲鳥外微林香開藥路龕碧積苔衣君夢如諳此何須破夏歸

同楊順賢吳元起宗白循元牛首山閣步顧隣初先生壁間韵

吾生婚宦兩休緣初服長容野衲連久矣蜉蝣閱塵世直將鴻乙辨高天青燈艸閣聽宵雨黃葉山杯煮石泉榾柮眞能忘歲月開香何必六時蓮

送吳大年還新安覲省期以春晤

君歸繞屋有梅花高枕天都峯頂霞怡老手能和大藥望衡人爲
折疏麻時紛始悟簪纓累身隱何如釣弋嘉春艸且深江柳細白
門期與共聽鴉

久客歸坐雪石巢開門人鄧簡之書并見懷作

遐矚及龍眠伊人卧紫煙雪光疑落月夢路不分天藥澗鳴晴屐
松門吐夜絃知君唫咏暇思亦竹林懸
久客理山篋開君歲晏書古風矜未敗秀句諷難疎林淑求春鳥
江暄徙霧魚幾隨磨鏡客來醉步兵廬

定情詩

微心入何際眉上遠峯青霞爲朝妝曙香因夜語靈通花馮一水
隔渚笑雙星願得長如此簫聲響鳳翎
春山靑欲近採藥路何寒自結持筐侶非徵敝席懽文情微笑處
禪理澹眉端不定風花思如今幸可安

謝呂司馬豫石招飲

嵩維長綿五色雲其間名世有升聞星河自衍難分氣圖史能留未墜文道在氈裘詢動履官閒琴閣擅清芬磻溪知有餘璜在師尙應追異代勛

九曲爭如砥柱何東南平奠此山河海陵治粟癰桑撤灞上移軍細柳和幕府清風覘馬骨車門白石詧牛歌婆娑此輿尤難淺銀燭青煙照碧蘿

贈朱白石

小慧輒彌天蹄涔不自憐于君觀溟渤握手向江煙月氣寒潮吐霜聲夕鳥宣茲焉開撰酌應不媿林賢

朝昏共言謔自不省途窮鋏豈因魚擊歌還爲鳳工植交氷雪次晰義雨花中歲晏情彌勝聊當謝谷風

過柏城精舍同宗白雪葉論詩盡日

人境終難旅謀閒就古林山扉照寒水彌習靜居心枕月夢恆曙
潙鐘咏更深翻疑棲葉鳥歸帶市朝音
何以酬花雨空林諷咏翔筵篿心自苦菽麥辨難荒澹旨懷蔬善
佳言敵飯香塵機無觸處銷盡竹林狂

羣社初集共用羣字

鍾陵曾未沬靈芬光岳難分聖代文高咏各師寒歲雪初衣交擧
六朝雲霜前玉樹能廻豔燈下名花不亂羣鼓吹如今饒衆嫿竹
林聊得寄餘醺

柬吳闇生明府

竹間鳳實香飲秋羣鶩剝啄知匪謀萬口各能寒碣永一官何惜
春雲浮空山蘿薜閲人境晏歲雨雪綿滄洲飯牛長夜苦不旦朝
雞失唱西江流

趙侍御二瞻陳駕部白安移樽江上相別

澹月微霜皎莫分于焉樽酒惜離羣津亭投轄秉紅燭子夜徵歌遏白雲棠樹如林寒未解梅花繞舍夢潛芬石門卽報春山綠擬採芳蘭一寄君

寒月同損之公穆宗白泊三山江上

江空演寒月羣象入虛無但省身心在因聞鴻雁呼明燈開筦簟激石灼樵蘇莫慮淪荒楲清琴試可娛

懷百子山

浮家恆累月遂有鹿門心汲水憶猨路棲煙懷鳥林高霞徵屧切清響蓄琴深何事迎潮月悽其霜露吟

三山方爾止至同損之公穆宗白月下集舟中得蒲字

空江小泊向寒蘆洲渚微茫雁夕呼月下聞潮如梵唄燈前剪菜卽伊蒲寒蘭不盡高丘思種秫難令下潠枯共待海門芳艸候春香一醉步兵壚

送當塗徐明府松濤入覲

靑山寒不解甘棠煙鳥氷魚有泳翔小泊琴聲喧古雪高軒舄影入淸霜陳風萇楚江鄉俗縮酒包茅澤國香湛露歌餘春艸碧花村竹馬看騰驤

舟次憶家園兄弟

檣燈篷雨暮江情此際何堪旅雁聲南舍地暄篘未解荒池春近艸將生雲峯夢到龍山秀潮月看如雁汉明好浣匏樽盛柏葉迴艫卜夜與同傾

送劉宜之北上應試

雪齋梅花香正緊看君征馬向平原星藜更曙前薪火聖酒新酣季雅樽桑土定知煩借箸苞根還爲達臨軒漁竿已穩滄江夢聊望公車効大言

穀日爲太恭人禮懺入山因坐靑蓮閣偶成

永祝南陔日齋心禮化城兼之苦塵役迫此愛山情氷弱通泉脉
林高越鳥聲悠然感香雨天女鬘華生
一氣當誰辨身光與翠微遙看城市裏朝暮碧煙飛喻法寒谿雪
觀名野樹暉清機隨所觸晚磬益依依

譚別駕見紳以失職待訊同其令子客皖逾年雪中賦慰

澤國東風早羈栖有向隅靈芬難可問優孟復何須夢外獄雲秀
情中海月孤（譚東海人）謫居看整暇詩禮待庭趨
直黜知無憾南冠未忍論永懷向松菊再歲歷芳蓀春雪門長掩
宵鐘諷尚存蕭蕭依古寺蔬水卽君恩

寄贈滄州戴孝廉應星

江天晴雪漾輕颸安道遙牽千里思碣石詩成將問海上林賦奏
幸同時櫻桃珠厭青絲籠楊柳煙開赤羽旗自有宮鶯啼恰恰雙
柑何必聽黃鸝

走筆寄懷价人應試南都

山猿呌秋月此際亦思君國士方抒策明時復右文肯虛鐘鼓饗遂覺咏觴分得意鳴笳鷺來喧皖口雲

自君之出矣日夕坐芳塘深艸謝時輩涼風追上臯文魚隨月媵白雁挾雲翔余亦懷京邑三山共褰裳

寄輓博羅韓寅仲先生

五柳歸來物外身擁書萬卷不嫌貧政成康樂疏山地隱就師雄入夢神擊筑永懷燕市酒加餐煩問澤中綸傳聞雙燕廻翔路來往無驚石洞塵

香雪羅浮萬樹繁于焉蛻骨亦何尊騎箕此日歸壠次挂劍何年向墓門謝豹春聲啼石竹麒麟秋夢枕山蘓佳兒景宋能爲侶作賦親招鵩舍魂

春雨感懷寄木公密緯逸少

然疑明聖世蠕蠕動黃巾野戌乖農務官徭及鈎緡且尋榆社酒
莫負若洲春努力陳牛飯慵書獻大臣

寄懷方君瞻

春山青滿目君隱向何雲著艸文心壯瞻蒲穡事紛恬啥惟鳥和
勝日測蜂分可憶研奇字狂歌盡夕曛

寄懷廬州吳太守淡玄

淝水春風引綠蕪使君五馬飲清湖但聽花下鶴鳴靜不畏城頭
烏尾逋白羽譚兵麾部曲絳紗退食擁生徒治平第一元家譜宴
錫行看冠虎符

盧大參楚白見枉俶園

楊柳晴風漾海門隼旟獵獵照江村移軍不徙春畬火揮羽全銷
楚澤魂荒徑碧從茗意吐短籬紅覺杳香繁何時重繫山公馬高
唱鐃歌盡一樽

野人跡久隷樵漁幕府頻年闊起居清露友聲黃海鶴暄波銜尾
荻江魚久知桑土饒成算閒過柴門問著書筦簟盍陳良話永蕭
條殊媿步兵廬

首夏郊居貢彧自敬亭相訪同諸詞人小集

春雲遙向敬亭來石戸荒情爲爾開好是鶯花司令候莫辭魚笋
拍浮杯柴桑且問泉明社芸閣還徵貢禹才良話松風俱未已林
山暝色莫相催

初晴磵中同若仲六長散步逢家衡之兄入山相訪

空煙何所抑松篠亦晴吟拾此磵中步了然溪上心君方超艸露
相共展巖琴詎屑林塘內嚶嚶別夏禽

寄田郡伯三峨

清風瑟瑟動門羅五馬時爲窮巷過問俗勤劬到暘雨憂天指點
眎星河絕交共悟嵇生旨逢世慵賡寧戚歌白酒黃雞秋正美姤

人子復奈予何

潘將軍太守防皖得代代之日軍民皆不能別也

國士雄風冠石城憂時投筆請長纓曾提虎旅辭淮甸直遏狼煙至虜營楚澤黃巾爲嚙指江城白羽有先聲小孤不少燕然石蘸筆爲留大樹名

鄒觀察靜長久以書訊便中附謝荷艇乃從靜長淨業遊時事今如隔世矣

羣謠深省亦何恩爲脫昂霄野鶴樊歲月遂爲林壑有雲山安得是非存靑羊索我成都肆黃犬繇他上蔡門近亦知君諳此趣臨風聊附接輿言

雙魚曾問水中央字字商坪芝艸香自哂據梧同土木遂慙報李越星霜喜無縶蝶干淸夢獨此高蟾照隱囊尙有夙遊忘不得北湖小艇泛荷觴

感舊寄莫方伯寅賡湖上

山中蘭蕙晩俱荒冉冉懷人夢路長三觀封霞懸畏壘六橋夕月飲滄浪寅賡官東省移莒上鶴聲不爲傳呼歇荷氣翻令案牘香安得浮家過西塞相從一省志和狂

楸枰世事復何如七澤倉皇急羽書郢國是郁成蔓艸時賢報主有箯輿鱸蓴官舍猶能辦魚笋兵厨亦未疎江上煙雲湖上月與君出處共于睢

送又漢東遊

伏鷙毛羽亦應殊恥作春星繞樹烏自有高山銜楚調欲從子夜挽吳趨市中煙火尋簫客旅次風霜醉木奴不藉鴟夷載明月璧光先已照菰蘆

答袁稚圭寓江州見訊兼柬王臬使遂東丁文學元大

小閣滄江放性靈匡廬飛翠滿柴扃白蓮自昔繁賢社玄艸于今

繞客星鈷鉧鄉雲長臥篋琵琶秋月漸開亭雙魚一致無功否五
斗應爲破獨醒
煙霜隨釣有鱸魚何必江潭可卜居下潠稻香充旅飯艸堂址在
引籃輿買山將隱無彈鋏避地逢人諱著書惟有柴桑稱逸秀秋
清堪與摘芙蕖

再送方侍御崧生北行

清秋汐月滿江湍建業雙魚約未寒方叔猷看驄馬壯步兵咏與
鷺鳩安柏臺遙望標瓊樹竹里何期澥玉盤近日楚烽聞泯滅蓼
香荷露繞漁竿

壽吳客卿先生七十

四朝香衮案閒人歸問枯碁說法因弘景豈能專十賚右丞差勿
媿前身手翻貝葉應難老厨有芝苗未是貧更向蒲團消浩刼鉢
松種取作龍鱗

寄懷高州畢別駕

題輿蛩譽冠南天高韵松明好共傳火耨村長鬭野穫欄居猺亦被清絃銅魚大可邀鼇保霜蟹聊堪拍茂先已向山廚藏百榼春風江上待鶯遷

壽何先生澹餘七十

初陽葭管報飛灰正是萊衣試舞廻聖世自能寬俊及高賢貟勿忝宗雷杯棬忠孝名長著喬梓文章節不摧卽此鍾陵堪陟降梅花歲歲好銜杯

偶答友人見訊

秦淮星聚向氷天握手相看一莞然辟穀自矜松已赤同車莫問艸何玄卿雲好暵蘆中日霖雨還蘇綿上田更向桃花釣春水鷗鷀斜日對高眠

慈姥湖旅夜懷子卿風雨之和州

曠野悲難釋傷君又獨征暮帆迎汐路雨夜慼江聲既斷顛風渡還驅疲馬行憂時兼念友遂覺一身輕

亦慕端君適平生心奈何未甘淪日月遂不有風波意與川原極形兼霧雨和車門張燧處未卜甯牛歌

黃侍御了素以江州詩見寄賦答

秋水樓船泛太淸水犀連弩刺長鯨溯洄亦有三巴字擊汰居然千頃情匡嶽雲峯開肺色小孤月汐感琴聲詩來片片峨眉雪小叩漁舷和濯纓

感時賦懈仲茅先生

謗高才子例直黜腐儒言但解危時組長開勝地樽伊濂行讓祀絳灌亦輸尊特羨鶯啼處高春正閉門

趙二瞻左左漆二使君招同李戒菴集古林菴

繁花微雨閣春陰驄馬偷閒過道林煙艸夢含韋曲色露葵香飲

輞川心時殷茗椀譚逾貴慮澹松寮梵更深何意帝城開白社青
蓮結伴共招尋

送馬中丞岫旭移鎮皖上

春江芳艸積晴煙靑雀西飛宛若仙久有威名驚萑葦直將樽俎
寓戈鋋射鵰士習穿楊技買犢人畊釀秫田早晚鐃歌喧皖口伏
波舊柱爲高懸

送姚司寇岱芝予告歸雲間

三泖春深杜芷香遙知鷗鷺待歸航陶公碧柳舒芳月白傅靑山
隸艸堂蕉鹿久嗤塵夢幻蓴鱸新拜主恩長卽看簪履關羣注未
許高巖掛薜裳

趙侍御二瞻攜樽過朱宗侯琢吾水亭 琢吾出盆中海棠相
賞

秦淮春水壯新柳漾其間遂引高人興來敦小閣閒燭修觴自拓

煙豁月知還塵次無凡語惟評所歷山
幾年春夢路幸不墮塵簪頰有烏臺彥能齊鹿苑心絳憐花豔小
碧演酒香深不是嘶驄馬還疑集古林

柬答貴池楊廣文贊皇

芳艸因君憶遠天高齋朝暮九華煙吹藜太乙紗常曙立雪生徒
履欲穿官寄琴樽非苦海家傳詞賦有甘泉懸知彤管儷書日祕
閣還堪理舊氈

黎比部爾瞻見訊賦答

君官大隱類東方閒閱飛花點筆牀松閣遙分弘景賚竹林還憶
步兵狂梁園艸色長通夢桃葉鶯聲欲媚觴抱犢自公多暇日詩
筒知不負滄浪

爾瞻言其鄉袁計部環中保障功索賦賦此

睢陽烽至掩孤城保障鬭資粉署英盡解簪金治牛酒手援桴鼓

儷狐鳴霽雲飲羽猶殲醜安石圍碁自郤兵試看梁園春艸綠千
村買犢事深畊

柬以冲玉華兩先生

春野無非綠東山著處青聊支弘景笏一禮少微星衰鳳從來往
恬魚泯醉醒長瞻鴻漸地藹藹有雲停

戈給諫敬輿過訪不值賦此

春城柳絮已陰陰小圃煩君物外尋窮巷煙荒朱雀艸野橋風遞
碧雞吟花間覓句宮鶯和客至銜盃禁月臨華省幾時封事暇相
遲同響少文琴

爾瞻以丁南羽畫羅漢卷索題

天都山人繪水月西來大意從筆生白雲仙吏復好事品題此繪
水月情海霧霏微几上吐衣珠燦爛詩中明高陽狂客輿亦靜碧
酒到手不敢傾齋心漱齒花下露諷讚如撫秋琴聲點筆未已落

花至悠悠一鳥林間鳴此意忘言亦難繪無數靑山籬外橫

壽陳母胡孺人六十

庭萲熠熠冒朱華永日觚稜賀燕譁鹿嶠久開仙媼籍鸞車並集太丘家方平有背長留爪天女如朋共散花寧待孟公投去轄自偕晨肇乞胡麻

雨中同仁楨坐元甫遙集堂飲奕兼訂宛陵行

高館旁羅梧竹陰相看竟日雨沉沉銜杯共悟忘憂旨坐隱兼銷決勝心紅葉綠堦閒飲露黃鸝隔樹細流音敬亭更探玄暉蹟雲嶺蒼蒼猿晝吟

壽張秀亭偕配六十

天門秋水碧如煙向夕琴高控鯉旋更有麻姑來降室爲歌平子賦歸田玄猨豢就能呼月白雀教馴欲戾天聞道志和仙舫在采菱沽酒縱高眠

題沈巨山謝懷閣

隱侯有遺搆高擧敬亭雲樹影綠谿合猨聲清晝聞峯霞迎諷至山響候琴分祗恐臨風際玄暉轉憶君

再慰方時生

聖代何多故潢池警未舒時情矜捃拾峻法中樵漁義媿齊平仲歌深楚接輿思君授經地虹貫獄中書

壽俞文學其章尊人南金偕配六十丁山南金隱處也

敬亭高隱亦何閒葛杖潘輿並可攀豹霧爭看騰子舍鹿門近卽在丁山風坪松響傳眞誥露圃芝香竊大還歲歲陵陽谿水綠浣花釀酒駐朱顏

柬張二無尙璽二無昔之虔州任秋泊皖口便遊匡廬余媿未襆被同行也

江月挂秋樹懷君旅泊情橘香導帆路潮響紊琴聲露白山猨呌

天清木客迎慙予多滯跡不共虎谿行
人倫推水鏡海月印珊瑚遂轉溟鵬翼來司殿虎符禽啼風館樹
螢點水塘菰官況殊寒儉文心何太胦

范仲闇以遊華山詩刻見示賦謝

萬里峨眉雪從君腕相生能銷帳紗暑彌覺甑塵清空翠通山響
蕭寒起瀑聲悠悠對雞黍不盡古人情
濤響翻松路如通博望槎手攜神女雨一澥石蓮花碧荔啼山鬼
靑芝飲嶠霞因懷夙遊地雲海浩無涯

送王梅和使君乞養歸滄州

離索誰能遣危時感倍深十年棠芾地三徑菊荒吟別思雲橫碣
歸航月照琴銜觴增累歎不獨重分襟
春風吹野哭烽火照江干藉有貔貅旅終貽燕雀安苦心甚荼蘖
隻手繕泥丸往往籌桑土憂時淚未乾

荒城艱鼠雀發粟賴權宜不是天王聖幾爲內史危高霞翥鳥翮
秋水泛鴟夷多謝中山篋爲成瀞滌私
敬哉分袂旨從此戒憂天力整桐江釣深畊下潠田亂餘憐艸木
歸興括山川相望秦淮夕帆園月共妍

哭潘木公

憶與分擕後褰裳約屢堅文魚思滕月黃鶴遽賓煙潮汐期俱棄
雲霞氣不鮮平生山水思悽斷子期絃
大雅何波靡賫君砥柱孤閉吟絜芳艸逸氣絕菰蘆大壑風長滿
空粱月易徂何堪葭菼際烟夕鳥相呼
三山延眺處雲海氣何昏白社傷蓮萎玄亭幸艸存秋香殘橘柚
春綠剪芳蓀恨不從君後修文向帝閽
塵壒懸難忍看君鶴上遊蟻柯多寵辱蠅甲自春秋誼友荊高在
佳兒儼伋僑因聲寄河漢天上慰離憂

新晴同以冲先生坐弘濟禪院石閣

密篠幽篁繞定龕高窗更俯瞰江潭角巾飯衲嵩陽寺野火燒藜嬾瓚菴鉢影尙涵將曉月經行時觸未歸嵐知君衣白當隣聖黃葉容予掃石楠

壽弘宇上人七十

庭松君手植今已漸成圍更待龍鱗長還看鶴子飛翻經花次雨挂衲竹間暉不問桑滄刼跏趺向翠微

園憩

干時誠足哂大隱亦隣欺惟與鷙俱伏方令鶴不疑倘非處谿刻何以謝磷緇采采東籬菊悠然意可師

何以舒微倘臨流葺水軒藕花香入夢樹色靜如村萍聚游魚沫苔存步鶴痕繞籬多隙地隨意種芳蓀

多寶菴同清隱看月即送其入楚還訂浮渡遊

偶然乘月色縱步到柴關坐聽堂鐘動翻令庭樹閒軒羅當徑竹
花隱隔窗山掛錫逢支遠清言詎忍還
牆陰環古木夕翠靄沉沉宛以千巖色移之雙樹林挑燈閒拂塵
踏葉偶驚禽更逃蓮峯月支筇思不禁浮渡有石蓮峯
席掛滄洲月筇開夢澤雲以君西向意當我北山文帆影晴空遠
猨聲旅夜聞楚山秋翠積歸句倘能分

贈胡衛幕玄度玄度山陰人

一官秋水寄蒹葭詞賦還分宛委霞祿養豈爲餬口計俸錢半入
賣漿家署隣蕭寺聞清梵庭有寒柯偃暮鴉更是妙香生案牘霏
霏仙幕隱蓮花

眞州晤張繩海同年

十年風雨嘆分襟握手能禁感慨深爲政久諳調馬法逢時不辨
獲禽心苟非肉食寧華膴未有才人免陸沉桂爾只須相對酌江

潭何必發孤吟

舟行將抵家趙裕子以詩贈別依韻賦答

遠樹平疇江上村遙知稚子候柴門逃禪久覓安心法大隱宜爲嫉俗言籬槿細編防竹母土花輕別護蘭蓀西窗夜夜聞淸響風颭荷珠瀉瓦盆

江浦署中旅酌

獨酌憑誰寬旅愁燈前淸影自爲儔月殘其色長憐曙蟲冷爲聲不借秋山夢薄能延野鶴郵書先爲達江鷗家園指顧銜杯外枕畔松風已覺稠

田間即事

偶然適田野目寓心且欣樹樹鳴黃鳥村村屯白雲牛閑戲陂水鷺立定波紋饁婦閒相語秧深似欲分

農家事勤動形苦神則閒十畝但求穫餘情何所關螢爭將暝樹

月展欲晴山何事長天鳥翩翩尙未還

還山柬虎仲幼玉長秀豹叔山甫大方諸子

大龍山中多白雲石門湖水涵秋陰雲近不離讀書榻水淸照見幽人心皖上伏鸞茲數子靈襟妙遠淸音旨智仁各自導其情弋釣爲能愜微理那堪長瘁風塵顏歸來種稻湖山間籬豰自肥菊亦坼一樽晨夕期追攀諸君意氣天雲薄時事需才又如穫翻愁聯奮赤霄行令我水雲長寂寞

壽錢爾卓先生六十

樅江水何洽洽蛟臺樹長靑靑中有至人遂貞吉著書萬卷晲玄亭布帆掛月澹秋水茅齋煮酒遲春星干時恥鬻長門賦隱居靜閱山海經風塵四合天冥冥昔之朝肆今滄溟少年痛哭亦奚以老兵大醉誰能醒先生不食五侯鯖先生大笑傾醁醽燈下機聲響闈閣風前蘭露盈堦庭玉趾朱顏何靜好無須採菊榮頹齡世

事久拚澆白墮壯心況未寒青萍悲風老驥自喧櫪昂霄野鶴長梳翮飯牛行歌白石粲釣魚莫厭磻溪腥秋來擬汎樅江舲南飛之鶴聲堪聽曲終更進橋上履松花試掃山間扃

宗白刺舌血寫經

芭蕉寒透石林霜爲錄靈文閉竹房合是髓枯驚帝釋將無臂斷擬神光微微花雨香衣氎點點丹霞印筆床共解廣長多寶相墨池眞欲陋鍾王

張紹和孝廉過訪學稼山堂依韻賦答

金門久矣謝簪纓大隱淸漳漳水淸虎觀經應橫左席雞林賈亦豔高名懷人星駕來千里敲月山堂欲二更深夜樵蘇無可薦閒憑猿鶴作將迎

指點桃花問索居蓬蒿一徑亦無餘別來明月梁頻滿何意深林屐不疎浮白盡傾家釀酒殺青細較住山書東皐禾黍東籬菊農

圃吾何媿不如

石門秋汎無題

慵向官家乞鏡湖自操小艇問羅敷遠山秋水渾無賴得似卿卿眉色無

宛轉琴心動畫船蘋葭秋水白如煙兒家住在横塘曲夜夜吳歈唱採蓮

慵逐紅塵墮馬粧琵琶獨撥上孤航湖邊定有鴛鴦睡子夜歌喉漫繞梁

波心燕語亦呢喃小尾雙雙故掠帆正倚蓬窗微笑處香泥忽濺杏紅衫

依韻答錢虎仲春日見懷

春氣新暄上巳餘野畦香滿菜花初江雲冐樹晴猶濕岍柳綿煙淡復疎水近鳧鷖長嚁檻雨匀暘圃各尋鋤板輿采菽能爲供潘

令誰云遜不如
故園煙柳繫予思斗酒雙柑正此時除目懶翻朝士籍俸錢平付友人支看雲寤寐通江閣憶竹平安訊露枝籬落種花巾漉酒眞嫌陶令賦歸遲
書生肉食敢籌邊久負雲霄侍從班憂杞戈難揮落日探薇屐欲趁晴山娛親試覔田家樂佞佛還貪丈室閒兀坐無勞形問影置身全在不材間
清池蘋藻正斑斑小築茅亭灌木間月下琴聲響齋閣雨餘苔色映門關徑存松菊難鋤傲石有藤蘿可恕頑何日腰鐮隨老圃繁花惡竹與君删

竹下同劉樗隱張損之對局

環齋綠玉隱森森細剔繁枝透遠岑月令箋書粘戶牖山泉竹導至園林季鷹蓴菜情偏洽劉尹茗柯理亦深艸閣疎簾淸似水此

中橋境蹔相尋

新秋招殷徵卿過山齋因譚楚中山水之可遊者

秋氣還林薄悠然動遠思因招江上客閒賭竹邊棋雨後籬花潤風前絺服疑塵情渾欲盡微諷濾陽詩芳艸滄洲上秋知綠映舟幾隨浮客棹共作漢皐遊花覆羅含宅江淸庾亮樓宜城多美釀莫不貰鷫裘

山居同徵卿偉長共賦

荊扉農節不令關荷蓧攜壺任往還竹塢兼旬苔每厚松風入枕夢多閒論文漸罄盈樽酒乘月徐登傍宅山浮渡石蓮閒更長幾時屐齒印花斑

高話羲皇到日西山翁互答不相疑偶聞遙浦傳漁唱坐見村煙動晚炊歸鳥漸喧深竹徑閒魚自躍野萍池荒厨已貯賢人酒候月升林酌每遲

秋陰雲氣滿村居爲愛婆娑樹繞廬小婦藥欄閒鬬鴨村僮荷葉漫包魚竹聲報雨涼歸枕菜甲連畦味入鋤酒後放歌山月出清光遙映一床書

雨餘山氣始徵秋桐露庭中冉冉稠抱石每疑雲有蔕映花微見月如鈎竹深不礙山雞舞露冷惟供野鶴愁擬共同心扈離芷空江釃酒祝靈修

宗白結夏海嶽菴訊之

遙知杯渡處北固臥秋雲久客別山月歸飛趁鴈羣濾泉水蟲活讀律夜香聞來就東籬菊叢深待爾分

海門秋欲半瓢笠尚何依積徑苔應厚映簾花已微艸喧蟲領月松響鶴臨扉蘆荻滄洲滿無煩杖錫歸

江上送張揚伯憲副繇楚之粵西任

槎邊楓色映江皐酌酒爲酬魂夢勞素影杯流天柱月秋聲句挾

廣陵濤仙樓舊蹟能招鶴猺峒新傳欲旅獒枝戟百蠻羅拜畢憑
君痛飲讀離騷
淸秋驛路繞瀟湘畫隼遙迎嶺桂香鄂渚尙傳棠滿樹庾樓莫負
月盈床雞林賈識詞人墨象郡氛銷法吏霜聞說椰漿堪釀酒可
分升榼到江鄉

村翁見招止之飲

村居容晏起乃見秋林閒夢聞剝啄聲野老來叩關告我家釀熟
又云山月還邀我過其廬爲破苔蘚斑余感此意眞坐對怡心顏
射魚芙蓉陂掐豆藤花間共罄床頭樽閒眺籬門山卽此邁羲皇
世人何足攀

徐仲衡文學過訪

村徑秋雲冐碧蘿柴車何路得相過幽栖欵客惟看竹卒歲謀生
有荷蓑放鶴靑田宵聽唳飯牛白石且聞歌厨貧高士知無哂黃

葉山齋薦晚禾

答黃四長客楚書訊

秋聲驚羣木想見步兵廬賤子已謝客故人還寄書帛遲湘浦雁鋏冷武昌魚佢飲樽中酒無爲賦索居

山居微拈上人從江上過訪

晴江峯影望淸芬隱隱鐘聲夢裏聞出世蓮花能不染入林橡栗且相分蓼香吹水鴈啼月松葉漫坪鶴唳雲巖下一龕聊止宿莫嫌空翠太氤氳

重九前二日馬時良宮詹繇楚履南院任

楚江楓映鴈天霞到處門生擁絳紗帆載庾公樓上月舟經陶令宅邊花碧腴滿甕醅初熟黃纈敷林樹已嘉且辦茱萸供插鬢白門何必遽聽鵶 時良曾主楚試

白下官閒勝隱居石渠亦可賦焚魚留賓廣製平津被訪客時乘

下澤車奇字如蠅勞指點名山列翠藉吹噓龍江即有非熊載何必南陽下鶴書

同前之弟宿平等菴看月

疎鐘隱隱動寒潭初地青蓮好共探野菊叢生皆廢圃閒雲長住即精籃月臨霜夕光彌縱酒照青燈意更酣不寐始知禪室冷掩扉聊與隔秋嵐

賦得寒燈靜深屋

園林値秋暝夜氣更幽兆室遂寂軒窗人閒罷吟嘯羣動入晦息孤燈耿相照壁影定菊情槃聲聽花笑櫓閴鳥夢安籬明鶴行悄沉冥爾時心寒潭與相肖涼月印空明吹萬息霜篠

初冬集多寶菴得林字

蘭若去城不咫尺竹樹遂複同幽岑野畦隨意吐殘菜高枝犯月能宵吟余欲秋杪快登陟屢苦山雨長陰霪節候此時倍蕭瑟壺

觴不憚相招尋潭間靜水白自照籬外寒山青復深入社都無謝客輩開士俱如支道林佛香頻續不令散茗椀既罄還爲斟施臺直欲分鳥食松寮何但投華簪柴門礎礴不遽別因翻積葉喧栖禽

秋日坐宗白竹房過止水菩提蘭若

偶來逢解制良話欵柴荆竹響度山雨蟬鳴矜晚晴汲泉嘗澹旨挂笠識閒情起睎秋林外空江月已生

鳴磬翠微間人同秋樹閒籬邊漁曝網塔外雨晴山以我入林意依君杖錫還明燈看黃葉幽興與相關

百子山別業

谷口雲深處風傳樵斧喧嵐開微辨路林接自爲村人與山狷習家推穡事尊等閒門徑艸眠虎跡猶存

生計屬樵漁茲峯深可居響雲千嶂瀑媚水百花廬社薦迎神酒

山藏種樹書歲寒長閉戶慵爲整柴車
霏霏連曉暮嵐翠降檐楹足寄東籬適躬還南畝耕煙霜寒日氣
松栝亂谿聲笑看閒原上山禽繞犢行
霜坪黃葉路不隱鹿麋蹤轉谷石微却遮門雲數重古藤閒掛月
虛壑靜傳鐘晚集山燈下依依話老農
遯跡湖山曲遂令幽事親閒田晴範土野渚靜浮綸雲外聞鑼動
峯前與寺隣霜枝攢竹屋戶戶等秦民
瀑水當軒落淸音動艸堂衣能紉薜荔居直劚柴桑門有流雲跡
池生積葉香塵情不到處幽夢石林長

萬松菴

香臺人境外隱隱遞疎鐘漸覺水聲泯始徵嵐氣濃燒廚多澗藥
釀蜜護崖蜂木客栖何處林間或可逢

喜張鳴玉自白下至爲葺菽園

雙鶴盤雲起知君到艸堂聞猿秋浦月隨雁秣陵霜就竹支書閣
欹花置石梁肯令休沐勝獨說午橋莊

喜何舅悌孝廉見訪因讀其遊匡廬詩

思君看海月閒照薜蘿心杏苑行相待茅齋還見尋寒濤溢口聒
空翠石門深一逹清音理霜途恣苦吟
有美南宮彥梅花引咏新弱齡名已著萬卷家仍貧抱策謁明主
停車尋故人雲情映林壑幽谷已先春

留別大方豹叔

谷口暫相別憶君魂夢勞汲泉井花濕映諷雪痕高山鶴銜奇字
秋鶚戀縕袍明時當側席莫便詠離騷
寒知罷採薇歲晏偃荊扉臘酒熟自酌江花春又飛對之理吟嘯
可以謝輕肥日夕山園瞑煙中聽鳥歸

寄訊張揚伯憲副粵西

霜落灘江水更清煙林幾曲度鴻聲閒招蠻長詢風俗遍鑿星巖
注姓名虎落燈深聞夜織蛋人漁罷理刀耕伏波銅柱今荒艸扼
塞須君五字城

同大方損之長子叔衡之兄集之弟素園得威字

人閒共採薇酒熟掩山扉林外江帆度煙中野鵲飛初弦銜月影
勁葉略霜威更聽留歡曲迷花詎肯歸

社集大方酒可齋得廻字

雪後蓬蒿徑偶開香車亦爲問奇來清樽刻羽聞桃葉深夜燒燈
剝芋魁江鴈啼沙霜漸落山禽噪樹月初廻寒林澹澹滋芳意高
咏能無動標梅

村晏

田舍歲云闌鎡基滿戶間濕烟低繞屋寒日薄籠山汲井氣常煖
喧村鼓不閒夜深念僮僕輸稅返柴關

輓會稽太守齊越石先生

秋山雲樹正相望弔鶴何時下艸堂維帝欲收河嶽氣伊人遂歇蕙蘭芳胸餘剡曲千林筝家剩成都數畝桑尚有平生蝌蚪字離離芸閣散餘香

夙昔心期愜德隣慈恩詩酒杏園春初衣久遂雲中臥奇服翻爲帝所賓官過賈生寧歎詘勇方陶令豈辭貧龍眠秋露滋瑤艸煙駕知君賦采眞

歳晏答密觀見訪

結宇青蓮出世氛銜花麋鹿自爲羣鐘聲靜響千峯雪澗水寒流幾道雲夜就山燈縫戒衲閒標指月映靈文氷條漸解林香動春氣還從寶地分

出山詩 崇禎元年春

敬承休命趣守舊官脂車首途爰賦斯作

伊余耿霞尙作息依幽岑鼎實愼自保朱紱非所欽四時守玄序
蔦念休長林白雲停我罔蘭菊佩我襟鳥雀翔我廬朝夕遺之音
稼穡藉僮僕井稅則我任永矢賁丘園無令塵冕侵皛皛天宇曙
習習惠風吟野情正歡豫休命乃將臨眷此休命嘉靑陽啓重蟄
墉隼倏電驅逵鴻漸雲集遂廻肥遯思黽勉簡書及宛雒何煌煌
南陔固已習榮木耀春園朱蘐被庭隰飭彼車上巾媿此離閭笠
娩詞別農圃菊松煩代葺行頌天保章卽賡考槃什秋色佳千峯
期與歸雲入

晚次舒城同程搏仲張損之衡之兄前之弟夜酌

春煙繞桑柘于此問征軒野渡氷澌活燈宵市火繁梅知攢水曲
月定照山樊共有江鄉思誰能負一樽

寄訊游肩生侍御客石頭城

數載竄江城江花幾見春蕙蘭尋楚服雨雪滯孤臣日積思親淚

天留報國身籛中傳諫艸曾徙漢家薪
石城芳意動君去探梅花歸雁迷春雪啼烏徹曙霞明庭行側席
遷客詎還家試就長干里聽宣北闕麻

次臨淮楚友曹長卿自石城來送賦別

天山虜騎盈太白亘邊城國老苦無策書生偏請纓金隨收駿散
弓爲射鵰鳴廻望晴川艸空傳鼓吏名
折柳過淮西聽余斑馬嘶楚臣香滿珮山驛雨聞雞遙夜飲春酒
殘星點坂泥江鄉蘭芷候別爾意俱迷

寒食雨

久客知天候寒徵春雨滋垂垂雲被野晶晶水生陂戶鬩龍蛇火
巢營乳鵲枝陽和方布節不是四愁時

大店驛別搏仲社兄 搏仲授經此地

客裏復何別扳條古驛前柳吹淮甸雨杏坼講壇煙極目歸鴻影

長謠芳艸篇遙知修禊日歌咏動春泉

彭城東史倉曹藎卿

舉世競榮利伊人遵蹇拙通籍三十年一官長蹴躃緼袍衣弗恥
藥椀貧自啜廣陵食貨區雄麗今古絕花光亘霞上歌鐘窮曙撤
而子讀書堂薜蘿垂古雪狐寒藉酒温羅閒忞鳥蝶白華孺慕深
餘芳澹何悅初服寄煙霄除書至雲臯執戟再爲郎屢敦方就列
遙遙塵隱天嘒嘒蜩鳴槀白日慄心魂端居廢言啞誰能長串羈
堅以謝緇涅朝辭雲陛旗暮秉徐方節徐方苦昏墊氣象如鴻荒
空城鬮魚鼈曠野稀牛羊抱關亦勞止握算增慨慷冰沙冬復春
溝壑氓與商舟車日夕交隸卒多流亡三値藩節經供億敢弗臧
念子茹百荼不第空篚筐妻孥日以讁英聲日以揚余方之舊官
問津河水傍春條感手扳臘酒臨路香對酒放心神四矚天宇光
麗日甸前照祥雲川上翔虞門啓玄籥禹會集春王勗子土壤心

貢此五色章天衢為君亨寧復沓馮唐

寄懷劉敬仲秉憲曹州

嶽色靜且寒河流澹方皓東風吹我心夢見河邊艸吾子滏陽英沖融稱國寶秉憲肅東方懸象日初杲莞聞偃邑賢品預山公藻秋霜警蒺藜春煙亂桑棗政平人自和訟閴鳥歸早對酒每長謠翻書則幽討皇路告清夷姸芳易枯槁時康仕學兼能令懷抱好土風革蜉蝣聖德歌天保詎使長居東袞還赴京鎬

過廣川飲謝奉常青墩園中 奉常正居廬

東來淑氣動平蕪每憶芳池景物敷練馬辨應窮日觀天人策久著江都 德州董仲舒故里 月淒庭樹慈烏止風捲門羅野雀娛姑孰青山晴瞻嶽色幰車前藹藹鮮雲暵廣川三觀曙霞升海氣一時甲坼春並治知君夢亦到菰蘆

遍林泉山杯醉買平原酒春夜燈分太乙煙同是曲臺留滯客時

淸正好著封禪

訊范奉常賀公廬居

艸木悅春氣灼灼弄芳華柳乘鮮雨滋蕙就溫土芽天地何其仁
鳥獸咸孔嘉余亦感余執遙矚川上霞素節砥氷霰靜眼嗤塵沙
勇辭卿月輝澹植山園花舉世冠嵯峨而子方衣麻豐屋競四隣
子門還啼鴉鴉啼亦何苦麻衣竟如雪豈不豔輕肥義難忍緇涅
綈袍以御寒餰塵聊自啜洗耳河流淸沐髮晞陽揭幽夢通明廷
起居匪朝列平生舟楫心甯爲時康轂余方解碧蘿華簪步時哲
先期戾短翰爲君導雲翮

寄訊白瑕仲山中

雲臥寄何峯琴樽近亦慵一壇杏花發雙袖橘香濃月出聞山狖
宵深集露蛩秋懷知莫寓況聽隔溪鐘

讀吳師每倪鴻寶爲賀公賦古盤吟因作歌

繡硯齋前竹領雲齋中圖史如蘭薰主人宴客晝兼夜嬌歌失憶春宵分燭花細剪西窗碧茗飲亦爲傾一石古盤擎出滲古光秋水冰霞冷相射此盤見獲聞甚奇云際方春驚蟄時園丁破土發羣卉揮鋤中之仍無虧埋藏那復窮其故睢盱定有精靈護瓷中魚藻爛花紋赤磧青泥兩難蠹夢章英聲振北海昔時瑚璉居然在磷緇肯受風塵欺餚饌將無嘸眞宰因珍此器長摩挲器亦資之永不磨明堂會須持薦玉山禾噫嘻乎延陵大夫稽山太史且莫頌當聽江東步兵阮生來作歌

信宿質公繡硯齋賦別

屢就高軒榻知君古誼敦春星動遙集蘿月透深痕帙蠹將芸辟窗風藉竹存情眞驗僮僕下食意俱溫

荷露歌爲質公歌兒賦戲作長吉體

銀浦沉深煖雲膩錦魚翻波掠荷戲淸露淋漓不可收嬌風射人

人欲醉漫葉離離學啼眼玉鳳香聲緌綷轉彈情惹恨無端倪使
我雙眉不能綃廣川才子金閨客九天手劈麒麟紲棗昏楡睡動
長噫臥破梨花餌春雪冰趺翠葆嗤青泥的明珠萬葉齊藕絲
接腸唾芳霧桃箜貼夢蟠晴霓天不荒地莫老花海人間春浩浩
閒搖鸞尾刷雲樓照見南山石芝好

過雄縣堤上

春淀難爲涉悠悠客思盈居人理魚筍旅飯雜蓴羹浦靜宜鷗汎
風暄迫艸生廻思漁隱處江水幾灣平

崔鐵仲宰易陽有善政兼讀其諸刻

茂宰需才子風流人共賢琴鳴秋水思花漲夕陽煙仁政梟魚頷
文符井里傳此邦遊俠窟香令獨能仙
梁苑推英藪如君美信稀能將讀書法種取縣花飛陌煖徭桑茂
春深壟麥肥是郊眞樂土鴻雁復何歸

宴鹿菴相國西郊桴居

朝英營物外築館俯淸泉理亦預疏鑿游能借聖僊盤匝羅水碧
徒御動山烟不羨城南曲空瞻尺五天
樓居升水氣澹澹暎春叢頓覺耳目適遂令心地空香光浮艸樹
刻畫到霓虹勝地應千載青山倚謝公
浩劫塵沙遠同時魚鳥親詩書修我法花水隱秦人潤幄欣雲至
遮檐驗柳新酒醒坐磐石迎月更垂綸
舉目誰長物軒開雲滿山窪田催種蛤稚子囑調鷗門館無私覿
方書有大還青春稱辟穀仙骨詎令孱
上相駐柴車村翁話起予乘春飯羸犉擊水聚馴魚靜覺行生會
誰言經濟疎翻愁渭濱獵物色溷樵漁
烟水依依處時看白鳥飛閒情雲共臥靈境世應稀登戶泉聲聒
映簾山色微江鄉此何異遊客宛如歸

劉燕及先生招飲梅川四高樓

朱甍粉堞水邊樓樓上琴聲興更幽縱是天供閒景物也須人闢
好林丘頻開白墮觴賓客便拜青山作督郵宴客竟忘歸路暝小
橋列炬聽鳴騶

過閔汶水茗飲

茗隱從知歲月深幽人斗室卽孤岑微言亦預眞長理小酌聊澄
謝客心靜泛靑甆流乳雪晴敲白石沸潮音對君殊覺壺觴俗別
有淸機轉竹林

詠懷堂詩外集甲部終

詠懷堂詩外集乙部

石巢阮大鋮集之著
衲子德　浩宗白較

還山詩 天啟甲子年

承明未釋屐霜憂補牘聊陳藿食謀聖世何嘗分蜀雒野心長此托巢繇搴蘭秋露滋芳畹種秫春煙動綠疇自喜臣情遂休澣白華晨夕咏悠悠

拂袖行唫歸去來艸堂猿鶴莫相猜雲霄自媿無儋翮雨露誰爲棄不材刺版不通羅雀舍釣絲閒集射蛟臺浮雲去住何須計笑盡山樽酒一杯

十年小艸溷風塵五斗于人太苦辛削木爲鳶應是幻以蕉覆鹿定何眞簾垂慵就成都卜瓶罄甘同栗里貧但願九閽歌帝德管

絃時沸大江濱
滄江聊可濯吾纓窮巷蕭條艸自生掃徑定知童穉候饋漿莫遣
旅人驚龍山佳氣朝飛爽雁汉春潮夜吐聲應接清音渾未暇廻
翔應不羨承明
奏賦金門願每違年年敝盡黑貂歸已拚褦襶投名嶽何意鳴珂
拜瑣闈腐艸爲螢難自照長霄與烏幸高飛人生豈必皆朱轂下
澤烏犍策亦肥
神武門前拜表行雲裝煙駕理孤征星占處士山中臥影弄嬰兒
世上名但使榆關銷轉鬬何妨花塢有深耕故山片石眞堪枕況
有松風雜梵聲
京塵冉冉鬢將枯鷄肋何知味有無宦海驚濤迷象馬名場孤注
奪梟盧雲林繞屋千竿竹烟水浮家一幅蒲招得二三物外友江
湖鷺序未應逋

百年彈指即經過對酒高歌能幾何棧豆一官何顧戀鏡花雙鬢已蹉跎峯霞缺處穿籃筍水氣香時採芰荷一枕黃粱酣夢醒簪纓蘿薜不爭多

落日江晴開水烟柴門正對大江邊婆娑小葺藏書閣欸乃遙聽載酒船花鳥肯嫌官況冷蓴鱸逾感主恩偏山中暇日渾閒事芳艸春深抱犢眠

蕭蕭五柳夕陽斜蓬戶難辭鳥雀譁客至一樽傾黍釀行吟雙鬢揷山花擔筐石塢收松子行藥雲根剪蕨芽誰謂幽棲人事少閒居拙政頗繁華

潦倒眞嫌息影遲北山今始事逶迤桃花好問秦民棹蘭芷能邀公子思學稼農時循月令招魂無俗賦騷辭逍遙自許同煙客鍤荷千峯信所之

金門無術習浮沉歸亦慵爲澤畔吟篋有圖經標五嶽臥勝杖屨

入千林江鄉水族秋饒蟹艸閣山燈夜報禽幸以耕桑酬帝力角巾眞不讓華簪

浮名落照意俱閒閒眺飛鴻度遠天野酌長依孤嶼月初衣全淬五陵煙每驚秋雨鳴山竹更憶漁歌動垞蓮不識香林舊朋好遲余可過虎谿邊

無才安敢點朝班物外樵漁尙可攀任有網羅及鴻渚誰將柯斧指龜山種成芝術容招隱鍊就松脂學駐顏秋夜靈臺占氣象少微的歷照江關

舟次別陸都閫鳴野王淵泓朱殷如二孝廉

郵程次第水雲間棹雨檣燈每共憐笑對鴟夷麾白羽醉看龍氣隱青氈山樽細遞茱萸酒卭竹輕挑橘柚煙別後相看明月吐莫忘飛夢艸堂前

懷止水宗白淸隱小止諸上人

雙樹挂殘雪與君瓢笠分別愁歷煙艸歸夢破江雲月給閒猿嘯
經資衆蛤聞白蓮秋露滿巾氈想清芬
雲水暎茅茨人閒起臥遲蒸藜抱秋葉曝衲向山枝潭影澹相照
松風幽自吹不知秋梵地幾雁落江湄

莫園嚮余駕部集生

莫園有尊者地淨神且圓座聞衣裓香語破鴻濛煙羣魚咸聽法
枯樹長安禪放心浩㘚外置眼無生前丘陵既以夷日月安得賢
何況牛領蟲而別萬與千爲我發大慈木鋸相披宣振以塗毒鼓
濯以清泠泉解我文字縛割我兒女緣令我毛髮豎所履如深淵
如飄海失針天水空茫然已如蠅觸窗觸觸行復旋子入王舍城
余津問何先綸竿願相投往釣船子船

宿集生睡渡閣 集生法諱道裕

就宿裕公潭潭莫適爲主水恬魚遞鳴林定月閒吐露欄藥氣集

風閣螢光覩靜者夫如何兀然一無取隨拈雨次花笑拂燈前塵
山鬼避軍持諸天爭法乳聽中蓮漏微擊際竹聲苦鏑天何可尋
斯人庶幾古

罙石遲曹元甫

雲破青山曲斯知煙駕來薄遊動躔次長嘯起江臺仕已垂門柳
寒温觸手杯飄零吾已預白也倘無猜

同實甫衡之兄九華南陵道中作

客路悠悠雁影連歸心同指石門烟江南地濕山多雨月令秋升
露領蟬槑瀨色憐春縠碧羣峯雲讓九華鮮郵亭夜更親杯酒短
燭孤花亦自妍

送劉徑石北上

大風捲秋色日夕五原來月滿虜騎突沙寒蕃馬哀丈夫輕出塞
時事急遴才此去飛狐北期君勒石廻

擊汰送君行秋雲江上晴芙蓉嬌劍色鼓吹雜鶯聲杖策恢遼海
廻鋋掃北平指麾煩白羽莫仗漢公卿

秋雨送區啓圖陳路若遊廬山

響雪聽秋瀑尋蓮過月谿匡君好相待烟客復同攜江雨雁低度
山寒猨晝啼如何此時別葭菼自萋萋

送任憲副士彥奉太夫人赴濟南任

靑楓江上散秋淸千騎看君將母行岱嶽雲霞長作雨魯城絃頌
易爲聲釣鰲好展經綸手拔薤無矜骯髒名更說諸侯多負弩板
輿隨地有逢迎

石巢菴月下同璩山甫夜話

禪室對秋樹別君驚隔年風烟謝雙鬢燈火共諸天閣冷通山翠
琴淸稱月泉茲宵聽靈籟彌覺石林偏
鴈堂秋月白薜影晚同依山夜笑言響人閒飲啄微磬從香際發

盋山精舍

螢向露中飛塵世浮雲理知君泯是非

答方駕部潛夫書訊

大龍山色好小隱各能分衡宇對羣岫卷舒同一雲秋燈村杵報蘿月夜絃聞所幸南浮畔非熊只夢君南浮潛夫別墅與余鳩嶺甚近

昭世無磴節孤生易歲寒竹烟通鳥路花水媚漁竿苜蓿大山火鯨鯢瘴海瀾野情都不繫聞爾即登壇

李潛山庚白以詩見問用韻賦謝

疎狂禮法久相仇農圃如今倘自繇鼙牖薄能通野月濯纓時復耐寒流掾曹忝竊徵三語居士寧慚號四休天柱近傳仙令尹吟來笙鶴破窮秋

寄訊縈公寓錫蓮花菴兼期入城爲諸學人說法

聞君投錫地坐臥繞香雲屢日鳥聲斷一秋蓮露芬迎溪安藥臼斫漆註靈文雁落當峯首猨啼達夜分諸天陳飮饌流水印聲聞

筌象何嫌滯津梁未厭勤覺花無吝彩法乳有殘醺余亦安心者還來白社羣

秋杪吳幼玉劉長秀謝莫京招集水雲蘭若得孤字

難負萸房節言尋蓮社娛閒情眷蘿薜野酌就江湖秋暖蝶仍戲沙寬鴈距孤蕭晨資勝賞歸詠孰能無

送吳梅墩倅忠州

巴渝向天際寒浦袂難分帆影破江雪琴心彈峽雲家聲能勿淬戶頌定相聞夢裏青城嶠因君就鶴羣

離筵期盡醉劍外滿風霜禹廟江聲古琴臺賦艸荒蠻箋資點筆橦布恥爲裳從此賓人舞婆娑爲爾長

刀州分政地花接錦官城幷絡星相值郫筒酒任傾棧烟開鳥路閣夜響絃聲莫使鄉先達徒專化蜀名文翁予里人

萬里峨眉月鳴琴對較親還飛玉壺色來照竹林人酒噀欒巴雨

花啼謝豹春雙魚君但寄江畔久垂綸

杜退思夜集退思將之溧陽廣文任

故人難可接言笑肯令稀小雨薄滋竹寒燈深滿扉林閒禽夢貼江煖雁聲微春帳紗應展余思更爾歸

別退思

舷月盈盈憶和簫如今風雨對寒醪春江桃葉嬌迎艣夜閣藜烟煖護毫長蕩湖雲扶腕起三茆峯雪鬬眉高鄭虔豈復悲寥落送爾翻令意興豪 和簫予寫黃詩稿爲退思所題

蜀國機絲已剪霞新詩又賦白門鴉深杯夜遞匏樽酒小圃春移杜曲花太乙與燈窺脉望門生分隊揖侯芭平津不少嚶鳴侶肯使扶風老絳紗 退思曾分較蜀闈

同張鳴玉方大方吳庸之宗白前之弟酌共得金字

閒園雨後竹烟深朋好同時坐滿林月印霜池閑鶴夢語參春氣

坼蘭心篋中尙有匡衡疏橐底曾何陸賈金孤嘯欲騰還自咽蕭蕭槀木已商唫

村居宗白自江上來對雪

禪心融萬象虛谷自相尋指月曙寒水身雲敷定林巖香花雨重雪響錫飛深隨撥諸天食堦前施凍禽

江甸別霜鐘江雲復幾重聲聞入林雪苦秀等崖松鳴磬下巢烏燃燈窺鉢龍還持印壁意遙叩寶香峯（寶香大龍山峯名）

山閣同宗白看雪感舊

寶香峯雪挂林端霽色遙飛艸閣寒隱几還同開士坐憑欄不異隔年看報更栖鳥仍啼竹竊法馴猨又傍壇飲啄共悲無定寓霜葵聊復耐盤飧

至日雪後長子叔擕酒見過同衡之兄賦

雪浄陽迴葭管新擕觴還共竹林人谷雲漸煖吹邊律山酒能香

漉後巾無恙薜蘿閒歲月同源雞犬望音塵阿咸更預椒花頌南舍來分爛熳春

余自甲子春深耕鳩嶺一官再起七十日捧檄歸矣流言蜚及里中文學耆舊走臺爲白三代倘存余飲羽如飴也詩以志感

孤臣下士麗重明肯信浮雲蔽日成綿蕞幸存周禮樂顧厨還謝漢公卿但無裘馬驕仁里豈有詩書副旦評攬得衆芳勝內美巫咸堪與托平生

艸木方依帝日長中山篋亦到柴桑瀕年出處隣農記是處詩篇野衲藏任有流言同巷伯幸多耆舊似襄陽高天視聽須公等燕地何煩六月霜

汪君酬光含萬長子叔集集園得髯字

夏木秀庭色朋樽藉此淹移燈棋肯恕聽雨酒難廉笑岸燈前幘

吟搜斷後髾高譚與幽意是會修能兼

江上同豹叔前之送王爾翼北上

蘆中烟火久能分旋采芳離一送君篋艸高擣天柱雪杯香閒醉

石門雲江晴鼉影摩空起柳複鶯啼繞岸闊別後秋坪明月滿廳

從池水辨星文

夏夜集殷眉原光含萬篁裏得開字

野徑隱深竹同人不厭來情閒能感月雨後復臨苔杯曙燈花脫

林喧鳥夢開婆娑今夕意幸不負蒿萊

送顏祥止闓遊即起居家樵川公

長夏凊陰滿竹林扁舟送爾思何深水花風起香盈棹月樹猿啼

夢入琴長鋏豈令彈客舍枯棋還與賭山陰公餘倘問胡奴狀池

艸爲言未陸沉

宗白讀書應化菴寄憶

青峯隱隱但聞鐘雲外孤筇未易逢盡日經行空翠裏一春調息雨聲中林花欲曙爭鳴鳥江氣初開報飲虹逋客朝昏興如此買山還擬就支公

改築集園詩六章

貧居托意深考室就南林戶不登凡鳥栖寧後衆禽孤琴弄江月嘉樹結秋陰但預先賢達沉冥未可尋

柴門閉深艸車馬更何喧雞學山翁祝蟫從弟子翻陰晴覘井氣山水媚琴言底事桃花岪勞勞問瀑源

清音引玄對豈曰好樓居華月夜親夢高雲晴覆書遺身憐艸木生計佞樵漁但有羅門雀朝昏幸不疎

兀傲寄東牆陶然世慮忘鳩扶藜杖穩蝶戲綵衣香抱甕貪澆圃開帘習賣漿閒情課幽事白日爲余長

閒看少微星秋清映艸亭持螯資獨拍相鶴展遺經竹翠沾巾履

桐陰擾戶庭此時長嘯動山月若爲聽
高情無刺促小閣領清芬月湧千燈搶霞敷十賚文塢深花失曙
林迥葉留嘌不識羊求侶誰來就白雲

余谷王貽詩見訊兼有藤杖之惠期以登高入城依韻報之

遯栖凡鳥題誰至惟有孤蟬咽露條叢桂薄能招小隱芳蘭焉敢
副離騷鶡中升月明煙樹鵬下垂雲映雪濤此際海門秋已壯杖
藜何必待登高

壽游郡伯羽儀

秋清斗畔現長庚燦燦偏從郡閣明豈但文翁能剖竹更聞仙吏
善吹笙江干埈雨覘龍見天柱皐霜引鶴鳴九鯉知君鄉夢遶羽儀莆田人功成重踐赤松盟

水衡無藝急追呼正是新分皖國符燕雀依然聞賀廈牛羊深藉
與求蒭征輸恥問桑弘策條上還爲鄭俠圖只此謳歌元勿替海

籌況復値懸弧

杜于皇自臨皐省其尊人于溧陽儒署見訪賦贈

瀨水白雲稠輕操負米舟因擕雪堂月爲破竹林幽星彩眉分現寒香詠與收蟠胸渾鳥篆詩禮復何仇預爾趨庭日文粱益楚材侯芭重問字驥子共銜杯寒水鴨還戲高臺鳳未廻遙知吟眺際燦燦筆花開

至後吳栗仲過訪感懷即柬曹元甫同年

舟居非水尙堪乘蠶室今將並寢興謝譓當杯容皓月虞翻獻弔擬靑蠅笳聲頻響空林雪線日初臨大壑氷樽酒論餘因共笑槖饘海內幾人曾

雪後戴德充過訪惠以製畫幷訂黃山遊

安道翻爲乘興遊竹林殘雪似孤舟手擕尺素展靈嶽臥聽高壑懸春流葉煖啼烟無倦鳥江晴媚水有恬鷗與君且醉芳樽酒黃

海雲濤取次酬

謝耳伯門人陳不盈以詩見投止飲

謝家玉樹未凋傷之子康成損古狂閩嶠夜猖同抱月吳洲春雁正啼霜孤鐘寄夢惟蕭寺細雨銜杯向草堂更剪青燈映華句座中先發蕙蘭香

趙侍御二瞻過訪俶園留飲

連城寶氣燭江東嶠鹿汀鷗望澤同篋滿茂陵園上艸鬱澄司隷漢家驄短墻古柳颭危碧水檻孤花綴小紅還借莫愁湖畔月清光依舊照詩筒

用韻答陳潛山蝶菴見贈

天柱春雲暵道南辛盤生菜與同甘藜分太乙烟相織花劃河陽露並酣雞肋都忘三見已鷗羣未覺七難堪剪燈細品千秋雪稷下應無此夕譚

鳳雀封中戾羽勤山書小篆紀神君五綵蜀錦臻華製一擲胡琴
領艷閗晴嶠白從危雪吐春杯碧爲小香分吟餘仙影無烟火碎
翦巫山寸寸雲

壽游覺之六十

招隱亦奚事栖眞君自偏啇坪芝莢紫蜀閣艸紋玄春永禽魚曆
靈吹几杖烟婆娑閱蟠木未足喻長年

林六長自嶺南來見訪并訂往浮渡看石蓮

芳艸候將歇君來情更飛聞猿下廬嶽警雀過山扉篋抱羅浮雪
香綿薜荔衣石蓮頻有約觴咏詎令違

答賈方伯孔瀾

涕笑何迻是時淸事逾危民生那可道眞宰甚難窺松閣無凡籟
烟江有舊緣余心誠匪石持以慰相思

寄懷葉震隱同年分憲楚中

心魂碧何際艸色滿瀟湘賈古離憂合懷人夢路長濃花蒸烏戶
暄水飲魚粱何日尋奇服歌中詧楚狂
朱甍將粉堞無恙庾公樓古意寓明月凊吟謝謇修登魚青玉案
次鳥白蘋洲安得騎黃鶴扳烟縱遠遊

齊价人以祐聖觀賦詩相正依韵賦答

結制玄都觀能無羽節逢步欄動江色複道蘊天風化杖龍騰澤
調笙鶴語空艸玄衣更白此意可參同

喜李烟客嶺南來見訪

微尙君應省門蒿色已腴禽魚能竊傲艸木共臻愚鶴上追煙駕
鯤間弄海珠五年乖飲啄夢路復何殊

方聖羽四十初度

江流何浩蕩朝夕展烟雲結室蛟臺上讀書遙羨君風林搴海月
石瀨飲霞文九子多來鶴瑤笙試可聞

昭世無迷寶兼君仕已彊聚螢光定滿牧豕徑從荒秋水資風擊
天香挾露翔上林聞獻賦吾亦發吾狂

送諸門人應試南中

揣摩君各就知不媿功名蛟雨馮河至鵬風鼓翮輕詩書炊汲具
忠孝婉孌情持此酬當世余何負耦耕
孝陵秋樹裏曾拜鼎湖弓自隔漁樵夢欣君蹈舞同獵聲雲夢接
花路曲江通諷諫還裁賦長楊正射熊

送何不毀還閩

閩嶠秋雲裏猿聲無盡時君歸芳艸後復接桂香期屧外天風縱
樽間海月危高吟動河漢於此寄相思

寄懷謫居友人

淮水浩以深維魚則有鲂既殖秋菊英載颺叢桂芳君子賦離居
茲焉三載長玄亭維寂寞頭責何悲涼天道匪難明其微亦孔彰

直北盛風煙擊鼓何鏜鏜萒菉蔽通衢駿逝臺且荒雲龍既有適
野鶴安得翔所以明王夢旦夕鬱其光釋以衣繡懼授以蘭蕙粻
要識天地仁雷雨非不臧人生可憐蟲少樂多憂傷無地無遺薇
安用懷梓桑王孫有遺縉弄之秋水香暇則治玄言邃古開迷茫
皖口去長淮葭菼天各方相悅在縞綦相贈無明璫秋近河氣白
素琴爲君張淸商颯然來襟袖咸有霜萬象澄遠心海月懸靑蒼

吳子遠遊姑蘇旋金陵應試書至賦答

君行閱吳會耳目有淸娛延賞峯能秀臻情月詎孤狄香紛畎澮
綺意到樵蘇古樂知誰在重爲問訊無
高館臨蟲夕閒琴爲爾開夢乘粱月往書度橘烟來鹿野賓笙展
鷹風獵騎催秋聲動雲夢賦獻復何猜

泊荻港柬方都閫龍望

詞賦繇來重兩都時危笑擲出關繻燕臺已市千金骨虎子能彎

五石弧月幕吹笳臨晝戟秋船擊汰動寒菰東來烽火騰新警片
石祁連未遣孤

遲侍御之來招飲賦謝

江甸長敦石戶耕鴟夷閒問五湖行澄清藉有神君斧歌咏爭傳
孺子纓月皎山精聞夜泣風暄煙鳥弄春聲杖藜乘暇趨公府咨
度彌深杼軸情

納姬金陵客久有懷諸兄弟

壺觴已謝永和期林竹清陰入夢思幽操徵蘭出誰谷晴欄鬬鴨
就何池江春花散霏微雪岸雨楊垂宛轉絲此際支頤看岫色遙
青眞復似修眉

壽陶擎玉偕配六十

家世華陽陶隱居鹿門不羨曳霞裾東方曼倩狂遺肉南嶽夫人
笑授書牛渚映簾琴詎默青山延屐酒難疎佳兒儼仮方逾勝掇

得天香漾板輿

登蛾眉亭

秋磯殊靜立風水任乖違頫視見盤鷺狂歌酬落暉雲松固無恙
英爽誓來歸夜聽空江響華鯨似欲飛

鑾江舟中喜劉爾敬慧玉叔姪至

懷情入秋夕葭菼路何深飲月魚龍氣栖煙鴻雁心抱珠輝夜壑
採藥待春岑作達吾能預浮家即竹林
水霧寒逾盛三山望若浮孤帆亂秋葉微尚質江鷗巾翠松烟鶩
琴香橘露稠餘生追荷鍤搖落定無愁

舟中初度口占

鴟夷聊謝市朝塵笠雨竿煙與夢親桂樹久遵招隱地茱萸長媚
攬揆辰昂秋野鶴盤浮嶼淩月江妃步廣津更有紫衣欣薦餸孤
源那復憶秦民

眞州晤馬侍御千里感賦

立仗同聽禁苑鐘別來音旨甚疎慵友聲黃鳥時鳴葉無恙青山未限筇秋嶠石蓮鄉夢遠江籬露菊晚香濃與君但醉樽中酒漠漠遙看天外鴻

祝勉之孫益仲見訪止飲小園

江雲靄靄客何來蓬戶荊扉爲爾開白石幾人聞叩角青山到眼且銜杯詩書詎忍微言絕農圃難令遁思迴世事祇今堪共笑濠魚林鶴倘無猜

壽蔣二陵六十

江清遙見少微星古徑春風拂艸亭種杏已成林盡綺殖芝恆足髮何青弟兄茅氏丹臺隸翁媼龎家白業靈市罷壺閒貪數息泥丸終夕諷黃庭

飲方良一文學閣上

樱花橘刺接牆東一徑羊求更許通深巷書聲紅燭下小樓山色翠微中開簾往往遲歸燕飲研垂垂見渴虹桂子銀蟾秋欲白與君高詠向寒空

栖霞月夜示恒覺

敬此寒山月偏輝祇樹林已知塵夢格彌使道心深曙壑流香水昭煙響聖禽還思峯盡處天樂繞光音

出攝山

家寄青山曲朝昏禮嶽雲寧知此巖壑終古蓄靈芬珍艸霜難弱耆松翠莫分誓當花吐候重就鹿王羣

賀徐侍御夢麟公子捷黔闈

臺柏森森帶古霜桂叢近復發天香檄傳笻僰千軍廢路入淮淝一騎長豈第石麟聞抱送更瞻金馬待廻翔少年同舍狂如昨大斗爲君乞酒漿

女史顧眉生善畫與曹子玉甚歡賦贈

蛾眉亦與虎頭癡蘭蕙心情秋水姿欲倩風流京兆筆爲圖花睡未醒時

久客還山堂

不到茅齋久深憐湖海蹤石霞無淺色畹藥有豐容對酒山仍治延琴月更濃所欣初服在能勿滓松風

答張澹士見訪

艸色眷閒門斯焉微尙存端居治奇服嘉遯托山樽徑闢朝霞氣梁延古月痕知君玄已預剝啄更何言

兀傲琴書在青山道詎孤辟辭三語久吟就四愁無楚鳳衰應起湘靈怨亦徂農臣看整暇開畹待蘼蕪

送陳葵若入吳訪周司理五溪

客路入菰蔣秋花繞夢香故人官似鶴幸舍食爲魴海鶩雲霞色

山招橘柚霜伯鸞無恙否煩一酹寒荒

書訊姚侍御心甫

罪言何謇謇共詟補天心一問豺當道寧慙鶴在陰孤情華月曙幽夢晚香深偶影秋籬下因君發楚吟

秋雨同方聖羽夜酌兼閱其含山館中近撰

秋雨鬱暄申朋來更此晨永言遵古處遺跡長農臣載露蒹葭厚開香橘柚新滄浪審何在不敢漫垂綸

禮樂憶君東山泉發幾蒙高文矜曙色清思壓松風偶影秋燈下深談夜雨中閒琴雜涼吹于此意無窮

計無否理石兼閱其詩

無否東南秀其人即幽石一起江山寤獨翺煙霞格縮地自瀛壺移情就寒碧精衛服罨呼祖龍遜鞭策有時理清咏秋蘭吐芳澤靜意瑩心神逸響越疇昔露坐蟲聲間與君共閒夕弄琴復銜觴

悠然林月白

寄懷王東鄉石雲

天柱有仙雲飛作南州雨美錦卽孫襄英聲著韶頀能令野雉馴
不遺衆狙怒陽鱎跡斯斂桃李花延樹琴月一何淸甑塵豈辭屢
大國已烹鮮明廷會充鷺秋色淨江天霞端覲孤鶩蒹葭弄遠風
芙蓉被華露颺思及中央宛與伊人遇采蘭折疏麻貽之見情愫

山居憶豹叔

山籬閒採菊寤寐切夫君藥畹選華露松窗哦靜雲慵陳高士榻
恥應少微文自向圖書藪悠然爲接芬

送汪用章還楚

旅思何寥落寒山江上開抱琴難得意掛席且歸來綺季芝堪擷
岑牟服好裁無情湘水綠莫擲楚臣哀

答吳子遠見訪

屏居何所事疏益有同人浚谷如開曙蘭言已載春定文氷雪在謀野鼓鐘陳天祿多遺帙藜煙待爾新
閒心事遐矚梁甫奈愁何賴有羣賢哲能操利斧柯靈淵蓄龍性淸夜縱牛歌燦燦瞻珠樹欣余備蔦蘿

雪夜山酌用損之韵

山雪延未已田野饒所侵相共展寒杯素月亦翔林兼以霜露光靜照幽蘭襟子和余復歌淸響如秋琴何必援枯桐彈之寫我心

歲暮柬謝明府修吉

歲火祠燈戶戶譁江鄉節物亦繁嘉從知邑有鳴琴宰遂使村無覆釜家高閣梅英颺樹色深宵柏液引杯霞印牀琴匣春風裏手濯淸泉灌舊花

送周子久還冶父

晼晚何堪送子行荒原殘雪照孤征還家綵勝應題燕隔歲提壺

好聽鶯治父春山關涕笑清齋秋水謝眉情勞歌自哂終成誤長
嘯應爲楚鳳聲

癸酉元日

高臥邋邋物外身巖居不問歲符新梵鐘遙報青門曙竹里欣逵
紫陌塵梅柳定爲春酒放雨暘好向老農勻山雲旦旦多佳氣絢
素何煩太史陳

楊守戎子儀失職寓蕪湖以書相訊感舊賦寄

去年此夕泊江村倘憶林香入酒樽亭艸已開吟思秀檣燈還避
劍花繁芙蓉久歇空洲采薏苡重銜瘴海冤書至愁隨春水闊蕭
條旅饁念王孫

淮海舟行留歌兒于湖陰奏伎

江南春欲半汝往預鶯歌不共揚州夢其如芳艸何卷衣箏語細
垂手舞風和莫整優旖調愁思動綺羅

平等菴同闍生明府周子久宗白夜話

水聲連笑語清響詎能分遂覺指標月不知身卽雲縣花天際雨林竹定中芬底事歸飛鶴勞歌使世聞

龔直指瞻鳳過訪俶園留飲

月旦曾聞艷汝陽至今遺愛滿耕桑衣冠共識桐鄉壘劍履高飛柏府霜漢檻不新存骨鯁堯堦有影避神羊繇來治行推華胄渤海遙承姓字香

榆塞星飛鋏騎塵漁陽烽火燭通津孤城掘伐寧遺鼠高閣嵯峨好畫麟期會萬方還禹貢賢勞率土冠王臣簡書正及桃花水瓠子無聞有負薪

訊超乘上人自江南移錫寶善菴禁足

禪蹤復何繫杯渡隔江山座下土花秀燈前秋樹閒觀心空水際施法百蟲間曙盡高峯月知君一破顏

答蜀僧談佶以詩見投

炎齋茗粥特生寒似有千秋雪未殘玉戲宛從光相吐朱門竟作薜蘿看山猿媚月爭啼嘯江鶴驕霜弄羽翰何異青城與巫峽禪心着處倘能安

壽王方伯梅和

銅雀秋來禾黍鳴江鄉歌咏滿西成况逢嵩嶽生申甫並衍河汾到鎬京幕近天都仙樂下家隣碣石海雲平功高倘及收雷雨黃髮從容問穀城

藜杖深蟠化日煙華封祝罷饗鈞天吹笙月嶺人如鶴擁楫春江曲自僊九子曙霞高建隼三茅香雨靜調絃酴醾碧更同秋浦綵服看觴阿母前

送瞿遊擊劍灘歸楚

楚州橘柚醉晴煙將子分擕欲黯然身隱何嫌逢醉尉功存誰與

念飛鳶征塵不挂岑牟服釣艇何如下瀨船別後君山望秋色洞
庭碧月好娟娟

宴汪中翰士衡園亭

大隱辭金馬多君撰薜蘿聖遊賓漠野倒景燭滄波慮澹煙雲靜
居閒涕笑和鸞情復何極高詠出層阿
桃源竟何處將以入青雲衆雨傳花氣輕霞射水文巖深虹彩駐
淀靜茝香紛詎遣漁舸至靈奇使世聞
神工開絕島哲匠理清音一起青山寤彌生隱者心墨池延鵠浴
風篠洩猖唫幽意憑誰取看余鳴素琴
縮地美東南壺天事盍簪水燈行竊月魚沫或蒸嵐自冠通人旨
慵敎尚子諳祇應佩芳艸容與尚江潭

阻風淸谿慰仲立公穆

心賞寄中洲誰云旅泊愁羣峯延浩翠一氣與浮漚奏月水蟲語

開香橘樹秋朋樽歡此際鮭菜亦何求

虞學憲來初築園甚適招余洎元甫往遊先之詩

離居晚歲悵瑤華避地從君水一涯貿研手疏蘭蕙畹登高人問杜鵑花渚田秋煖香通雁月樹宵沉夢繞鴉我自朝歌結知己臨風烏帽與欹斜

次采石赴元甫東遊之約先詩爲趣

水國菰蒲候扁舟事轉蓬人煙湖艸外山翠夕陽中鱸鱠思疑淺鴟夷汎易窮好將遠遊意揮手謝飄風

京口江行

如此山川靜揚舲客思閒天開葭菼路秋貼雁鴻間水霧孤帆飲煙霜獨鳥扳何從感搖落蕭瑟賦江關

泊丹陽先柬來初學憲

秋燈恬客思夢路入清都是地仙雲匯兼君高尚殊寒塘魚自腠

宿莽雁相娛持此招黃綺青山勝所逋
靜會成連旨孤琴詎浪尋閒猿懷嶠切夕鳥就煙深媚展山當廡
延樽月在林投君無異狂嘯與清吟

題虞來初豫園八首

秋水問扁舟同心耐遠遊褰裳臨汐社頓轡望椒丘露被芙蓉坂
天開雁鶩洲將君敦晚節雞黍弁非謀
幽尋嘉遯地應接倍山陰浪豁海僮語岑孤木客唫居然萬里勢
其獲五湖心寢食仙源裏栖栖笑尙禽
衆香通井竈虛碧漾池軒聊徙庭中藥如窮雲外村魚風吹荻浦
鵲月挂松門此際悠然意誰能負一樽
達人事高尙安有不忘機閒意覘僮僕空香飲戶扉鱸蓴能應釣
鶴慣且銜衣卽此肆愉悅何煩問是非
層楹頫脩木履下湧仙雲海日當窗曙天風入夢聞豈徒淩梓澤

詎屑禮茆君秋駕馮無極元龍未敢羣

山亭通石瀨涕笑入清虛香閣流晨梵花潭喧夜漁風鳴午橋竹雲逗西山書持此睨千古巢由謝不如

何處逢搖落秋林清且嘉載花移小艇盤馬藉晴沙墢煖閒魚闘煙豐夕鳥譁飲君霞上緒萍梗失天涯

花源娛信宿塵海幾廻平梁月窺移楊峯霞接耦耕鳴琴幽篠動瀹椀石泉清再覿防迷誤因留爛斧名

贈顧生 生能度曲

秋林求友尙聞鶯宛宛蘇門起嘯聲吹夢蝶邦傳浩笑啼花蟲戶理幽鳴高城落葉微風度孤嶼寒潮薄暮生此際負薪誰復耐煩君一寫楚臣情

雨中赴吳充符招二首充符坐中出黃子久長江圖一卷蓋為倪元鎭十年撰就古人持誼居心不苟乃爾充符珍此

良有深意

旅情誰與制寒雨復孤舟賴有高丘集能開野泊愁蘿琴喧古雪

花笈斂滄洲持此驕禽向吾生已聖遊

散帙煙嵐動靈槎近可尋洪流千里勢舊雨十年心侶有猨啼峽

如看月印林衆山羣薦響不藉少文琴

羅繡銘張元秋從采石汎舟眞州相訪遂集寤園小酌

搴采滯荒洲朋來暄薄遊揚舲追李郭借徑禮羊求碧飲寒潮埠

霞舒絕嶼樓靈氛識何在緤馬問椒丘

岫斂峨眉月波開牛渚光荷纕心自苦蘭枻興何長野色碧寒楚

江峯翠夕陽山杯喧衆嫮一壓步兵狂

淮海舟行感所見

蕭晨浮澤國極目感心魂湖白幾羣鳥煙靑何處村殘籬通水霧

高樹挂潮痕民事嗟勞止離憂未敢論

魚龍運野哭烽火滿車書飲羽亦何補乘桴安所如勞歌傳艸木
遺子入樵漁天運迨陰雨誰言變理疎

抵高郵徐水部準明以治水出卽放舟至淮上

一寒頹月氣槳葉酌風聲況急嚴城柝難爲旅泊情星通笭箵路
霜刻雁鴻程且問淮陰釣淸流共濯纓

客眞州范璽卿太常枉存賦謝

風義夙相親班荊慰此晨賓雲多逸駕媚澤有修綸寒雨飲袍色
霜花凝甑塵廣陵遺散在闐罷各霑巾
浮雲觀往事賢者每貞艱捃拾幾莖粟沉冥累月顏盟心共寒水
問道指靑山祇恐蒲車至先憂未可閑

答前之弟詩訊

久客通音旨家園亦當歸跡終慚浪梗夢詎隔山扉煙暝禽逾貼
霜深魚更肥遙知林下集應念芰荷衣

廣陵納姬自賦催妝四首

瓊花深處鬱蟠根雪暈香跗與笑痕凍雀飛飛還小却獨遮鶯語到黃昏

鵷鷺逍遙舊侍臣口脂面藥澤如新茂陵近艸封禪罷小贈妝前點絳人

黃姑河畔理星車詎說春絲綰若耶絕勝舊時門巷在香風小立博陵花

小洞流雲香滿山持筐採藥憺忘還歌來桃葉嬌如許更在茱萸第幾灣

歲安喜潘木公錢無可渡江相訪

孤舟歛寒雨客思與誰裁賴有尚朋屐能衝夕鳥來杯隣將泛柏語坼小香梅試共搴洲莽昏江汐未猜

離合關吾道何矜雞黍名青山諳古處芳艸質平生飲月開魚夢

啼霜刷雁情靈修如不謝還與泛霓旌

朱中丞明京書訊賦謝

孤山勞極目氷雪路從荒旅雁求聲至停雲結夢長起居申野寤
音旨泄巖芳共枕寒江汐離憂未忍忘
時事乃如此東山臥詎安圍棋罷閒墅麾羽副高壇人競尊東衮
天騫抑渭竿海陵星隱地早晚鶴書蟠

寄李季重大參分臬荊楚 季重濟南人曾守姑孰

隼旟楚塞矚高騫尙有青山載舊恩江渚靈光留水族墓田香雨
飲芳蓀部連巫峽雲侵夢客憶平原酒滿尊是地從來贈詞賦衆
芳煩爲歛騷魂
大國雄風曳海瀾詞場岌業領危冠聲名香遍封君橘寤寐幽通
公子蘭秋水龍門望天上江村犢鼻掛林端何期撰罷登樓賦就
爾狂歌行路難

王梅和使君督運北行便還滄洲遙賦帆園之勝兼以志別
名園卜築瞰澄瀛藥畹芝房次第成徑有篔簹留嘯處棹聞桃葉
和歌聲岫從碣石雲長戲樓對津門月細生鶴鷺翛然自氷雪滄
浪寗藉濯華纓
九子春雲繞接羅閒情遙與碧蘿期爲監天府牙檣粟暫賭山陰
艸墅棋竹里長宜明月照蘭亭未許永和私懸知斗酒陶然後定
憶江南似習池
謝羅稺白假寓秦淮納姬
桃葉春新碧未驕青溪溪畔欲通潮賴分珠樹栖雙燕直上瓊臺
引洞簫無氣可容關尹卜有期還勝竹林招石頭亦有羅含宅楚
水江魚味不遙
雨中集黃若木殷徵卿潘木公楊龍友水閣小飲
小雨閣春暄朋來理晤言閒情貪浴鵠高論感濳鯤陸海津何在

文園艸幸存華余賸龍德斗石敢留髡
謀野夫何獲琴樽領一閒申談衍華燭托寤與青山楚鳳收衰德
湘漁濯悴顔糟丘藉徒侶盡日有躋攀
俞駕部仲茅招集爰爰園幷讀其園解有賦
罪言思往事問夜耿深情折檻動明主題門勞友生濯纓春水漲
照酒夕花明更讀名園解千巖領笑聲
君子誠龍德其居宛兎園烟嵐入規畫樹石兢森聳花密攢禽語
波寛漏瀑源翻嗤沂水曲童冠詠歌繁
答閔士行韓姬命林若撫六長見訪
負薪行且且慷慨孰爲歌流目春無際羈人愁奈何芳洲煙眷艸
佳夕月開蘿衆娉情無極華予睇笑和
治城占寶氣數子亂春星高飮敵溪雨羣唫香艸亭室長延夜白
夢亦繞山青奇服咸能理應來叩獨醒

謝郭侍御丹葵招飲

家聲有道擅沖融美錦姑溪製久工子夜柏臺鳴露鶴春流桃葉飲花驄靑雲高翮瞻逾近白石勞歌咏未窮且夕江鄉資攬轡舊棠重爲領淸風

壽彭錫天配史孺人四十

仙壇琪樹未荒蕪雞犬花源近可呼弄玉綵雲元並史彭郎霞嶼更連姑五噫歌擬從鴻隱三徙居能課鳳雛豈第斯皇誇翟服紫泥還與濯侏儒

上巳趙二瞻郭丹葵二侍御招飲莫愁湖

春湖蕙芷氣初勻撰酌何期共隱淪柏府華簪雲外盍蘭亭逸爵水邊親霞紋高飲連城璧花氣爭香折角巾纓上更無塵可濯歸途煙月導淸眞

贈崔都閫元愷

江柳細翻風春生白羽中星文花讓劍玉靶月臨弓小吏繻纔棄
名王帳擬空平生酬國意今日藉君雄
憶與論奇日咿唔陋一經下帷藜火白飲羽石花青繡虎無淹步
霜鶻有健翎爲君懸綵筆高勒柱間銘

三月十五夜客秦淮聽女史李澹生度曲並奏絲竹諸技六
代風流空餘烟艸莫愁桃葉賴此香魂當不寂寞也遂作
詩

月亦如期會淸輝逗此宵香聲啼玉鳳花頰印紅潮旣擘阮咸阮
還吹簫史簫憐君魂是水雲雨不堪招

雨中宿祠山道院嚴羽士房

鶴嶠星壇路未荒爲參睡譜到芝房縹瓷靜夜醉花露雨後滿庭
春艸香

雨泊姑孰同徽卿搏仲益仲肅應舟中小酌

春溪飲繁雨萬象森一碧孤舟若在夢搖搖乘廣汐眺聽亦何閒
汎覽謝疇昔花暝鷗路荒藻邃魚情適羣潦悅深江悠香寫平澤
萃此太古心復共遠遊客所取洵有然琴樽永茲夕

謝王方伯梅和招飲芝墩

幕府梧寒月氣森杖藜野服一招尋燈前紅燭俞兒舞水曲青菰
孺子吟笭箵路開魚在藻蒹葭烟盡鵠澄林醉歸忘却棲帆地惟
覺橙香橘露深

壽密觀上人六十

般若緣來陋大還光音聊爾現人間禪心白淨蓮花露僧臘青綿
壽者山自結妙鬘長蔭體偶拈薝蔔一開顏與師巖下栽松子直
待龍鱗共掩關

歲暮同衷朴過訪日卿山甫村居見留聞時事有感

雪霽寒山山氣悠晴林鳥語亦堪求風霜共牧平津豕燈火重縫

季子裘羢管淒其吹夜月楚香零落滿滄洲與君盡醉枌榆社梁
甫岩嶢未敢愁

歲盡得袁公家書賦答

山扉團野雪假臥憶君同艸木托微尙琴樽敦素風谷暄春尙在
花發夢難空試騁晴川目江雲不可窮
垂手釣霜魚加飡報起居秫香彭澤酒花媚武陵漁種藥畦無恙
趨林鳥未疎吾生太憔悴君尙近何如

禊日赴曹元甫同年九子江之期

春風吹雨滿平蕪此際琴樽興未孤大澤各安黃鵠隱浮家輕與
白鷗俱文章海內爭相避松菊年來葺也無名嶽幾時承十賚誓
隨靈壽甕彫胡

永和逸興幾曾闌芳月同人更浴蘭星羉空占賢者聚雪航不耐
子猷寒薄移煙艇江山麗小酌滄洲禮數寬莫向靈均竊詞賦杯

前衡杜已漫漫

千載心期問謫仙春江花月照靑蓮憐余久挂岑牟服就爾遙牽孺子船縮帶豈令愆蕙候求聲更喜在鶯先西園賓客稱嘉會征蓋誰淩九子烟

大陸風波未敢論鴟夷且盡手中樽鶯花豈爲閒情繫雞黍將無古道存春淀詞人歡命禊星橋貴邸莽留髡廿年裘馬同回首寒浦蕭蕭落雁痕

止宿瑕仲新築山館贈諸令嗣

馨地榻相分芝蘭果接薰綺心融艸木寥目極星文下食人龍滿鳴臯子鶴聞仲容何足器瞻爾入靑雲

舟次別元甫

江柳正依依江帆又背飛烟深餘夢入艸綠與心微閣飲羣山氣林尊片月輝思君共蘿薜懷尙豈應違

江舟有懷吳明府闇生兼訂石巢之遊

江甸春深艸不微片帆輕共柳花飛風塵滿地此何適絃誦于今知有歸琴月夜張池蛤靜署烟朝冷饌魚稀公餘清興懸難淺石塢先期敞竹扉

平等菴落成過訪宗白

遠公開社就何雲竹翠嵐光更不分林月靜標方丈曙池蓮常報六時芬掌中撥食容禽繞座下敷花藉鹿羣笑我塵間留滯相風泉還與別聲聞

大方讀書門山同前之弟過訪

何地托琴樽循雲臥石門御冬諳梵制展帙報親恩林定納泉響山寒識翠尊悠然雞黍意古處爲君存

張若仲久客閩至皖卽趣其還楚

南斗劍長留經年歸楚舟海霞情自曙巫雨夢還稠積句滿山葉

還家如旅遊高堂倚門切負米莫悠悠
客心何所寓嵐翠與灘聲書就石倉讀琴擕竹署鳴湖香菰米熟
洲暗橘花榮此際南陔思知君倍有生

周元修歸自汝上秦京寒水園過訪

寒水綠波柔君歸江上舟旅程記春艸高詠失鄉愁又作浮鷗計
來尋野鶴儔因之理瑤瑟林月共悠悠
剝啄恬門雀知余隱意安中厨傾美酒長日縱淸歡琴補風榛寂
燈閒月樹殘竹齋茲夜枕爲爾夢逾寬

長門怨

螢心微可察幽視倍含情綃幕暎如空瑤堦秋共生葉流砌苔響
月上網塵明此際肝腸結誰能長嘆聲

雨後郊行柬吳明府闇生

好雨酬農月川途亦洒然水平春圳隱雲洗夏峯鮮動植情皆獲

朝昏計更偏田歌聊自豫卽此政聲傳

雨夜同金任夫懶鶴清隱上人小集

江南餘杜芷歸我以平生雨夜遂深酌高齋彌古情藝傳孤雪味語亂百蟲聲何事將浮海閒琴自可鳴

劉胤平使楚還移酌俶園賦謝

巖曲枉朝英蓬中駟馬鳴玉堦移艸色宮樹與鶯聲星石先槎至羹梅接幄成因君問蘿薜翻切野人情

無可賦離憂閒園林樹幽林喧求友鳥池獻濯纓流月認琴軒吐涼憑酒幔收敢將仲長意寂寞謝巢繇

答宗白搆平等菴見寄

結宇出桃源因辭雞犬喧雜雲多古翠司月有閒猿珠繫嫌衣重蓮開笑漏繁看君持半偈晏息向祇園

喜宗白入城修等社得羣字

空際想靈氛孤飛錫已聞磵香遺徑艸庭樹染峯雲月不分天曙
蓮寧擇水芬煩師持等義還慰鹿麋羣

飲徐介白

春艸先疏夢江雲難限心如今高士榻展在阮家林震澤潮通壑
寒山月吐岑中厨繕茗粥深樹一開襟

初社喜闇生明府偶過得蘿字

勝侶結巖阿閒情領嘯歌山公會乘興池上更鳴珂香翠酣林竹
清眞薦茗柯坐深鳧欲舉留賞駐煙蘿

茲園同社彥再集盛唐樓得山字呈從祖樵川公

茲文未墜竟何傳識在淵龍仞鳳閒歸日求羊循徑戶昔時枚馬
此河山林開麗景騰虹上檻繞洪流望海還爲報漢遊羣扈從封
成何賦著江關

西一上人自匡廬見訪茗集

小徑合蘿陰羊求亦費尋響山琴裏籟啼翠竹邊禽遂過孤峯客
來叅深艸心如何古溪笑隨月入幽林

方坦菴過集園話舊感賦

繞徑野雲稠軒車爲破幽霞高孤鳥逝月至百蟲求巖戶空香冐
宵燈靜語流滄君多古意雞黍詎堪留
林竹領淸狂因君理月觴語還叅布被衣已雜宮香飲雨魚粱近
開雲鶴路長所欣情具勝出處各芬芳

謝喬大叅鳴墀見訊

世事元如此浮名安可賢蘿庭無淺月竹塢有流煙露語蟲臨夕
霜聲鶴在天思君正雲臥此興亦能偏
氷壑春難閉雙魚欣遠存瑤華通寤寐節候謝涼溫粱苑鳴秋竹
繁臺起嘯魂幾時千里駕重與罄芳樽

溫直指澄虛不見枉以書代訊賦荅

寒莎幽篠滿牆東短布岑牟築自工徑冷已無堪薙艸秋深安有不飛蓬澤分章貢誰能禦獄動天都未敢雄自是淸霜羣品肅故人合避使君驄

初服棲遲郎主恩離居未敢賦招魂雲蜺侚帥飄風駕薜荔曾無舊雨喧鴈汶漁燈然夜浦龍山社鼓響秋村樂郊即墨眞堪擬孤躅煩君達帝閽 于時有中吳閫生明府故及之

訊大方藥閣兼訂山遊

秋閣晴憑江上峯寒香淡淡集芙蓉敝巢豈遽辭凡鳥尺木誰堪擾應龍山路煙青朝弄屐石林露白夜棲鐘與君共肆雲中駕雞犬訾邪未許從

王梅和方伯督運旋書訊賦謝

佶佶戎車洵水東萬方飛輓佐膚公漢家粟轉三天上公袞歌騰九罭中騎竹秋田喧士女沛乘江路導霓虹圃臣于野羣梟雁樂

歲同矜捃拾豐
涼風催葉下空林謇謇難爲梁甫唫宛有疎麻問荒葉遂臨秋水
奏孤琴天高九子靑霞吐雲湧三茅絳羽深延竚江潭問江月宵
寒寧禁鶴鳴陰

齊价人見訪集園止飲

門柳日凋枯蕭蕭雀亦無奇懷眷氷雪高會猒蓴鱸葉響矜林靜
樽喧失月孤感君芳艸意歡笑向窮途

用韻荅胤平見懷卽送其江上還朝

解薜還雲陛臣情戀闕深曙雞江館夢煙鳥故園心視艸宮英舞
鳴珂禁月臨因君幽思破霄漢入荒吟

巖居荅溫直指再訊

栖景向巖阿閒杯理嘯歌起居付殘帙音旨及荒蘿星映寒塘艸
風喧野徑蘿餘生微尙在終自戀漁簑

道直寧辭黜高天鑒自存風霜留弱植丘壑飲深恩印屐寒林雪
攤書上屋暾何當謝鋤笠簷隙望高軒

姑溪雨泊有懷淮海彭城友人

江聲挾雨入孤懷此夕何堪鴻雁來淮海地卑潮近月逐臣夢遠
雪疑梅煙綿漂母炊魚地雲接彭城戲馬臺世事物情君自笑子
山空切暮年哀

與黃玄龍共酌

湖汀煙月細汭曲土花香盡子移家地令予結夢長清燈肅良會
醉語壓高霜履跡探橋艸春深碧未荒

泊天門寄元甫

別意無持贈寒香嶼嶼通舟痕開積雪夢路察飛鴻是地栖帆月
前期對酒峯此情入琴理莫藉古人同

江雪憶家園兄弟

天水欲無色何知江雪深帆開洲渚路客領雁鴻心毳帙翻虛幌寒樽媚夕林故園吟賞意此際入孤琴

雪後泊淸谿月中有懷宗白

旅情隨雁入目盡暮雲端賴有孤峯月來同野泊寒枝燈曙深壑高雪寄危巒此際淸谿夢遙心向爾安

依韵答劉孝廉觀敔見訪卽送其北上 觀敔彭澤人

煙蘿寒鳥滿閉園氷雪能來步屧痕夜氣光煩推象緯春恩香欲動蘭蓀柴桑漸與山雲別天祿高瞻閣火存巖築自嗤無夢路看君霜翮事孤騫

慰吳明府闇生失職幷邀寓集園

憔悴年來向水濱蕙稠蘭枻漫相親麥魚載起蘆中色簞豆能推桑下人單父厲聲琴裏調萊蕪罪格甑間塵孫來守職難爲吏窮海雞栖有負薪

壽方良一四十

知君懷尙勝玄英抱膝長閒松桂情脉望字充雲母飯泥丸人誦蘂珠經叩門頻有騎魚客隱几時聞馭鶴笙秋露瀼瀼幽可採相期茆頂劚菁精

龍泉菴二首

香界岧嶤判俗氛藤垂磵戶碧紛紛遠山自露詩中岫深壑長棲夢裏雲蟬弄秋吟渾似鳥僧分茗椀亦成曛雲林且喜無人跡宵寃青峯下鹿羣

嫋嫋秋風叢桂枝藍輿肯負北山期朝飡每與堂僧共幽夢猶嫌野鶴知砌冷儘供蟲語沸峯高何礙月歸遲濯纓時過淸溪曲來往閒魚幸不疑

十五夜西峯看月

山月識鐘聲鐘動月亦上鮮潔映空林艸木發光相西峰在伐柯

振衣事孤往幽深已足快于此晤軒朗塵累盡唐捐空明入非想

但覺銀海波浮光浸天壤石骨爲之寒山靈亦演漾所以松風生

羣峯劃然響

十六夜再同諸社子西峯看月

香閣切幽岑晚鐘淸且窈就月登西峯峯端月初皛乍覩快孤明

坐久更深悄白毫現空林冷光襲棲烏方袍二三人結趺當木杪

笑言槃簦聞析義天花繞遙見前湖白或恐下方曉

石巢夜起看月已而雨

山月還未沒山雨旋廉纖月以延孤光雨能噀餘炎淸景天所閟

二者常不兼而獨巖棲人晴雨兩無嫌如花寄瓶中信手隨所拈

對月空芳樽往往意不猒趁此微雨過植杖擂腰鐮殲彼石上蕨

待此峯頭蟾倦即枕曲肱吟則掀踈髯石榻橫秋窗窗冷夢亦懨

久拜兩疏疏穩作陶潛潛乃知丘壑中恣取元不廉適意斯已矣

來日吾何占

冬日同元甫集倪世符藕花居得疎字

蕭條歌謝楚人與來藉琴樽媚索居逾渚影依鴻雁後醉香心繞芰荷初語翻風海能辭綺杯點霜笙可耐疎汐社饒君整寒色葭蒹遙與滕江魚

出都別馬時良汪遺民

捧檄寧親代所稀石湖況有舊漁磯輕舟喜共湍鷗下鄉夢先于社燕歸計日江城飛柳絮歸家山館驗松園長林幸戢孤飛翼敢向鷴鸞判是非

吾廬卜築大江邊江上秋雲倍可憐沽酒直于漁網下濯纓即在艸堂前青青桃葉廻歌扇白白蘆花覆釣船更有洞簫吹月夕遨遊何異挾飛仙

贈黃博士王屋

吾友黃王屋文章燦如綺民社豈不諳不易讀書美所以一鳴琴
但飲長淮水猶然畏折腰棄之復如屣臥轍父老嗟候門童稚喜
再坐梁園氈談經破臯比修竹鳴清風其心亦如此六館俊髦窟
君來執牛耳奇繙石鼓文博極天人旨貰酒苦無錢環堵都種紙
余官亦多暇清齋長隱几於此挹汪洋吾以銷吾鄙

送余駕部集生予告二首

榆塞鬖鬖鐵騎塵盾頭試艸墨花新久推馬脊多高骨不辨龍頷
有逆鱗薑桂豈投羹鼎好薜蘿因寄漆園身慙余小艸占華省簪
筆虛稱獻納臣

石頭葭菼正蒼然一葉身輕去若仙仗馬長鳴開紫禁冥鴻高翮
入靑天就荒松菊瞻衡宇無恙風波有釣船我欲小舟汎江海石
門晴日臥秋煙

憶石巢水雲蘭若諸衲

夢尋支遠輩鐘磬若微聞偶見梁間月思君嶺上雲栽蓮追白社
縱鶴入青雯莫戀山窗翠芭蕉又不分
失計學干祿長歌懷採薇還嫌握手日不見梨花飛雙樹栖煙冷
疎鐘報雨微夜深山葉響好待倦雲歸
趺坐憶終日相看惟一峯滿山多種芋乘雨或移桐須掩竹房臥
不然嵐氣濃朱門等蓬戶吾欲笑深公

次淮陰喜家僮迎至

青山漸與皖峯隣山色迎人較亦親江樹宮雲千里夢賓鴻社燕
兩年身懸知薄宦成飄泊未敢逢人道苦辛此日故園風景好藕
花爭放稻香勻

淮陰贈蔡遊戎生府

任城昔問何其夜淮海今逢宛在人不耐折腰寧訮黜苟能存舌
莫憂貧劍辭蜀徼風塵色甕貯兵厨麴米春散髮釣魚無不可繇

來熊夢到垂綸

高郵集彭水部孝弱調鶴軒

翻是郎官舍能生隱者心伊人同野鶴其樹類祇林滿徑覆深艸
當軒巢水禽鄰牆出高柳還與乞淸陰

粉署虛生白冬曹夏亦寒排衙蒲稗曲判事水雲端鑿牖正當竹
滿堦多種蘭不知人境裏亦復有僊官

感遼事四首 己未春

帝日長臨東海波赴湯其奈釜魚何大車有骨專長狄小醜無知
比尉陀行役年來問原隰憂天夜起視星河毛鱗徼外山如雪勒
石行看屬斧柯

落日腥沙白骨橫春風不到受降城錦貂盡瘞名王帳刁斗虛傳
漢將營萬竈可憐埋艸露長弓何日下欃槍俞兒瓠種咸充幕銅
虎還徵樂浪兵

拊心忍憶聖躬勞下瀨樓船合度遼儘有懸金酬士死誰其飲羽射天驕春風塞艸青無色夜雨幽燐碧未消天馬不來濛谷冷祁連空築漢嫖姚

戎索承平未可寬羯奴無賴抵三韓城邊烏尾訛偏劇殿外鷁頭影尚寒苜蓿黃雲屯萬騎梅花火樹照千官夢回雞塞聽燈市簫鼓闐闐未肯闌

奉使涼州出都門

雲開春殿詔初承絳節傳呼到五陵曉騎纔迷燕市雪朝炊忽煑白河氷暫抛馬上櫻桃籠且劚龍山榔櫪藤瓦枕竹床無恙否題書先問石巢僧

渡易水同袁朴瑕仲旅酌

風過易水尚蕭蕭古柳巑岏發短條茅屋數椽成小聚土杯一醉買春醪危橋剩雪遲驅馬野戍團煙隱佩刀卻憶江南好風景酒

帆高趁石門潮

滕陽道中

官橋河畔柳垂垂立馬躊躇看古碑處處雞豚喧社鼓家家兒女纅春絲炊煙不散田文墓握粟還尋管輅祠薄暮千林桑柘黯蕭條井里悵吾思

漢高皇廟

芒碭雲飛去不還荒祠今古寄山顛悠悠驅馬問野渡漠漠閒禽過水田艸昧龍蛇寒食雨蕭條弓劍大河煙可憐戲馬臺相望一樣春風開杜鵑

長安道上戲贈汪休伯 休伯善醫

經年服食學長生佩有茱萸粲紫英却笑臨卭病司馬誤從天上乞金莖

靑袍白馬黃麈邊肘後素書長高懸蛛網莫教封藥裹秦中天子

好神仙

題李文清文學友雲館

層樓出河漢慷慨望西京宮闕暮煙靄陵園秋艸生平沙延獵火古戍帶笳聲此際江南客登臨無限情

洮州健兒行

洮州健兒騎大馬道逢高軒不肯下擊鮮賭酒刲牛羊芻粟紛紛掠原野頭白老翁驅負薪小姑小姨令抱衾酣歌大嚼意不足抽刀橫索床頭金吁嗟乎此曹猇豁慘于虜芥蔕尸僵目還努氈裘未掃板屋空萬戶千村淚如雨醜奴螳臂逆顏行海西烽火明遼陽若斬樓蘭報天子士女何惜傾壺漿所嗟此曹朝氣索韝鷹一飽不復搏可能鳴劍馳伊吾未必據鞍誇矍鑠摐金伐鼓聞雷坪高牙大纛呼將軍坐看部曲擇人肉充耳銜枚如不聞

秦中初度口占

秋風瑟瑟鴻雁號敝裘羸馬黃塵高泥沙委頓不知苦旅館淸樽傾濁醪樽中爛爛明長庚蓬弧始憶懸茲辰日暮山城急砧杵霜酣江上思鱸蓴玉壺醉擊歌慨慷悠悠逝水如年光五斗飯粟長齷齪二毛點鬢空蒼琅三十執戟已不早道傍徇祿胡艸艸徑中松菊幾荒蕪肘後垂楊日枯槁吁嗟乎男兒手不艸平胡便當散髮歸江湖捕魚射鴈無不可耳生車中謀則左

同豹叔宗白夜集

涼雨洗庭樹人閒月復然瓷甲評菊夜燈澹欲霜天幽諷長鄰唄淸言不累禪吾廬釀初熟栗里倘無懸

沉香亭

海棠長睡不曾醒濃艷餘香尙有亭亭北梧桐滴秋露遊人莫唱雨淋鈴

巫山雲雨散如煙亭樹含霜秋可憐莫向馬嵬問消息黃花特似

洗兒錢

名花零落野花開秋徑猶飛蛺蝶來寂寂孤亭明月轉更無人報

打毬回

爲憶雲鬟捧硯時高懸醉筆寫烏絲欲知宮錦人何在秋艸寒蛩

采石祠

詠懷堂詩外集　乙部終

自序

夫詩而不能志時者非詩也然時爲詩所志而時尚忍言哉吾悲關雎麟趾之不勝黍離而鹿鳴之不勝弁旻也危敗餘生風烟避地岵屺瞻陟抑又雙潛予之時可知詩亦可知矣追憶平生出處獲際昇平身歷華胥栩栩如夢繇今思之此可復得耶其稱詩遂自崇禎乙亥後系曰詠懷堂某年詩而後倣此焉

石巢阮大鋮漫題

敘

向余從集之爲牛首遊集之有落葉滿空林句余亦有深機相接處一葉落僧前句今歲集之集其丙子詩遂以前句冠簡牘刻成適白蕩老人從横山來掛錫牛首千餘年後續此横出一枝佛法而曠代詞人直下知歸滴血擔荷咦寒巖骨立千林髮脫落葉依根轉身就父我輩前日詩竟識集之今日事亦奇特突集之文章經濟淩古鑠今嘔心風雅如獅子王搏象搏兎皆全其力以陶儲王李爲門庭漢魏爲堂奧三百篇爲歸宿故其詩沉鬱頓挫清新俊逸無不有明興以來一人而已然此以論丙子丁丑以前詩可也集之今且横按莫邪全提一句唱無生曲作大號吼山林水鳥咸助發機細語麤言總標實相誰敢復以文人眼會集之末後句然輞川主人夙世詞客不妻不肉投迹空王竟不得與裴措大同入傳燈總成孤負集之不惜鼻頭付白蕩老人扭捏則大雄峯頭

一喝三日耳聾是何音調

丁丑仲冬廿有三日

弟馬士英具草

詠懷堂丙子詩卷上

晉熙集之阮大鋮著
齊安退思杜祝進較

雨中同馬中丞瑤艸吳元起宗白循元登牛首夜集

寒山何可陟落葉滿空林更聽巖間雨難爲燈下心報閒賫野酌給夢與鐘音軋軋慈烏語爲予此夕深

葉聲開野步共悟此身閒獨樹立寒色諸煙爭晚山朋從空翠裏影寓古幢間祗慮松聰曙塵機又欲還

懶方明菴

太息龍門令家家蠶室居如君能執戟較此意何如沂澤迴天馬秋聰注魯魚深情念雞骨涕泗及荒廬

避世何辭放還嫌舌尙存修烟馮鳥逝廣汐快魚翻共對高松月

同浮野菊樽特憐秋草外烽火照江門

壽卓左車尊人襄野六十

晚歲逾徵蟠木情兩高歷歷少微明煉芝自受眞人訣種菊聊閒身世名芸閣青緗飜蠹帙草堂紅葉隱雞聲青山即此堪綿曆不藉松喬與結盟

羣紀論交誼倍妍家風因識太丘賢弓裘不忝名卿後紱珮能居衆嫮先芳晼露豐黃獨長山厨釀熟紫鱗鮮遙知撰酌梅花日自曳流鈴踏海煙

歲晏何次德過論文竟夕

荒廬荏苒及殘年藉有同心問草玄官閣梅花眞映玉兵厨竹葉不須錢高文欲廣鵾鵬旨曠野何妨虎兕偏香雪寒燈中夜語將君古處各悠然

與馬瑤草同宿范華陽居瑤草述其逝姬有感

暝煙綿下澤息影向梅花土屋春何靜松牕夢亦嘉種魚陂水活
捃粟野風斜不識高閒意誰先處士家
閒身同古木寒盡不知春偶及平生事還悲夢裏人飄風憐絮旨
空水悟蓮因坐待霜松月還來洗刼塵

元旦感懷試筆似搏仲式谷仲立

東風曳曳動門羅窮巷纔知歲序過赤羽吹笳經淑氣黃巾飲馬
截春波移家轉向烽煙裏流目行如蘅杜何倘憶故園逢令節竹
林椒酒正婆娑
士女爭迎梅柳新隔江鼙鼓自振振薄陳生菜烏皮几緩酌屠蘇
白髮人龍尾花磚無復夢熊丸荻畫亦生塵獨憐捃拾春烟次平
野蕭條好負薪

雨夜感懷似何計部蓉菴

寒雨蕭條竟夜鳴荒雞喔喔自呈聲憂天寧恤監門緯酹地難陳

穎叔羹百感集于高枕後苦吟若爲短槊生廻思詠唱春鶯日飄
忽桑滄未可名
支牀萬慮已如灰鼙鼓甯堪振地來吳市甘從梅福隱江南偏劇
子山哀椒花報歲香空坼芳草隣暄淑自廻願得烽銷農野綠將
君破涕閱春杯
子卿過晤聞其徵辟信賦此
煢居迷節序荒草自爲羣地暖蕙初兆林和鳥漸聞酬恩長禮梵
遺世益攻文賴有平生友時來就白雲
聞說明時辟行將至伏鸞聊扶雞骨杖欣岸鹿皮冠渭水釣能釋
媧天補未難野情無外繫林夢爲君安
搏仲社長自里中過慰賦此
高樹悲風警敝廬君來始憶歲將除霜帆影白寒沙雁雪汲烟青
凍釜魚避地餘身兼草土暮年古處篤詩書初香更悟林花坼聊

澥椒觴慰索居

壽葛震甫七十

春色憺然至江梅暖盡開與君坐花下高詠且銜杯市隱瓜猶種園香橘可媒戲投陂水杖節節吐風雷

駟馬曾乘傳遙遙向碧雞歸來洞庭曲琴酒日提攜虹氣垂丹井芝霞衛竈泥林中縱雛鶴珠頂囑來栖

過訪王宮詹覺斯

仙曹希長物芳草與閒雲蠟屐偶然至辛盤勞見分煙和禽耐囀花暖葉知芬遙想春星下緱山鶴亦聞

香雪離離外江峯碧自妍彈琴喧竹里拄笏閱桑田吏隱三山曲情深六代前春林鶯詎弱斗酒會難偏

上元前一日集汪遺民托園用鄰字

客中生菜又傳新小飲煩君漉葛巾高士清琴長在榻短墻野竹

自爲隣晴風欲展芳蘅色香雪爭疏小樹春來夕帝城應不夜還
攜餘興向車𫐐

柬郭侍御雲機 寇迫江浦侍御有安輯金陵功

淮肥烽火照連營方召伊誰效請纓藉有柏臺綢戶牖遂令榆社
建干城平陽訟獄啼烏繞司隸風裁市虎驚曲徙鎬京推第一何
人不羨郭喬卿

繕備都忘改歲期單車幞被向荒祠辛盤深抱無魚感子夜猶聞
介馬馳舊巷烏衣重有壘新亭白羽復何悲江氓藉穩漁磯夢引
滿狂陳茄鷺辭

用韻答程計部穉脩

晴臯蘅杜綠將宣紉佩慙居衆嫮先釀秫不空彭澤礨誅茆聊結
杜陵椽詩書古處風無改飲啄農臣興亦偏攜取玉琴彈楚調瀟
湘碧月爲君還

同葉少宰以沖吳廷尉玉華集西園看梅花

春陰浮野色衆綠漸㠯萌咏賞既開園柯條競懷英諧氣發潛感慮釋體亦輕遂整石路策來觀初葉榮語默入空香羣娉先我盈碧酒樽中鮮素豔林端明鳥泯悟花重烟晦聞雞鳴悠然坐天機良話還復傾靜意持繁喧斟酌焉可名搴采縱安希聊用夷予情

壽馬瑤草年伯母六十

寶婺晴空正陸離春城復値管絃期碩人象服瞻玄髮令子麟毫冠白眉爲政莫非循乳哺籌邊特代衍機絲維都父老宣雲士徯首同申阿母巵

桃花玉洞日初長砌暖蘭蓀更吐香鴻案刀州猶並舉熊丸績室獨先嘗親調神駿騰千里手補山龍勝七襄媿我紫泥多躑躅滂衣時與乞仙漿

張二無聞問卿命暫還毘陵來別論詩竟日復㠯佳句見投

賦答

芳草能有情萌芽及荒宅池脈既浮動林光漸開坼閒琴聊獨撫
良友適來盍握手坐班荊喧繁幸咸釋汲就澗中泉蔬陳籬下碧
靜悟花葉香肆矚春雲赫古誼逼層漢微言響寒汐念子官廿年
圖書羅四壁門柳自蕭條巾車欲何卽時事多囏虞聖人下貂責
飲犢遯洵淺駃牝猷方闢甯渝山鶴盟力整雲龍策茹檗植坊表
采薇振巾幗蔭我堯天雲謳吟動枯澤

張勳卿湛虛過訪以近詩見示賦謝

春風爾何自吹綠漸以盈臥起空香中彌愜幽棲情故人念離居
高駕爲我縈聊釋梅鼎杓來搴蘭谷英園木宛相待林禽亦諧聲
朗懷對雲曙良話俏清琴三復示我詩琅琅陳冠纓野心亦嵯峨
負耒薄有鳴經綸仗雲雷險動屯且亨歲月方舒徐農桑遂生成
中宵行飯牛旦事壠上畊多感翊堯天保我稼穡榮

送左侍御左漆報命二首

驄馬春風曾首途卿雲爛爛照皇都好陳隴右金城策詳繪江南鄭俠圖殿虎青陽開氣色宮鷺紫禁聽傳呼懸知攬轡重來日桃葉芳蘅綠未枯

浦口風烟江上雲遙看征蓋入斜曛太沖賦著人爭誦充國功成帝亦聞直柏竦青瞻古節甘蕉歛碧避彈文江農就饁棠陰下野犢山雌自可羣

盧參軍子占從虔州至過訪止飲

鬱孤梅蘂怨傳香高駕翩然集草堂少婦燕粱爭比瑁參軍龍劍正如霜披襟林下譚何劇岸幘燈前舞欲狂小摘園蔬炙春酒與君白石詠難忘

茅止生從閩海回過訪賦此

閩海烟嵐復幾重馮君麾羽靖高烽迴軍疊奏朱茄鼓中賜將傳

玉靶弓犢鼻青春閒徙甓鴟夷碧月好推篷停杯起眎山籬外不
分江天挂晚虹

送汪瑤若還皖予亦將問海門棹矣

春江聊極目新柳挂寒煙念爾揚舲去琴書自洒然巖松花且兆
林竹筍初延試熟彫胡米遲予禊石泉

問字盈羣彥如君才亦稀奇懷縈翰墨忍力謝輕肥冠嶺標雲格
開潭悟月機遙知行咏處芳草碧微微

雨中將理歸棹過方肅之感賦

芳草不勝雨翻過寒歲寒天時正如此對酒復何歎末季詩書苦
深文菽水難渚田看野雀飛止獨能寬

閱世何多感春醪勉共持詎堪違野性祗益憶平時農晦青無恙
漁潭碧未移還攜舊朋好容與拾江蘺

旅懷呈青山相國

聖代何多故潢池警未舒殷憂無乃甚策力詎全疎野月啼枝鵲
春星點罶魚尤憐江甸草新綠正盧徐
鼎臣休辭地朝夕傍鍾山邵圃長依闕鴻歌未出關朱絃淒獨夜
綠野照愁顏定慼堯天夢殷勤下藥間

春雲詩爲湛盧勛卿覺斯宮端枉集賦

春雲肆矚言蔭衡廬風疏林鳥沫集蘋魚婆娑花藥乘暄告舒慼
此和節杖藜投屣石戶開琴山樽銜醴客亦高軒翩其來止鷄鳴
深樹鶴舞前岑蔬香登梚蕙氣馮襟清池演漾瀡影徵心乃就班
荊乃陳論謔輕陰疑雨憺懷維漠靜對離山衆青咸若悠悠時運
俛仰何嘆良朋旨酒釋此無歡逍遙白日規景云殫荊薪代燭餘
興盍盡云動不繁志意彌敬露下星高淸言殊聖升車執袂我心
忉忉霞縈遠岫草暖平皋願言重過攜手㠯敖

靈谷寺雨中與項司成水心言別卽宿月泉菴

松境不知雨蒼寒自有聲于茲酌春酒一爲駐雲旌野鶴來銜綬
芳梅試點羹山厨陳紫芋何異嬾殘情
慵折江門柳醍醐就梵筵玉琴聊一整山翠亦泠然犢踐平莎水
雞鳴野樹煙煩君仙掌上龍雨給春田
山牕何可寐松雨滴空林持此蕭疎意聊閒離別心風泉矜靜夜
燈火肅春陰及曙覘行色高雲亦釋岑

送子又姪還皖

過未凋傷久荊花悵獨春有懷馳夢路對爾憶風神芝朮纏身患
鹽虀念母貧竹林非遠別感此亦沾巾
春帆入何際烟草綠微微蓬月飲沙埠漁燈衛水扉獨行嚴語默
薄俗戒輕肥寂歷山牕夜螢光未可稀

旅懷寄憶豹叔

石門湖草色亂後復如何念子牛衣地春寒侵女蘿檐榆貫芒角

庚癸易農歌安得浮漁艇春鷗共白波
隔岸驚烽火因知天塹雄山川元自險疏鑿亦何功斷渡淵魚懾
嬉巢社燕同迴思觴詠處高柳曳江風

集趙侍御二瞻園中用程穉脩韻

芳菲次第展春城高樹將啼出谷鶯池草有碑銜石闕林花延夢
到金莖長安月向鍾山吐仙掌雲從淮浦生吏隱居然稱柱下商
坪綺季復何盟

壽張文學玄樞六十

司玄窈窕有靈書脈望從君辨魯魚津暖春雲龍並躍霜清秋羽
鶴長梳丹房煮石堪辭穀烟駕流鈴好步虛我亦相隨飼神雀養
成毛翮似瓊琚

贈黃母紀孺人節壽 孺人撫前子如己出官主簿有聲

青谿環珮靜聞香黃鵠雲中矢獨翔是地懷清臺可築彼姝貞木

咏何長留田晨哺無呱泣矮屋宵機有義方咳㕫令儀難與絜柏舟千頃自汪洋

湛虛勛卿已和遺民集小亭詩見示用韻賦答

春陰涵物象慮澹酒閒傾花氣若微雨禽言徵晚晴林香能感屨瀨月亦尊纓此際天俱穆何論人世情

不藉山陰墅松間亦有枰還嫌折屐淺自負爛柯輕飲研見馴雀啼花無寂鷺興來忘卒略膝上素琴橫

送傳四兄還皖

春來池上草綠與故園同鴈影寒空外鴿原細雨中遙飛江畔席相睞鬢間蓬努力山厨酒風煙莽未窮

江塢長吹雨離離竹自閒無琴延碧月馳夢到青山契闊歎難已蹉跎春又還寄聲石巢石留薜待躋攀

同王京兆玄珠徐侍御孟麟集南高冏卿宅時冏卿令子文

孫皆在座古誼殷然感舊賦此

春林何靜穆向夕御琴樽古處誼仍昔同心言盍繁幽香矜橘服
秀色擘芳蓀此會陳荀後重令象緯尊
玉珂聯步地回首祗空烟門柳色已翠春醪香且鮮卿雲抱鍾阜
霖雨溉江田願得偕高士絃歌適莫年

同葉少宰以沖徐冏卿南高洪憲副觀宇集徐侍御孟麟林
亭賦

春風睇笑動高丘炊黍班荆事事幽萬卷平分玄草閣一竿何負
綠蘋洲琴樽定不虛陶徑烽火無聞照瀨裘把臂與君偕作達野
雲林竹碧悠悠

灩澦驚濤不耐聞歸來高枕玩春雲樽前一石碧長滿籬外數山
靑且紛煙靜搴蘿招木客星寒焚朮禮茆君瀛壺更採秦時藥人
世于今未可羣

走筆贈蜀僧慧菴新安僧大乘

古雪皚皚欲覆眉殘函爲展月開時市聲忽歇鐘初定春雨長寒衲未知趺坐閒心觀夕照休糧屢日罷煙炊石頭卽是峨嵋路笑指桃花更莫疑

錫飛何必指千峯天闕天門共晚鐘合掌蓮花皈象教過頭卬竹自龍鍾閒支石鼎長煨芋嬾臥山牕亦聽松何日遺身向空界與君黃海辨秋鴻

壽忘所上人六十

松雲如白石晨夕照巖扉靜者觀心地天花自在飛礀香山候暖潭定月痕微一悟無生忍應嗤海鶴歸

剡谿流古月普照白門松數息綿龍性休糧著鶴容林紅銷一雨江翠列諸峯遙想無言際空香觸未窮

金陵春感

晴風吹衆綠合沓至江門自令治游起寧知元化存金鞭鳴廣陌
麗服照中園獨此閒憁下山花笑不言
六代山如史興亡備此中陵園識誰是歌舞幾曾空舊燕栖無擇
新鶯唱轉工野情復何與緩酌向春風

顔若齡自皖見訪雨中感賦兼懷幼玉瑕仲

漠漠江帆雨君來集遠心寒温及山翠觴咏尅春陰犢澗軍烽滿
魚粱稅歛深特詢芳草路何地托行吟
衡宇相望處遙思上古天鳴梭弄秋葉扣角響春烟月白同千里
山靑又一年不知膢臘日誰汲石門泉

宗白寓鄰菴時相過析疑義

廛肆何鱗鱗炊烟自濛被結茆雞犬中禪誦胡繇邃頃者夢覺間
蕭蕭鐘音異始悟靑靄人瓢笠于焉寄盂水現潭月簷枝領峯翠
喧寂了非我平等旨奚二相望不牛鳴晤言期每至芳草本忘機

山光舉相示微風時一來庭松響秋吹願邑雨餘花施我悠然意

大方廬中目集韻詩見示感賦

春雨響不已與君分此寒欲銷爾時淚聊憶故年歡歸雁程猶滯
巢烏羽未乾牕間陳綠綺腸結不能彈
遙念門山曲春鸎唱又新不知烽火後誰是采芳人捃粟炊能繼
綜詩咏未貧寥寥詹雀外文史獨相親

再遲若齡小集

風吹江上雲西來何悠悠孤帆是因依翩然如雲浮肅舲出花浦
杖策至椒丘顧我苦次骨慨歎不可收感子幽蘭心志氣相與柔
古人重結交誼亦如此否長跽陳清醑眂聽無或偷斟酌在平生
雞黍誠匪謀
芳草不予欺春深門已碧雨至發清響稍霽罕行跡整撥籬戶間
寧爲車馬客道喪望終古遙遙無羽翮寘高穎復深荒彼歸雲宅

壹持沮溺心黽勉固窮策晨起自灌園饑來但炊石入夕彈青琴
吾㠯召吾益

空城雀 爲和州破而賦也

空城何有白日灰灰流賊飽而去流雀饑復來白骨爲丘陵亂髮如青苔羣啄嘖嘖鳴不顧烏鳶猜城中有遺老當市哭且哀爲言羽林郎十萬皆雄材願乞三尺符令赴空城隈挽弓揷箭如風如雷誓當俘雀鷇醢雀脂懸雀之首于高旗京觀築爾何纍纍此功努力猶可爲死後解倒懸陰騭彌㠯奇不然野雀再飽如賊飛將爲把竿稚子裸袒相笑嗤

哭和州侍御馬訥齋 侍御守和甚力以援兵不至城遂陷率妻孥死之

野哭春江動綠波歷陽白骨正嵯峨賀蘭不遣貔貅至睢水其如鼠雀何爪自透拳悲魯國魂長捐珮感湘娥無衣欲紹秦庭泣忍

聽傷心隔谷歌

何方伯大瀛移樽小亭賦謝

綠蘿黃鳥語古意滿春園君復能酺我高軒還見存炊魚飱不薄羅雀道何尊偶及人間事靑山惱盍言

提壺芳樹下知不負鶯歌雨止林聲穆烟綿草色和肅琴向淸夜縱釣有晴波別後逢明月梅花夢正多

卜子寧相訪卽送其遊姑孰爲古意新聲六首

三尺要離塚年年靑草生男兒戀鄉曲湖海欲何成仗策有之子出門遊帝京回看埋劍路鴉背夕陽明

秋金飱夜玉車馬自煌煌雀噪野衙日雞鳴天雨霜碎琴過槐市挾瑟上蘭堂徒步長歌起誰堪學楚狂

樓桑禾黍動雀滿翟公廬自飽脫粟飯兼炊幸舍魚山精偕種藥天姥共翻書冉冉騰雞犬淮南術未疎

君懷何磊落才亦孔璋鄰遙負彈魚鋏來尋飯犢人鍾山松路雪
篴步柳條春晨夕貪吟賞囊空不算貧
酒酣矜意氣莽莽一呼盧自哂貂裘盡難從武媼酤江干唱桃葉
山上采蘼蕪調笑逢壚女殷勤索玉壺
青山垂薜荔山鬼宅其中况有騎鯨客乘流御碧空春江照花月
水鶴吗松風于此投書劍平生意亦雄

寒食感懷偶步郊外

烟火雖無禁愁生倍柳枝故年寒食節是母授餳時雀乳拋殘毳
蠶繅響斷絲感兹魂百折淚雨不能垂
亂後青門道笙歌不肯稀烽塵聊自遠游冶未全非地暖蚓潛出
煙和蝶互飛風光與時序惻惻使心違

古意

華燈照淸夜無令笑白頭高樓出飛鳥炙酒稚肥牛馱笙過北里

解珮向西洲人生誰滿百惟此可忘憂
茆頂有仙客我往叩長生綠髮照瓊戶丹脣吹玉笙朝憩崟陽木
夕拾海月英頫看巖室外陵闕多松聲

修禊日范司馬質公招同壽春方侍御孩未移酌小亭賦謝

中園燦芳樹黃鳥鳴其枝叢蘭被堦逕荇藻開澄陂絺服御春風
寒燠聊自知恬步空香中蝴蝶隨我飛遂就石澗泉薄澣纓上緇
雖罕童冠儔明此禊祓期清機何豫人林坐憺忘疲兀然盡一觴
不爲幽獨欺新蔬摘盈把舊穀聊自炊寧知蓬藋外高駕能復來
軒從何煌煌照我門前柳薄踐竹林歡特招淮南友戎旃洵清暇
眷言酌春酒碧樹羅前軒青山對高牖累欸既彌襟搴芳復攜手
籬下樹花藥屋後蔭榆杻自負堯天氓耕鑿頗不苟帝夢懷袞衣
周南諒非久爲問手中樽能共菊花否

用韻酬吳明府闇生

至人遺外慮花藥閉閑房置身如孤雲嵒壑善所藏龍蛇蟄且深
鳥雀廬亦荒鍾山春雨來庭竹森琅琅紫葛翳石壁綠蒲冐芳塘
玉琴中夜彈其聲清呂揚感彼茆眞君授之補腦方竦體排崑崙
雲海空茫茫滄溟露龜坼精魄臨鶴鄉饑擘綏山桃渴浮華頂漿
世人逐腥腐有如秋螢光富貴豈相貰年隨時運翔招之不可迴
徒令增慨慷

寶刀行贈王貞吉參戎

王將軍美且鬈少年意氣傾幽燕感時頓投手中筆結交盡散床
頭錢寶刀三尺懸秋水摩挲劇于十五女提攜上馬渡桑乾橫行
直奪醫閭壘前者虜入喜峯時孤軍力護礮砰車不分冠纓有巾
幗口嚙指血旋上書天子憂胡臨便殿謂君南八今重見親題勅
尾付廷論從此義聲轟赤縣年來左肘頓生柳閉向枌榆晦身手
岡坡逐兎呼鞲鷹日醉荊高市中酒金陵三月江花紅遙遙仗策

鳴春風司馬親爲撫猿臂行行力挽天山弓邀君坐此芳樹下柔
絛一繫紫騮馬軹深不作夷門空眼中誰得如君者黃巾白羽何
紛紛中原一掃欃槍氛至尊麟閣許相待努力努力王將軍

採桑曲

日照天氣綠立馬桑之隅持筐泣路傍云是秦羅敷不怨蠶多饑
不怨桑葚徂使君重禮義妾亦貞自持行行重行行太息羅敷夫
出入羽林騎調笑酒家胡羅敷足棄置壚女則有夫壚女亦有夫
調笑何其愚

東秦沛縣行甫

廉吏安可爲恆苦寒且饑廉者復攻文所苦行倍之爻象排其胸
經緯植其軀花下撥清琴晨夕聊自怡逋負叒鞭責逢迎拙言辭
寧遭上官罵恥抱神明疵達哉秦使君宰沛不再期義弗絓塵冕
投劾從此辭六翮排青雲雀鷃誰能追

聞君客秦淮五見春草綠但飲建業水厭聽烏栖曲紅葉蔽堦井
青燈射鄰屋朝夕對鍾山淸唫忘斷續茗粥安素心文史悅恬目
有時烹隻雞笑言招近局春廚洩糟香桑寄酒應熟

贈畢今梁 今梁西洋教士

若士乘桴自沃洲十年日月共中流書經雷電字長在手摘星辰
較不休閒御鵬風觀海運默調龜息與天游知君冥悟玄元旨象
外筌蹄亦可求

雨中約損之郊遊不至賦此再招

春艸日萌芽禽言漸能娉懷此于野情期君理閒步傳君抱琴樽
茲遊業已屢始悟蓬堵間兀坐向成悞微雨花應晦稍霽烟還鶩
誓當遂招攜高吟嚮芳樹不爾靑陽遒風物又成故

毛比部修之范計部仲闇招集仲茅爰爰園汎舟賦

林園入春靄景氣彌以穆渺與市煙隔祇覺禽言繁羣賢既畢集

妙論亦閒翻山樽眷漁舟宛歷桃花源頗極沿棹力一轉開一村
巉壁削猿路潔瀨淸魚魂僮僕出花隙飮饌陳蒲根曠致感希有
高韻瞻獨存笑謔忍云疲淹留頓遺昏燈火照歸路屆別申一言
紅蕖瀉香露素月表松門誓各抱琴來秋期請勿諼

遊仙詩寄鹿菴相國

樓桑有鴻隱抱犢畊芝田一謝塵冕欺蚤悟長生傳白雲手自鋤
靑山朝對眠遊値若木憩饑吸滄海煙有時排空虛親受王母詮
使作盡靑童毛女尤嬋娟仙音固繚繞流鈴亦鏗然瀕睎虹綵下
丘垤何連蜷桂樹靈不實薤葉光且鮮哀哉下土人壽命無一延
生爲霜露欺死乞鳶烏憐

桴居立烟外蒼蒼遠人跡野坼南浦靑檐挂西山碧此中有至人
終年脩羽翮勤翻玉斧書慵發金縢策鑿泉牀下鳴崖乳牕間滴
空潭春雨過百藥苗盈尺沮溺詎能然箕潁亦堪斥不識丹籙中

可注天台客玉篴弄江花清琴響寒汐願騎海鶴來嗷嗷呼白石

鍾西謫居彭城脩子房祠成徵詩遙賦

遙望雲龍山春至草應綠傳聞漢子房峩峩結祠屋松鱗絳未已
黃石苔長覆林邃時囀鶯堦靜或眠犢吾友博陸儔謫居在河曲
一與世俗違欣然整初服長懷圯上翁恨未辟粱穀盡解杖頭緡
力爲繕荒塾鳥革旣翩翩龜趺亦蹲伏無事此吟眺雲天散恬目
海變桑且枯誰能破寒燠芸閣秋琴閒糟床春酒熟何當拾席來
從君理茗粥擊石招古人狂歌響林麓

謝劉司空簡齋見貽 簡齋正以河事繫廷尉待白

支牀遺外慮門雀亦無喧春草坐中變風花籬外繁寒溫切雞骨
辛苦問鴒原杲杲蘆中日相呼誼各存
傳君疏鑿處舟楫利春波縱有流言及其如河伯何啼烏春夜曲
天馬澤中歌解作兼雷雨皇仁正不磨 烏啼用宋王家慶聞赦事 天馬用檮里牧恭避仇事

閩海楊孝廉明箕見訪得呂司馬書感賦

閩海玄亭草未蕪翩然負笈入菰蘆春宵客路聞鴻雁煙雨家山夢鷓鴣愁至問天無囈語亂來浮海亦窮途高樓碧酒渾無恙破涕看君倒玉壺

吳洲新水照芳蘅對爾彌增古處情易地各銜癯鶴羽支牀同聽亂烏聲繭絲蔀屋猶呼斂烽火春江未解兵爛爛牛歌中夜起短簑長自戀躬畊

柬呂司馬益軒先生

春夜月長白春江柳復青所思在吳會高尙有儀刑土屋炊牛飯山煙響鶴翎璜魚閒可釣谿水日泠泠

平田燒野火朝出自扶犁草際見微路村中來饁妻水生蒲葉上日照杏花西向夕招鄰曲春醪亦可擕

結室秦淮浦長看鍾阜雲烽烟何莽莽歌管自紛紛世事甚于夢

閒心聊屬文青楓兼碧草延思到夫君
自媿偕司馬名聯元祐碑如何風木感涕泗亦同時天意元無我
流言空爾爲君恩南畝在努力共菑畬

有懷楊冏卿豐之

海氣東南來濛濛千里白草晴悟煙象鳥飛著霞跡念子別玄亭
七載淮陰謫圃暄藥長種籬秋菊仍坼何用寫離憂賴此樽中碧
年來曠野悲宛在高陽客門雀感已深臯魚淚難釋徒懷海鶴思
未掛滄洲席遙念堯天雲春陰垂廣澤依依楊柳風熠熠倉庚翮
剝啄懷山阿夢路復誰格

雨泊江上感懷呈以沖先生

江花暖無序江雨及宵鳴賴有燈前酒聊開旅泊情聚螢違夕諷
抱犢輟朝畊何事風煙裏相從汗漫行
策力羣公在農臣何所之先民垂格論避地倘予欺海燕翔沙浦

春魚入野炊行行共搴采知不負江蘺

舟過采石望和州諸山感賦

春帆邅鳥路隔渚見青山戰伐兼栖隱銷沉共此間荒祠蕃鸛鶴
小市族魚蠻日夕天門水悠悠碧未還
亂後江村絜爲憐泯泯飛鳥啼春竹苦蝶戲土花微自切民生感
誰云廟算非國殤與山鬼未敢重歔欷

飲酒詩四章

人生閱穉壯至老方形休來往百年內日月亦以修憂勞不塡之
拱手將何謀殤子化誠速無異菌與蜉安知在鬼神不爲高曾儔
白楊吹野風荊棘被層丘仙人多白骨朽去不復留懷此酒樽空
過于千歲憂
閶鳳既以逝元化鮮所存運會有必然誰能還其源所以魯中叟
載興浮海言去茲數千載滔滔更何論犂星兆東作驅牛向南村

風雨不我欺菽麥相與繁力此事便已日夕傾一樽
綠苔罕人跡廉館何寥寥此在全盛時賓客志已饒晨風趨茂林
時禽弄柔條誰能違所欣獨握樽中瓢田父兩三儔頭各插素標
朝去暮復至雙雞屢見招生則偕桑麻歿當共蓬蒿
三山限海隅不死識何藥縱令逢仙人授我長生籥棲棲華表間
夙形已爲鶴同輩無一存孤禽安所樂不如約遠思純然向糟粕
深柳和春煙野筠釋秋籜時至夫何留欣欣去冥漠

舟中雨夜聽王將軍貞吉談遼事

豎閣苜蓿散秋烟曾副輕車逐左賢此日推篷聞聽雨中宵說劍
響如泉壚邊白馬長呼酒獵罷黃羊自割鮮絕塞憑君橫意氣看
予飯犢種春田

雨泊荻港遲方肅之不至

楚色蒼然來江昏帆且止冥冥詧虛無春雨響未已明燈復扣舷

悠悠念吾子友朋關至情留滯應有以炊黍就荆扉弜棹蕣葭裏所未共清機盡此樽中旨夜久身心寒孤琴颯焉起相遲乘汐桴一報中洲芷

舟中同搏仲損之宗白賦

鵲江春夜雨滴盡十年心汐氣一何肅川流藉此深海鯤開浩思山鬼束悲吟吾亦忘吾我誰能弄夕琴

雨中憶家大人子處先慈殯室并以紀世道人心之變未有甚于此時者

白華江畔雨蕭蕭行子單衣感複陶聖世幾曾懲菽水深文何得駭漁樵慈烏哺子啼春樹獨鶴梳翎立莫潮此際心魂俱百折不知誰賦楚臣招

山公久已謝聲聞尺籍偏能溷鹿羣名隸胥靡應負槧身非蕩子學從軍庭青不返叢蘐色江白愁瞻老樹雲到底農臣無遠略安

危終不代諸君

舟中贈能止 能止蜀僧近住天界半峯菴

濛濛花月路何自戒香聞假息向前浦隣舟見有君汲瓶注春浪
槌磬響川雲歷亂看風絮峨嵋雪又紛

半峯千樹響宛在浪花間擁衲聽春雨江鷗無此閒燈然漁埠火
錫指烏前山安得乘輕狹偕君往復還

丘中聞時事

天上風雲久未諳近來特事滿農談儒林盡黜臧三耳瑣闥新徵
妄一男似爲甘陵摧黨幟直將優孟媿朝簪野人但種春田黍自
領烏犍飲碧潭

江上逢聖羽來唁感賦

秋星垂竹露古寺待鐘時忽忽與君別芳蘅綠復滋佳辰偏兆淚
嚬野拙陳詞祇覺篷牕下風燈集鬢絲

帆前迷往路艸綠帶長川心遠轉無緒愁迴一莞然名從牛口重
道莫盤蝥賢吾夢繇來穩高峯臥碧煙

贈黃明府位兩明府清而幹爲危邑所倚濬壕之役尤有萬
世功

鴟夷久已入鷗羣負耒重過皖上雲不爲紉蘭招隱士爭傳剖竹
有神君省䢺長繫稠桑馬縛備親提細柳軍近日石門春雨足農
歌漁笛正紛紛

千頃清風自穆如政聲潁上並璠璵峴花深覆羊公碣江水新穿
鄭伯渠村墅綠蕪歸社燕滄浪白石戲儵魚野夫日酌堯天酒高
枕長懸下澤車

歸次詠懷堂哭先恭人

避地且歸來吾廬宛仍昔風脂門柳靑雨止江雲白野鼠各緣桁
山雞自啼柵麥菜熟已齊蓬蒿亂無擿巢燕何奴軒顧我反成客

堂中機杼聲堂前綦履跡徽音儼如在慈靈復奚適一身等飛蓬
百念頓攢戟長號安可持淚與苺苔碧

初歸感舊賦

盡室孤城中此身匪隣父寇已薄楚豫天且卽陰雨茲高椎肥牛
包胥泣秦廡自媿殊後時卒猪亦何補喋喋輕薄兒寧識徙薪苦
百口且如蜮啄我甚于腐近有賢使君熊車撾鷺鼓貔貐既革面
鴻雁遂敦土願執候人殳還舞俞兒弩請君緩豆萁無令急焦釜

春寒感懷先恭人

春寒應作雨霢霂固其常然于雲倦時旋圻林日光山鳩屋上鳴
石燕沙中翔江風庭前來瑟瑟欺我裳我裳匪絺綌被體如秋涼
女蘿亦有姿蘭蕙亦有芳憐無慈母縫使我中懷傷

江上還石巢

春風變榆柳草色綿川塗杖策還江皐弊廬幸未蕪籬外山更青

園中綠已敷僮僕三五人力作猶勝無麥飯爲我炊雜治樵與蘇
鄰曲歡我歸雞黍煩見呼生鮮麯蘗緣飲水聊自娛官長多賢明
盜賊聞以逋努力事畊鑿租稅未可渝子亦何所爲兀然長據梧
優哉復游哉高臥安其愚

還江上草堂柬史使君道鄰

薰風遙向五絃來獵獵江干畫隼開淝水漫推車騎略漳河重咏
史公才烏犍畬火綿平壠朱鷺笳聲動大雷近日煙深春草闊輕
鷗飛去復飛廻

荒廬脩竹碧森森掃戶猶鳴原憲琴賴有熊羆饒遠略遂令鴻雁
起歸音青門瓜蔓緣坡廣白社蓮香飮露深璧月高閒刁斗閴不
煩粱甫切悲吟

鷫鷞之太史初度

去年懷此日君正急鴒原不自憶弧矢焉誰共酒罇故鄉芳草候

初夏竹林園迴想勞勞際因知飲啄尊
山齋炊麥飯碧酒復閒傾對此班荆坐無殊采藥行長源衿芋火
弘景溺松聲君獨觀元化蕭蕭不近名

聞葉以沖先生起南大宗伯

六朝冠珮自雍容禮樂匡時藉秩宗安得江烽銷士馬欣聞階羽
屬夔龍碩儒帝用為調鼎新法人難及負舂旦夕履聲親黼座啇
霖應溉北山農

為方仲來題竹墩

湖雲亦何白湖水清且閒聞君結茆屋前對湖上山朝看羣鷺浴
夕矚飛鳥還碧酒香自酌素月光可攀有時坐松牕展帙開胸顏
竹館琴一鳴衆綠聲潺潺小艇撥秋花沿棹非所艱何當摘菰蔆
為予啓柴關

送張儀明之仁壽任

唸蜀看君捧檄行靑山樽酒對離情千峯路向猿聲轉百丈泉從鳥道鳴鹽井春煙谿唱滿錦城秋月夜絃淸遙知萬里橋西曲潭靜花繁待濯纓

將下石城別史臬使道鄰二首

江城韓范藉經營鷺鼓絖絖肅有聲禹貢車書原自集堯階干羽況初平靑山建隼軍烽却白石呼牛燧火明更是蒭貧高馬骨滄浪還與咏纓淸

浣襦聊乞展烏私迴首稽帷繫所思越國有薪長獨臥監河無米更何炊身爲霖雨人皆潤手障狂瀾俗未澆願得鐃歌秋吹滿野人來與菊花期

舟中憶石城諸知己

柳碧秦淮惜袂分迴艫片席挂秋雲綢繆妄欲捐雞骨飄泊曾何媿鷺羣松閣幸還弘景臥草堂聊謝稚圭文廁襦薄浣渾閒事荷

屋從君摘露芬

用韻答周安期見訪

卜築青谿隱意深蕭蕭蒲葦領秋音閉門自整登山屐置酒長輸
賣賦金六代幾曾成往昔孤笻誰與限登臨將君長揖三茆客霜
滿煙平若可尋

用韻酬史弱翁見訪

荒廬容抱膝楚楚閲公卿秋黍自然熟山厨何所營露花垂枉渚
月樹隱高城此際重攜手幽吟細細生
皖上風烟滿因之廢遠遊麥魚艱捃炙花鳥入離憂祗益銜枯石
誰能抑横流新亭礲礴地近淚不堪收

秋雨臥病感時事成詩四章

軍書頻向日邊來油幕鈴門晝不開慵望高丘悲練馬重招熱客
盡樽罍時流競集紅襟語胡騎何煩白羽麾征虜雅知饒勝略酒

旗歌板莫相猜
秋風蛇豕滿中原北海難開此日樽丞相已無門可掃將軍徒見樹空存關山月冷梅花苦易水烽高蒲葦昏爲語援師須暗度烏江猶有未招魂
北望和陽萬骨枯鐃歌露布尙傳呼堪搔蟣蝨嵇中散誰詛鵂鶹楚大夫上將柳營虛絳國郎官桑陌狎羅敷繇來射虎推身手一疏批鱗動兩都
秋艸柴門雨不休雀羅雞骨迴含愁河山是處移桑海羈旅誰人效麥舟茂苑空懷麋鹿繞高臺何日鳳凰遊吟餘閒步長干里璚管金羈莽未收

賦贈張洪川先生 先生令子爲湛盧大勛卿

滏陽有鴻彥抱郄向層丘振衣林慮巔濯足漳河流讀書三十年儋然爲天游祭酒經生間羣騃無敢儔解薜宰峨岷治聲方雲浮

賨人舞婆娑巴女爭獻謳山啓旣巇㠑龔魯何足侔忽然賦遂初
高翮不可收曇綬固土苴絃歌亦蚍蜉政成長歸來門柳風颼颼
邯鄲繁麗地車從絡拜燕走馬復彈箏意氣長翩翩于此有至人
弗爲流俗遷植禮如山丘澄心則淵泉槐棘森蔭閭駟乘何連蜷
處貴不自怡履道彌沖然詩書爲弓裘力田窮歲年有時趣所會
行吟五柳前山杯花下琴慮釋體若仙近就百泉漱遙對嵩雲眠
所以張長公千載師其賢

九日得鍾西彭城書賦致范司馬質公

古處將君二十年如今聚首各憂天爲憐雙鬢絲俱白敢問同車
草正玄秋徑暖看蝴蝶戲山廚味覺蟹螯賢落英自采參差菊窮
巷何妨有斷煙

九日江扉晝不開彭城欣有帛書來忍言交道今如土自是閒身
久作灰旅燕依棲元至渺海鷗蹤跡復何猜何時得附玄英杖飛

壓靑油日幾迴

湘臣焉敢賦離居帶索行吟屢晏如廝養邯鄲非舊丞將軍宛雒有高車鍾山露白遥聞鶴淮浦煙靑好捕魚近日草堂叢桂發天香繚繞一床書

安危策力仗明公憂杞何煩問老農帳下射聲皆似虎盾頭點墨亦成虹黃沙直搗毉閭塞赤羽兼銷楚澤烽自哂野心無所與蕭然閒聽白門鐘

和韻酬文啓美見贈

銷憂未敢效搴公白石狂歌意亦雄慵寄眼光牛背上全休生計蟹螯中閒吟江畔楓初落澹思籬間菊幸同賴有靑山酬賦客蕭晨莫放酒杯空

高秋極目雁賓時江外風煙不可知犢鼻自憐聊復爾鴟夷不醉亦奚爲餐將靑荷心徒苦枕到黃粱夢已危遥憶洞庭今宛在垞

邊香草繫予思

詠懷堂丙子詩　卷上　終

詠懷堂戊寅詩卷下

石巢集之阮大鋮著
同社豹叔錢文蔚較

靈谷月下聖羽至

山月滿庭樹樹靜山更涼良友坐此間幽意殊相當澹然共茗粥清論浮蘭香起或步松徑倦卽休竹房世人如蓼蟲習苦不自傷漫游哂禽向降夢儔羲皇非君秉素心定復嗤予狂

酬契玄至靈谷見訪

深林麋鹿共忘機支遠遙遙至翠微石路繞松長覺遠筇聲蹈竹即如歸高譚六月鳴寒瀑彈指孤峯下夕暉爲約長干鐘月夜杖藜訪菊啄秋扉

柬蔡懷眞

聞君歸鵠印大笑還江郵廻視粱肉間誰是夷門恩人生貴樂志
何必羈華軒邊沙沒馬蹄蠻霧搖鳶魂不知事農圃旣朝亦吕昏
綠穗養南疇朱槿照中園雞黍會親友語笑闐衡門長鑱與高纛
不識何者尊秋山青映籬秋秫香盈罇從君訪菊花予當策烏犍
予家皖山中朝夕警烽羽知君屢提軍備歷征行苦枕戈雪覆櫜
解甲蝨成縷此卽畫麟閣百瘁不一補何況中山書請謝冠軍組
男兒可憐蟲斯言不予侮較之牽犬翁庶幾尤爲愈東皋有犢車
前溪有魚罟本自不决絕世情何足數樵唱出松坪棹歌入蓮浦
君沮予亦溺予巢則君許寧甘髀肉生莫効聞雞舞

謝吕屮先生見訪靈谷

遺身入香界靜覺山雲尊草蔓已妨路松翠長隱門偶影良有悟
自招山鳥言悠悠身世外謬欲窮眞源逶迤行谷中莫有紫芝存
芝采無復餘白石虆虆蹲丹木爲樵蘇雲彩充庖樽同心念當來

儲此目代飱

高駕出靑門遙遙歷深草爲眷松下風載念林中好夙約知勿渝
未謂及茲早聊摘卲陵瓜兼詠輞川棗晏息當靑山山光卽懷抱
竹露洗慮塵石泉蠲吻燥惻惻念世情六鑿自趨槁

酬震甫與治見訪

何處堯時天谷口松雲是漁樵侶亦稀鐘梵理恆邃久處覓身心
或恐化寒翠感君敦夙期雙策颯然至園葵摘露香林籟奏清吹
山厨醞不儲烹泉取相媚淹留至暝烟巾車又當駛握手柴荆前
屢與歸禽値淸論行復遙賴有疎鐘嗣

印海招集靑林堂同可止循元不溢得皎字

東亭集茶燕尙覺情緣擾未若深谷中竹房閉蘿篠上人如孤雲
偶向靑林繞微微烟路開時一待歸鳥知予隱意眞露葵摘淸曉
相與破塵跡相解出言表草涼蟲響繁山靜鹿柴悄坐久星烜烜

四矚羣峯峻

酬質公大司馬見訊

谷中不知夏松路青沉沉出戶踐鹿跡方晝來猨吟愛此不能去願作松際禽朝飲紫葛露暮憩碧山岑道書行尙把華髮散不簪所未閑樵路阿閣貽瑤音故人范令公槐陰何森森一身如谷王四海推甘霖誼若三秋蘭字比雙南金宛然共顏色敢曰懷所欽翳翳谷中芝三秀良可紉用備朱鳳飡聊明青扈心

送一門住攝山

一公絕塵垢其人卽翠微禪將春草深句亦天花飛攝山有茆屋竹厚芋且肥夜溜細鳴磵秋雲閒隱扉君往住其間能使青山輝支遠不敢儔世人焉可希霜滿烟復平予亦知所歸煩君行藥時爲報山中薇

康居閣同諸衲友送陳旻昭北發

薰風動祇樹白日照香林麈尾既交鶖茗椀咸共斟君子慕天衢
解薜辭幽岑寧爲希世榮將以弘法音良玉不隱璞秋蘭何用紉
曾謂遺物淺不如應化深留嘯與山猨讓粒還松禽易地見秋月
共作蓮香吟

先秋二日與毓先損之印海一門循元雪照不溢雪葉坐樹
下共用聲字

幽栖莫辨道心生暝坐移牀讓鹿行若有林光疑月白豈無山響
報鐘清共矜支許能忘相爲哂巢繇尚近名更擬此中留再宿高
梧一葉待秋聲

絅汝式之見過谷中

石路鳴高策知君采隱心浮名看槿落清論與松深舉世爭辛苦
誰人能陸沉歸軒停谷口似欲待栖禽
九衢多熱客一壑臥清流坐聽松風響還嫌谷未幽身長依梵歐

夢只與雲謀秋至多佳夕還期共鹿游

走筆贈無能

綠蘿閉戶不知路紅藥立堦方數層終日焚香看般若誰人向子學無能

靜對青山無一言秋林落葉細相翻請看朱雀橋邊日猶逐歸鴉到寺門

過不溢精舍

過君栖影地花竹翳精廬出戶或行藥對山長讀書鐘因兼息數龕亦貸雲居靜覺孤峯上松風滿太虛

酬程育先見訪

君有青山心來問磬𠪨跡谷芝采不遙谷松深可宅信宿蒼寒中坐見秋雲白靜夜如古初淸吟㮾潮汐君家何代翁賦詩嘲熱客如君意更閒悠悠自爲適衛屨藉荒草放琴出深薜後期行復來

秋林月當碧

李紫函出靈谷相訪道値卽過集小齋聽友人彈琴

君抱歲寒心看松來不速予若松間雲偶然出空谷相逢大道傍日照榆柳綠四矚天雲光晶晶蕩心目高興各未盡笑指城南屋犬吠動深林蟬聲接修木何不杖藜過東籬酒應熟敝廬旣不遠擕手復同歸應門識好客爲啓松下扉草堂進茗粥藤架攤絺衣淸商何處來有客彈金徽一彈秋水白再彈雨雪飛琴止良話開竹露淸微微

谷中詩 爲容自太蒙兩先生見訪靈谷而賦也

屏居中谷言采其蘭丹霞舒岫碧月栖巒于此遵養旣浚且寬鏱止琴生峯開雲起晏對長松若侍君子未謂高軒翩其來止好風自南吹袂及心班荊蓮社展屐芝岑林間之葉載響幽禽脫略樵蘇烹葵而飯良話未終青山云晚目送巾車予還假寢黃虞不作

慨何藉予水中之鳥西上之魚荷鋤而暇聊讀我書

謝張崑岡爲疊山石

婆娑向高館當晝樹陰直如何人境中忽現翠微色却立凉雲生坐久嵐氣逼乃知移情故經營悉君力于玆覩匠心卽目覘隱德深草鳴陰蟲喬林望歸翼琴觴于此間微尙焉可測期君朝暮過開樽酌胸臆小徑閉苔花共脩高士職

來程乾一聞其尊公大拜

賓門納麓集諸賢淸德而翁讓獨先共說調羹元宰手不殊畫粥老生年聚蘆力補高天石舞羽平銷絕塞烟農圃從今瞻帝日好驅黃犢種江田

遺佚何煩抱杞思鯤鵬聞已運天池好將淸白酬千古盡寢玄黃此一時良弼夢長孚帝座後賢淸亦畏人知欲彈貢禹冠烏有但

賦卿雲八伯詩

贈陳上元魯直

六代清音正不磨羨君于此領絃歌政成闕有僊鳧集人靜庭帷野雀過江樹春紅村雨足露秔秋碧晚烟和一廛穩傍烏衣里棠陰深深及荷蓑

剖竹栽花切帝居口碑京兆頌璠璵傳家舊有麟臺疏退食詳翻鳥跡書孤嶼高雲盤野鶴海塘明月滕文魚于君清曠殊相肖召杜誰爲遜不如

靈谷再集諸衲友松下看月得寒字

不有窺林月寧知松路寬池身開霽白磵氣集蒼寒逸侶既交得清言殊未闌特憐支與許莫與此宵歡

酬黃給諫水簾入谷見訪

久從山澤游曠賓已成性役形向塵壒懷抱何繇淨雞鳴草路白山月光未竟及此策巾車心跡冀相并松窅雲未破花曙露猶映

廻視烟海中日出事何競君獨踐山約努力抉塵穽采隱趣已饒
濟勝具彌勁徧探藥路遙坐覺禽言靜飯罷歷翠微逍遙吐高詠
君官夕郎時鶴聲並高潔批鱗至再三履尾不辭唾寤寐一相求
斯人必寒子與君投分懽元氣感萌櫱溫詞吐春蘭澄懷照峯雪
乃知至人身四氣備無缺竟日對清機超然謝羈紲念有故人招
又與松雲別所幸隱含香金門若丹岊秋鑾被烟霜寒潭納瑩洌
山雲可持贈未忍獨怡悅片月懸花宮汪洋候來轍

微雨坐循元方丈得有字

隱几憺忘心懼爲松雲有秋樹一鳩啼微覺沉冥剖遂起弄書琴
清言響山牖雨從中峯來白日化蒼黝霑濡雖未給煩蒸諒難久
夙具蓮花根況對香林友閒吟露草間霽月復來否

雨後喜一門雪葉柏城過訪得適字

雨止夢能閒蒼然罕人跡晏起步中林林外秋峯碧早露花際浮

餘雲松上積谷中來笻聲遙遙觸深薜車馬既多違漁樵漫何識始知諸上人剝啄至烟隙共結塵外蹤割我山中適鹿響山更靑猿叫月仍白好理蓮社吟莫負秋潭石

同一門谷語雪葉柏城自靈谷入攝山道上偶成

襆被又何適向雲深處行還疑値林叟未盡廢將迎棗熟禽爭啄榆涼犢自鳴所欣賣漿處不問老夫名

積翠亭亭外秋山人甚閒莫將塵世事擕向古雲間涉露躋香閣追霞叩石關東峯松路白明月又當還

至攝山來恆覺

放策投香林村村歷禾黍誓就白蓮香悠然破餘暑槐葉掛秋蟲松根竄山鼠上人臥窗中高興白雲語巖前靑桂花風吹落如雨

中峯月下同一門谷語恆覺雪葉柏城共用林字秋字

秋山鐘梵罷高屧陟松岑坐見草根白斯知月氣深猿音流衆木

蟲響蔽孤琴此夕饒名理持之叩道林
靜抱中峯膝淸機詎易酬百爲如入夢片衲自支秋若使桂花發
又爲山鬼留遙憐城市月歌管日悠悠

晝憇文殊菴

息機入空翠夢覺了不分靜抱虛白意高枕鴻濛雲一禽響山囪
亦復嗤爲紛臥足日已夕起步罕所羣暝壑松風來悠悠吹我醺
此中日月殊百藥生霞紋谿葛花蒙茸巖桂香氤氳飲澗綠虹下
嘯月玄猨聞僊靈定來栖招隱曾足云

送谷語東行

秋淸山月白巖桂復叢生正可開賢社君胡事遠行嶽雲迎錫響
海月待經聲試洗勞山鉢重參古德情
靑楓江上路蘆影去悠悠縱匪鹿麋聚能忘鴻鴈愁律香吹夜月
花雨散孤舟行徧趙州脚君還未白頭

重登太虛亭有感

百藥氣何盛孤亭松上開日生還日落雲盡復雲來一壑有如此六朝安在哉寧堪空翠裏秋露滿蒿萊

屢放高峯屐悠悠不記年片帆秋草外細路古雲邊石鏡照華髮山鐘催晚烟松風臨夕響身世已蒼然

登攝山頂共用影字

石竹薇山窗人閒臥長永信宿于此間幽意薄能領秋懷曠難持又欲越松嶺鳥飛花路殊雲切藥房冷高界意謂盡霽心有餘騁廡下踏峯霞窗前瞥帆影深會轉無得却立發孤省始悟夜氣中此處猿聲警

將出攝山可止雪照至卽止宿文殊菴 以下原書闕一葉

山秋深漸當嘉巖桂浥露氣籬菊冒霜華與君飲美酒爲君祈疏麻

謝陳駕部止宜見招

屏居無妄營憺然覽幽獨牧豨乘草屩驅雞閉茆屋閒矚無心雲悠然挂秋竹君子事嘉招再三及薖軸譬彼九皐音遙接鳧與鶩顧念原野中猶未釋穜稑霜近壺當剪風燥棗恆熟願言穫淨時涼雲卷修木買藥入城市柴車駕羸犢予轄予自投從君醉籬菊

山中送方仁植開府入楚

田間何所事刈黍乘秋暄客自城中來云君拜新恩鐃吹發漢口旌影臨荊門君負川嶽望誓掃雲雷屯膏雨溉遺庶霜草芟游魂成功報天子錫馬于焉蕃賢喆志竹帛愚賤安丘樊荊舒壞恒錯脣齒相與存方叔在上游皖口亦以藩予當負釜春捃粟還江郗願擬平淮頌用代臨岐言

懷范計部仲闇

不見史雲久蕭蕭懷甑塵每從山月夜江上望淸眞食貨倘新志

圖書仍舊貧知君對琴酒應憶竹林人
吟對峩峯雪蒸時破鬱陶廚長繕鮭萊衣不釋綈袍但取蟹螯美
何嫌馬骨高幾時公事暇雞黍就蓬蒿

與楊朗陵秋夕論詩

山夜何悠悠星光如月白清響繼鐘聲感此百蟲夕與君坐秋花
披襟細研益大雅喪千載追琢擬何適時尙奚足云所嚴在古昔
齋心望雲天柴桑如可即廬嶽峙孤霞溢口汎寒汐天不生此翁
六義或幾息厥後王與儲微言增羽翮二坨衍清波三茆著雲跡
異代晞髮生泠泠瀨中石一禽霜壑啼寸溜冰厓滴舍是皆洳沮
偶遥亦溝洫勝國兼本朝一望茅葦積滔滔三百年鴻濛如未闢
感君討論眞狂言吐胸膈話止向秋峯中宵岸巾幘山阿如有人
廻風動蘿薜

山中懷損之臥病

秋峯漸明翠深草微有路遙識空際香因憶林中露此時山阿人正可騁閒步悆子臥藥房悠悠閱朝暮微痾肖孤花高枕敵秋雨谷口已獨往天開游亦屢特遺黃海雲遲君理高屐

遲豐之冏卿未至

晏坐向山窗綠陰垂隱几竹晦鳥潛下木冷蟬未已泠泠襉戶間響識秋琴美故人勤夙心遙遙溯淮水挂帆湖草外擊汰漁烟裏先期宿翠微未見巾車止莫是過蕪城山公爲烹鯉相遲步荆扉薄暮松風起

谷語眞休過祖堂露坐偶成

夕陽秋草路雙策颯然來高樹散餘暑隣峯聞薄雷世情松嶠隔山夢竹房開共飲蓮花露陶陶勝酒杯

槵子稅 山僧無所資給林中拾槵樹子範之爲念珠諸方往鬻焉乃不免于稅稅之自某計部始也或曰爲市儈所誤

野鷹知不避征徭何似追呼到鴿巢枯木堂前青槵子張騫槎上
不曾饒
藜杖筠籠下碧苔此珠不是寶山回殷勤囑付持行者顆顆分司
報稅來

雨中不及赴唐祠部損占招賦謝

野身無定向隨意臥秋鐘石竹搖空翠籬花立晚紅偶然聞夜雨
遂起失晴峯好待中林月扶藜一過從
所至香林頌云君清且仁蓮花文士習甘露宰官身閉戶聞山鳥
題書問逸民秋田農務暇剝啄定相親

與豐之山中夜話次日遊天闕諸勝

經年臥荒草不辨此時秋我法卽君法言愁始欲愁青楓蔽原野
白露滿汀洲更欲扶雞骨相從賦遠游
炊黍秋烟動樵漁誼亦存明燈山葉下飲露草蟲繁坐久起虛籟

情深開謔言寒溫聊一吐遂覺曙鐘喧
世情何足道溷濁不堪聞鳥獸羣皆可蟪蛄聲並紛但能存碩果
無取叩靈芬君試攟玄草來栖上古雲
與君步天闕握手覽山川白露長江水青綿六代烟陵園秋樹裏
車馬夕陽前一悟興衰理誰能輟莞然

同豐之仲芳過孟麟吉山別業用仲芳韻

三徑喧聞稺子迎草堂星聚正秋清談經細辨雄文字下榻歡聯
高士盟彭澤黍田紅可穫蜀都桑畮綠俱成銜杯莫話市朝事牧
笛漁歌無限情
自養青芝媚谷神不煩白眼閱時人冥鴻自古多高翮飯犢今看
有健身林下且傾家釀酒馬頭不到庾公塵五湖烟水年年濶熊
夢無煩擾逸綸

同陳中丞幼白赴魏國徐六翁招

名園松桂肅秋陰野客翛然與盍簪泉壑直通僊掌氣雨暘頻話藎臣心午橋綠野開篁嶼酉室青燈照墨林但願銷憂多暇日犢褌鳩杖奉登臨

江上送豐之同卿還淮海

秋峯列翠照離樽遙望孤帆去海門但有書籤抽武庫幸無藥裹附文園（豐之病初愈）十年穩把淮魚釣九辨高吟楚鳳翐努力芹羹兼麥粥謫居何日不君恩

天衢蔚薈已無餘自有幽蘭媚索居華髮久疎車後夢白虹長照獄中書豈無日月明鉤黨何必風霆掃顧厨至日梅花春已到香風應貫子雲廬

用韻答陳同年平若見贈

江雲偏向石頭寬六代青山倚醉看林下壺觴長藉竹幽人睇笑每吹蘭遺身久已超蠻觸息影何煩集射干不學河間張內史歸

田梁甫賦囏難
秋草蟲啼野寺門相從盡日倒山樽閒行潭水心逾遠高枕峯霞
夢亦尊南舍衣裳晴可曝東行象緯夜難昏何時放策淩天姥芝
朮將君細討論

柬肇禧中翰

予昔小草時君亦官薇舍扈從聯宮磚寓直對清夜朝回典春衣
花間引杯斝斯時海內無烽塵八荒日月懸雙輪閒官但恕高馬
骨拂士無可批龍鱗萬曆聖人坐凝碧宮中雲門戛金石野花啼
鳥識笙歌鴈臣影國通繒帛君歸高臥白門烟予亦種稻長江田
兩朝龍髯攀不得至今干羽徒紛然黃巾赤血吹腥霧移家遙就
金陵樹故人對宇懽復懽彈棋賭酒無朝暮君不見城上烏烏柏
樹折巢亦無又不見梁間燕臺城古瓦細飛霰古來田竇與牛李
茫茫黃土蒼煙矣參商縠雒一生心丹墨雌黃寸函紙羨君斗酒

盈芳樽羡君玉樹飜隅園大笑東方一愚老侏儒饑飽爭金門

題平若雲在樓

聞君臥高閣朝夕看雲生靜掩古人卷都無塵世情浮名觀落照夜氣肅秋聲閒拄窗間笏遙聽海鶴鳴山雲足怡悅來去總無心霜樹挺寒色風榛傳遠音遙峯長對酒片月自依琴更不煩投轄朋來定盍簪

用韻酬紀文學伯紫 兼讀其二賦

望衡如復接清塵避地猶矜有健身詞賦擬君爲玉斧聲聞賴吕轉金輪人其如菊師彭澤筆可爲耕代子眞欲與雒陽分涕泗眼中年少更何人

姑孰晤李周生

青山流影入空江江上逢君倒玉缸大壑鯨飜濤不弱高臺鳳去思難降誰云宮錦人千載宛在秋燈月一窗佳句陰鏗重得似離

花石竹響淙淙

九日同貞菴元甫象台周生登龍山

率此孤雲跡聊存野菊心同人何次第整輿向登臨遙楚引深眺
高雲生暮陰青山何代物照酒到如今

壽顧母姚孺人八十

春風玉樹烏衣路昔時王謝今姚顧風雲何但紹簪纓英靈更復
鍾荊布別駕先生千尺枝賢媛葛藟相紛披翰墨生香吳苑草衣
冠垂蔭汝南祠風霜未敢催貞木紫鸞不馭歌黃鵠慵招狻獪預
仙期自剪機絲課兒讀佳兒受書母絜前熊丸啖盡窺人天且暮
之間見丘索唾咳而外無雲煙龍駒矯矯稱名士鼎養三公等閒
事紫泥行拜聖人恩青緗先煮神仙字石竹秋花映草堂板輿行
樂樂未央靜夜流鈴聞衍誥長齋繡佛自焚香予與虎頭附雞坫
潛交古處誰不羨願予銅狄三摩娑阿母是時仍挫薦

初度感懷呈蕭大行伯玉黃給諫水簾馬中丞瑤草葛參軍震甫

弧矢平生興已衰陶然偶影自銜杯蓬蒿有逕通賓至薜荔爲衣稱體裁晚樹行吟烏鵲遶高臺搔首鳳凰來青山對酒渾無恙不共湘臣賦九哀

野菊參差對鬢蓬岑牟聊可御秋風冥鴻久已翔煙路磨蝎空聞據命宮未敢呼驢爲令僕緣他黏雀誤兒童老夫閒飲東籬酒笑向江天矚晚虹

聖時原不忌文章刻畫寧過翰墨場以手持螯同吏部脫巾漉酒學柴桑疎林赤葉懸梨實晚畮黃雲起稻香月下犬聲渾若豹輞川獺可發吾狂

日月巖中有健身嵯峨龍性近全馴但存形影周旋我詎屑詼諧戲答賓世事不堪浮蟻芥佳時未可略鱸蓴閒來把釣青谿上饌

客時時炙紫鱗

掩卷秋懷倍洒然步檐倚杖望高天一生笑受讀書累萬事爭如對酒賢無數殘蜂吟野樹屢聞饑雀噪荒田蕭蕭彭澤門前柳閒與鄰翁話晚煙

息影何從感吠聲藉予爲樹顧厨名妄將傾倒訾羊叔未有攀提及李卿著述不除文士習識讒彌使道心生空江夜夜喧寒汐一片蛾眉月正明

古木寒花暎敝廬秋窗燈火細讐書慙無餘骨支豺虎亦有深文至蠹魚蘆葉煙波西塞舫杏花春雨北山鋤歸來行徑渾如此一任雌黃及子虛

著言聊爲浣窮愁高臥無殊五嶽遊寧患陰陽生虎僕何煩臧否到羊求詩書不爲吹求賤琴酒還因離索酬九畹蘭香三徑菊看予擘結向高丘

鍾山隱几見遙青來往卿雲暎草亭峽路不生神女夢衡門甘老
少微星歌從逋客炊牛飯閒有仙人授鶴經白下風光寬若海蜀
莊何必諱沉冥
香凹從傍有爛柯神仙無奈世人何全身未必如蟬蛻避俗終難
恃雀羅高座晚鐘明月吐臺城秋草夕陽多只須斗酒偕朋好散
髮無心一浩歌

曉入郊菴示恒一

辨色投香界沿林聞曙鴉諸天如與晤羣動絕無譁飲露挂危葉
持霜有健花老僧方潄齒迎旭轉楞伽
黃葉秋窗下焚香薄作閒蹔能違俗務聊當入名山清夜吟長苦
繁霜鬢不還千峯兼萬壑何日閉柴關

壽內嫂吳母張孺人六十

清時鸞耀重衡門遙憶秋花映酒樽龍種並看騰令子鳳毛還與

煥曾孫雲霞天路傳機響烟火人間露爪痕莫道藐姑御冰雪六
珊藋服待翩翻
里社歡聞祝介眉豈容坦腹輟陳詞久從鸞史占佳耦更向熊丸
習令儀玉洞桃花炊作飯春庭琪樹競生枝高崗白石星如斗青
鳥遙看自赤墀

壽胡中翰子延六十 子延汝南人

金門大隱欲如何散髮歸來綺季歌江左風流推掩映汝南月旦
舊嵯峨墨兵視古無堅壘棋局從傍有爛柯笑摘紫萸擎碧酒與
君共醉白雲阿

初度王式玉以詩見贈用韻賦謝

不顧覽揆辰遺身向佳壑微覺秋草香頓使塵情略曙月倘銜林
靑山復緜郭君亦策晨曦相尋破蕭索微吟觸吹生奇懷做雲潤
共展北窗書如告西疇穫人生含友朋未省何者樂持茲撰酌懽

一謝勃谿鑿仙的何遙遙深霞閉靈藥君身卽靑蓮君詩卽丹蕚
感此紫芝心長歌盡三爵

初冬雨夜同損之雪葉坐栢城精舍共用林字煙字

微雨蕭蕭夜眞機此際深所欣燈影下相對古雲心落葉悟人事
寒空淪梵音倏然高枕夢知不媿長林

竹境罕人跡茗香倍洒然中林諸葉定深戶一燈懸道覺靑山泰
身參白社賢蓮花高頂處更欲臥蒼煙

緝汝入山見訪卽信宿古雲居感賦

寒雲積葉滿山阿對酒同君一放歌洗耳忌逢牛飲處解嘲其奈
蝨褌何坐臨深夜吟逾健臥入高煙夢亦和幸有持霜芳菊在燈
前香影共婆娑

知君共切採芝心落葉聲中特見尋是地誰能問礲礴斯晨藉以
失蕭森樽中美酒綠長滿籬外寒山靑更深擬向晴峯徧投策高

吟一抵少文琴
寒花留艷照離居琴酒陶然似敝廬投世好裁申甫頌畏人莫述
酉山書機忘林犺長窺果候至山僮細課蔬到底帶經殊好事看
予獨荷邵平鋤
野身曾不異孤雲禽尙向襟期藉有君籬黍詎牟雞鶩啄荷衣無驫
鹿麋羣高峯斜日閒中見落木空山定裏聞蓮社餘香還未寂不
妨稽首向迦文
宿古雲居再成
烟霜深可宅高枕向其中靜念塵間日何如竹下風吟長寒雨並
夢恥世人同遙憶鐘聲外千峯碧未窮
楊駕部水心以書見別即走筆送其之嶺南任
奇字玄亭叩不窮冰霜更與著淸風一官蒻薄難充馬五嶺旛開
已畫熊夷落生成諸島外山農畊鑿百花中公餘定有陬隅句好

折疎麻及釣筒

聞君官舍日鳴琴不改花源避世心共指青山縈別思更貽玄草及荒林身經煙雨吟逾切交至文章夢亦深嶺樹繇來盈橘柚定知寒采入重襟

入山柬緝汝玉式

青山良可親煙霜更交鶩寧取耳目娛要識性情寓繫戀亦宜屏矧復墮憂姤敦悅心不違撰酌旨非誤于野獲農談開門識樵路誰謂謠詠言非我息機具候淨孤藥存林定百聲赴高粱窺燕雀閉籬散雞鶩古人意至時去此不復顧探薇兼採芝長謠入煙霧向謂不近情今始達其故

送弘覺寺崇梵入院

丈室天花散不窮看君天闕自鳴鐘好持滿義參孤月每舉西來示萬峯禪思靜觀當晝槿經聲長展隔谿松蓮花更續高賢社願

附宗雷振道風

兜率巖晚眺

擬向遙峯語當窗雲不行倘然廢言詮何以謝松聲霞日相摩處

江天欲暮情悠悠鳥飛外于此悟浮生

寒山何靜穆靄靄發蒼煙始覺高峯下邨居人種田牛羊黃葉路

雞犬白雲天指顧巢緜在予情亦已偏

寄杜若沖

高人隨寓臥高霞瀼水東西未是家燕市懶沽平樂酒春風散盡

杜陵花禪心泥絮渾同定世事滄桑未較譁特掃幽栖巖畔石待

君擕手閱昏鴉

空林何以慰朝饑雲外還餘綺季芝片月白于霜滿夜千峯青在

夕陽時楸枰翻覆閒方覺蔗味凊甘晚漸知婚宦吾生咸已矣與

君莫負向平期

少年行

少年結交能結心謂天盍高海盍深腊腒等閒以身代何況土芥千黃金憶昔殿爭遼事時赤手獨拍擦虎鬚昌言繡衣果何罪茹人安得陳偏詞疾聲遂逢九關怒磨牙伺影無朝暮倘非解腕賦歸來燐青血碧安知處三朝要典如束薪孤臣名姓猶鱗鱗謂予祖左江夏祖謂予身後壽春身日月太淸妖焰止浮雲欻忽橫空起昔之饒舌虎圈夫今也酖人羊叔子一身夷跖可奈何夜長白石鬪牛歌觸步之間成灩澦逢人所在張虞羅青山明月徒相照烟空木落同猿叫釜中敢作豆萁聲簷前且索梅花笑平生不識王叔文亦無書掾李將軍靈均一往萬事畢椒枯蘭菀何紛紛高枕黃粱天未曙安得春夢婆與語夕陽朱雀苑其過怒潮白馬公然去乃知年少徒豪雄夷門荊棘喧秋風挂帆長羨鴟夷子買絲枉繡平原公

山夜有懷馬中丞瑤草

寓影高峯上孤懷好自持青燈炤人夜黃葉滿林時百衲寒初覺千巖霜可知遙思蓮社客定不隔心期

青巖明月下流響有猨音無駭香林梵偏爭靜者心吟身臨夜健夢路入霜深何日巾車至同鳴石戶琴

輓徐侍御孟麟

憶昔侍從明光辰推君獄獄批龍鱗攬轡徧詢周道俗解衣長徙漢家薪孤鳳遂爲鷹隼嫉長沙儋耳同遷謫高達刷羽入青雲易地拊心歌白石十年抱犢耕江田君官再起之西川雞黍坐傾春社酒鶯花一繫海門船苦竹猨啼滿江霧青簾白舫遙遙路予亦避地歌五噫移家卜築金陵樹移文未至君且歸草堂松菊爭相輝百慮不關蝸角鬭一樽相對蟹螯肥傳家代有青緗字荀龍謝鳳曾何異藜火長吹太乙燈角巾每過嵩陽寺雒下香山接古歡

竹林作達交盤桓鱸魚入饌期先至烏臼啼枝興未闌今年三作
訣絕語自云旦夕騎箕去疑是逍遙偶爾言不道脩文名果著石
麟始悟再來身維摩示疾無兼旬宛爾梅花能引夢超然桑扈返
于眞卓犖家聲齊萬石出處平生況貞白頑艷焚香陳薤辭衣冠
執紼盈槐陌貍首興歌予更深寒雲落葉懷人琴悲涼莫問龍蛇
歲侘傺長爲鵩鳥吟大招詎省人間苦鵂鶹晝嘯山鬼舞安得從
君白玉樓赤文綠字相參補

祖堂月夜同紉汝式玉繼之損之夜話感賦

欲暮鳥何適寒林若顧儔感君敦古處結侶到荒丘觸月諸烟泯
專霜一壑幽竹房嵐翠切山夢亦悠悠
夜縱高峯話淸機未可名山燈參爾汝霜月撰平生吟苦葉能肖
鐘嚴籟莫爭不知雲盡處何自至猨聲

題陳麟生小像

九子蓮香靑不改秋浦烟波復誰在忽覩丘壑圖畸人兩兩淸音領其概百尺樓居何岸然投轄囊無沽酒錢一編松下自晨夕薜蘿到眼生雲烟我擬鹿田聽春雨採芝更欲登天姥君其振策相後先莫受人間稻粱侮

眞州僧純一見訪

一衲江雲外潮音滿梵宮觀心松影下證道竹香中白晝閒禽語靑山訪鹿蹤每欣入林會支遠定相從

荷鍤有時暇閉門長讀書偶然香刹客顧我寒山廬但噉荒厨麥聊陳儉歲蔬靑峯相視笑禪意已無餘

與治社兄入山相訪感賦

指顧寒山翠亦深悠然卷夢入鐘音故人篤有停雲思中夜同爲粱甫吟黃葉細鳴千嶂雨靑燈靜炤一生心步屧起視星河外人世桑滄任陸沉

世情抱卻閱應知曠野難陳兕虎詞忌到鬼神無避處交稱金石卽危時子雲玄有重增草綺季青多未採芝努力荷衣兼麥飯春山莫負白雲期

鄭同年章莪同乃姪扶九表侄沈履長入山相訪賦謝

栖影向孤峯松深夢長綠于此寓身心兼以謝塵譏故人輟含香遙就白雲宿顧我啄巖扉班荆話疇夙一抱康成書再尋子眞谷投策破高烟開琴響寒瀑山厨何所陳山樽酒還燠閒損既流音歸禽復延目盡此撰酌歡曠然散幽蓄送君立山阿斜陽寄修木仰視雲間鴻還抱谿中犢別後懷清風泠泠倚霜竹

劉赤存以聞虜警詩見寄用韻賦答

擁褐扶犁願不違長空倦鳥已知歸一樽自對青山笑繞屋時看黃葉飛媿以殘形負謠諑原無福相稱輕肥閒來手捲前谿釣獨上高峯自振衣

蟻視誰云不忌才禰生詞賦過鄒枚苑中寂寞麒麟臥臺上虛無
鳳鳥來徑藉蓬蒿宜永閉衣非薜荔莫輕裁江漁已斷昆明夢一
任東方辨𣪠灰
飄風四起撼陳人敢謂虛名觸鬼神久矣伊周攖詬誶曾無巢許
避沉淪銜杯値月難容嘿策杖探雲詎厭頻欲酌公榮待花發一
林香雪醉淸眞
侏儒飽粟敢籌邊穡事東皐幸已偏肉食豈無桑土策農臣空爲
杞憂懸孤峯槲葉玄猨叫野水荷花白鷺拳但願昇平銷戰伐漁
樵長得臥高烟
舞羽頻年未格兇鐃歌今擬奏膚功樞中風雨多帷策閫外天山
有箭峯但使空譚消白馬何難痛飲抵黃龍懸知露布傳聞日禁
裏千官拜曉鐘
客舍譬書尙佩芸知君封禪著云云經傳藜閣推中壘譚取茗柯

亦冠軍白日身親爲髦結清宵舞不待雞聞淩雲且夕聲名動筆
研君苗莫浪焚

壽范華陽五十

人生取適意意適卽聖仙借問東海藥何如南畮田華陽隱君已
解此一生高臥烟雲裏自操短鋤領烏犍或引長竿釣頳鯉山靑
每至山花開流鶯相勸且銜杯紙帳蘆簾紛笑語逸妻稚子喧樽
罍五湖懶挾鴟夷策塵甑嗷嗷謝谿刻中厨雞黍能具陳世上公
卿漫相識長者車多至草堂接羅岸仄頻相忘藜杖支雲過藥圃
松花滴乳鳴糟牀君但往還無所預騎驢偶向城中去片言立解
蹊牛紛忘機欲共江鷗語此以月旦咸多君謂君行誼高秋雲通
人頗類仲長統逸氣能追宗少文今年嘉平正當艾梅花簇簇迎
征蓋耆舊長逢峴首人衣冠不減香山會如君耕鑿堯時天生平
結交多豪賢買山大隱卽瀛嶠與人古處皆彭籛石竹靑靑山酒

綠爲爾提壺更乘犢醉來遙指天台雲春深應覆桃花屋

山中述懷柬方鼒之何元瑜

蝮蛇何所毒食性疇能捐蛲蛣弄丸泥自負香且妍人情自若爾身閱知其然雲峯劃樵路平野饒菑烟塵事倘未訣隱意何繇堅孔墨良誤人沮溺何其賢青山窮始歸孰謂非予僁魴鱮游大澤傷此枯魚魂小鳥觸樊籠何如雲路飜久諳逸民趣頗惻城市喧栖栖未能割濡滯良有源文史弄淸娛親故陳話言相逐豈乾餱厥乃倫性存不謂棘路中鳩鳩亦以繁揮手不及辭跳浪如孤猶生當偃枯蓬化則埋草根代謝谿刻嘲斯知姤者恩

圓明過訪即同如幻朗然勗之肇乾游吉山盡日還

抱此太古心翛然謝塵滓身入一峯定慮觸諸雲起如何百霜下草木香未已天花覆石路應器汲寒水爲有鳥巢人顧我翠微裏淸機省竹籟高譚墮松子空山發印光峨嵋月盈指

一身等枯蓬去住隨所向既整蓮社盟復策香林杖形跡盡捐脫
耳目轉蕭放采橘敦野心烹葵謝清晛鐘聲前峯來又欲窮幽曠
古木鬪禽啼深谿覩雲上施咒及罟師行吟接樵唱歸途逢暝烟
悠然返青嶂明燈寂何言一悟百爲妄

張宗子呂吉士姚簡叔嵇仲舉入山相訪

巖壑蒼然處身心入此深感君歷烟路相訪至鐘林昏樹倦停策
遙峯寒待琴清宵陳茗粥聊見古人心
亦有同心侶遙遙問薜蘿其人即氷雪相向在星河我法尊龍性
時情忌鳳歌何如黃葉下燈影炤維摩

三昧律師別五年矣近闡戒報恩寺詩以代晤

憶昔入東林林中響寒雨信宿臥竹房夢與遠公語五載復經過
師已衡陽去洞庭烟碧楚峯低苦竹參天猨晝啼水族凌波鬪梵
唄獄神降節受毘尼清涼遠應文殊會片帆遙挂青山外城隅蘭

若話秋燈荳葉藤花滿幽籟折蘆東去不驚鷗綸竿明月長悠悠
手持秋水蓮花戒施徧春風杜若洲維揚詩酒風流地戶戶旃檀
領香氣屠門爭賣解牛刀罟師自裂呼鷹器天花颯颯石頭路頂
禮香雲遍緇素偏予白社久要人雞骨亭亭枕荒露宗遠論交二
十年支牀迴首何依然世事寧殊觀槿日人閒幾度成桑田一身
槎牙等枯木時情見毒若堇肉綺語還思就羯磨讀律春山春草
綠

得徐太守眉齋書附答

憶從薇舍接光儀金掌天中玉樹姿虎竹遠詢盤瓠俗鱸蓴還問
泖湖期定知碉戶羅青桂遙向雲峯劚紫芝安得烟霜披夢路挑
燈一對十年思

歸來未敢賦閒情直向漁樵瘞姓名青史儘多春夢語綠疇何負
野雲耕閒看日下歸鴉色細聽林中乳鶴聲採藥不還人世改幾

回搔首笑蓬瀛

送陳路若北上

知君才與孔璋倫典盡鷫裘不厭貧但有故人同睇笑只將高咏答烽塵長途對月樽應滿邸舍占雲夢欲新烟草爭繁鶯競語還來共醉白門春

鷲子上人持袁田祖書相訪

亂雲兼積葉山路已難尋將影入飛鳥知君有遠心潮踰溢口潤煙向石頭深相對無言處蕭蕭月滿林

不盡青山影南詢路正長手擕洞庭月來炤白門霜百衲勝雲冷寒花寄夢香因君思雪臥蘿薜亦蒼蒼

六合孫文學元一移居金陵

移家來就秣陵雲松菊蕭閒可論文震澤鴟夷隨棹載桃源雞犬一江分金聲欲擲天台賦竹逸還尋巢父羣擬待春山蘭蕙吐入

林相與醉清芬

用韻答方伯呂見訊山中

起臥寒雲外身閒夢亦然君詩還念我予意已忘天聽雀噪荒樹
驅牛耕野烟何時策高屐良話敵山泉

山中述懷寄林茂之

寒林等空界山葉定無機但睎月何在斯知心所歸翠微燈自炤
滄海事多違塵夢難干處高峯獨掩扉
白雲無所擇似與道心親朝夕坐巖下對之如古人修烟長領夢
深月恐兼身百慮都捐際閒觀浩刼塵
采芝入深谷綺季亦何勞尚有忘機者悠悠謝桔槔雲深龍首晦
天遠鴈痕高不手斯爲聖何心釣海鰲
但有聲聞在千峯遂不深至人歸踵息末俗忌行吟月白開猨路
山青愜鳥心桃源烟巳破更欲訪雲岑

讀姚敘卿先生錦石山齋詩集柬克脩文學

遺身向寒野跡晦意已舒仰睇雲中鴻俯狎川上魚倦則掩荆關燃薪讀我書姚公江左賢遺草垂璠璵縱轡大曆前追步王與儲盛年解簪紱嘉遯攻菑畬五馬臥荒田帶經而荷鋤其人卽羽化其咏留耕餘明霞冠崇巒華月流清渠道著言亦存芳躅寧翳如鳳鳥去不返德輝良可儀達人薄世榮高咏秦淮湄錦石結山齋寧巽潁與箕種苗滿東臯種菊沿東籬綠酒激長謠素琴颺清飈挺此孤松節不爲桃李欺樂志五十年笑與人羣辭拂袖尋洪厓揮手招安期何用貽後賢奇字懸纍纍蔭門覲高槐緣堦踐華芝振衣望青山恨不生同時

吉山菴似潁中上人

結宇大道傍片雲別凡聖門外喧行塵堂中響清磬留客飯顆香茗蔬亦虔淨身因藉草閒慮覺栖鐘盡演梵數花飛安禪一松定

始悟紅塵邊亦有青蓮境

吉山寺

雞鳴黃葉中意謂人家住緩步歷斜陽遙見招提露既至漸幽豁
木石澹成趣池涸曝龜藏簷煖壺烽鷺昔者所聞鐘今乃識其處
老僧三四人推雲出蓬戶相肅謬恭敬莫測去來故茗話不及中
又指歸鴉路

湯彙茹閣樸彌夜坐

獨往存微尚寒山雲正深感君齋鏡具長話至鐘音露響琴開夜
烟衰月到林今宵巖下夢知抱古人心
一笑晴簷下壺蜂吟太紛因推人世理何必異浮雲野月留鴻響
高松歛鶴羣子雲無別尚頭白益攻文

杜若沖一門入山相訪

孤雲無因依悠悠入深谷明月懸香林照我巖中宿蓄此高閒情

與君共茗粥觀時悟已饒懷古意逾穆蓬池列山樽瀼西縛茅屋
誰能違野心而徇雞與鶩寄夢烟霜間蕭閒若郵犢一覺聞堂鐘
千峯響寒木
人情若雲烟身歷知爲爾笑引盃中泉始悟寒温旨桃李嘲春風
芙蓉蔭秋水曾不異零落感嘆孰能已峩峩厓上松百尺蒼寒起
華月巢其顛青芝被其趾指此與君盟氷霜礪吾齒鶴飛丹嶂外
猨嘯蒼谿裏永矢逍遙游持謝嬛嬛子

鷟子入祖堂

相期未即來遙共青山語孤錫問所從笑指鳥飛處寒薜挂松門
山月不能去枯薪手自燃澗泉薄能濾晏坐竹房間燈前剝霜蘋

戴馭長同其令嗣入山相訪

荒林雞骨已無餘尚有良朋問索居吾道不衰東魯鳳鄉心何慕
武昌魚青山安道翻乘興白首揚雄更著書獨羨仲方纔髮燥寒

雲石路自將車

大隱曾同金馬門十年抱犢臥江村相看雙鬢已如許但醉一樽何復論日月詎隨烽火逝詩書藉有典型存與君窈窕迎山月九辨爲招辟荔魂

三昧律師禮塔放光偈

僊掌蓮花峯湧出長干里紺碧妙空色雕琢味恆理千燈向何燃鍾山翠微裏忽然浮屠間靄靄毫光起一氣冒晴虹五色炤秋水優曇花似霰兜羅雲若綺未有風雷動莫是鬼神使或云珠射衣或云月標指或云無盡燈或云舍利子此但詧光相咸未達光旨請聽豊干言一抉幽明理爲是毘尼僧定光相撥耳

和香雪竹影社詩

江湖青一髮匡廬現纖影夢入白蓮池幽香觸深省不知寐覺間何者是眞境百蟲挂秋槐而別柯與癭習心成習見譬若蛙居井

清泉喧石瀨華月吐高嶺山精何睢于弄此瀟湘景雪公石門秀
植戒如笭箵身與霜松嚴慮若秋蘭靜藉此豐干舌重剎香巖筝
寄社空烟中提唱諸雲冷

緝汝損之入山僧白岳亦以饋藥至

閒身無所營白雲並高潔靜悟軒冕榮何如農晦拙悠然無限意
欲與青山說烟隙望歸禽因以見來轍故人懷屏居中車背塵涅
亦有蓮峯緇藥壺手自攜貽我紫芝苗授我丹谿訣感此物外情
開燈肆娛悅山杯互斟酌山蔬及萌蘖坐久巖竹鳴微見林間雪
人幽肅視聽談深失寒冽遙哂剡溪游孤舟汎溹泬興盡猿鶴啼
方此詎不劣

周仍叔至山相訪寄謝

霜枝匝地已無葉筇杖撥雲能有聲息影幽栖荒寺裏感君遙作
寒山行相看蠟屐寓深意不爨樵蘇非世情南舍梅花笑曾未杖

藜漸覺香風生
君所負才若冰雪青雲意氣爭相高授經養母必甘旨展卷獲古
窮纖毫聖世何憂有薖軸晏歲復不辭綈袍海運于人指掌爾相
逢且餔糟牀糟

贈蒼如上人

手撥寒爐灰吾愛寒山子榾柮詎淺悟茗糜關至理上人精梵行
復達香積旨箏參玉版機飯抄雲子美濾水百蟲活撥食諸禽喜
炊餘作務閒明燈翠微裏閉戶轉楞伽響落秋潭水

空山詩 酬余未也見訪

空山安處日月其靜竹蔭閒窗松栖高嶺獨行潭間泠洽見影未
謂寒林亦有來跡投策班荊良朋如汐而我調饑渙然冰釋香雲
定水夙戒凜如載饈賢酒亦屏枯魚中厨樸略炊黍及蔬敬爾離
居雜陳心曲氛淨天青風暄野綠時喆鶩鵬上農抱犢茫茫烟海

詎測所終軒皇何德王霸何功望而不見俯仰寒空言話薄舒昏烟生野送君竚立顧步巖下孤雲來去各自瀟洒

出安德門至先壟感懷

古棘寒雲滿墓門自驅羸牸到荒村孤蹤可與飛蓬較儉歲彌知脫粟尊草澤軍聲長膚至中原胡騎且蜂屯野人憂國多逢忌但聽風巢夕鳥喧

俯仰荒寒祇自疑高遠大陸念何之魯人詎釋麛裘謗宣室難收鵩鳥悲直北邊笳吹犢壠江南征稅盡漁絲獨憐憔悴江潭客衰白經年厭鼓鼙

楊懷林招飲

拖雲臥高峯偃坦意俱足覺聞剝啄聲洽洽響寒木田父有佳懷告我山酒熟炊黍烹隻雌相招過茅屋斯旨詎何遠感此念非瀆投策共飛鳥入門聽鳴犢脫略形跡間銜觴話心曲淹留及暝烟

籬山縱恬目罷穫務已閒負暄體長煗努力指菑畬誓保春疇綠

壽周相國挹齋五十

功成賜履向巖扉玉女潭中洗藥歸松籟不驚弘景夢梅花爭映長源衣機酣帶欲逢僧解柯爛棋長與客圍回首四朝濳見事金縢道在復何非

懸車寧異采眞遊三氿烟雲象十洲熊夢何曾疎渭水鶴經重與詁浮丘留侯隱去尋黃石江總歸來羨黑頭寄與天台舊芝本花間聊以代觥籌

過范華陽山居

過君雞黍地眞意滿衡門賓客盡親故漁樵非市言林稀山可數雪罕氣長暄不是昏烟起誰能背酒樽

大隱隱畊稼悠悠遺歲年豢魚積陂水縱鶴嚮山烟此際乘軒貴何如荷鍤閒春雲如海白莫憶五湖船

用韻酬達旨上人過訪

洞門殘炤捲蒼藤苔上摩娑佛字曾一錫遠經牛首路孤峯共對鳥巢燈身將枯木銷諸業舌卽蓮花轉大乘今夜問君巖下夢石梁寒瀑雪層層

同瑤草中丞夜賦

高峯寒夕縱高談往事烟飛夢亦酣太史不堪占斗北將軍誰是戰城南春村芳草長驅犢暖箔柔桑自護蠶願取太平終不改逐臣何必賦江潭

寄張五雲使君

靈光月旦著高評爲政尤標獄獄聲春煖雲依朱戟吐夜閒月向玉壺生桑麻石戶頻詢俗雷雨滄江誓洗兵自哂野身無所繫幸依化日一躬耕

盱衡何地不風烟澤國深知保障賢村靜機聲喧夜織山晴畬火

炤春田繙書研北無千古解澤江南有二天何日岑牟趨幕府山
公同醉習池前

寄懷許惺菴

何年一別許玄度三十六回春草靑雙鬌向人若霜雪九州無地
非滄溟天台藥路窮窈窕西塞漁烟連晦冥尙憶雞鳴秋埭裏讀
書共拾蓬中螢

聞君刀州不得意大笑解組歸江湖鷄肋于人已而已蟹螯到手
無時無一身長嘯裂金石諸子繞膝如珊瑚予欲乘舟向明聖釣
魚射鴨歌烏烏

聖羽避亂至山盡談樅川被賊之狀

樅川自昔魚鹽地烽火稜稜幾戶存幸爾獨違薪木室與予共臥
梅花邨縱橫尙傳盜賊劇捃拾獲有妻孥飱爲視寸舌正無恙殘
年且盡寒山樽

何草不黃燐火碧爲儒逢此行獨難饑來詩書悉長物亂至憂懼彌更端野豕學人立殘壘羣鴉啄骨鳴江湍國殤于此賦不盡鼠輩白馬猶桓桓

謝劉上海用潛雪中至山相唁

古誼炤人向誰是感君挂劒寒山行一官嚼雪遂解組萬里出塞能徵兵故國軍書正鹵莽中原胡騎何縱横而我無知若莨楚風前細聽梅花鳴

峩嵋積雪炤天地較子寸心亦復然四壁移家載玄草十年作吏惟青氈負薪饒有叔敖裔種秫安得柴桑田自炙屠蘇獵㲉兎相遲盡醉春花前

柬張少司徒繩海

蓬𥦗樽酒尙依然別後芳蘅夢獨懸秋野自諳呼犢語春風遥爲聽鶯遷籌邊久著祁連績轉粟新推鄭相賢但願六師乘宿飽鐃

歌振振動江烟
博望槎從江上過自憐屏跡向荒蘿青油未共江天酒黃竹無聞
雨雪歌九子農謠春塢暖青谿漁唱晚烟和野人願得陳簞食一
向鈴門挂短簑

除夜述懷寄瑤草

空山雨繁霜靜夜恆自知百慮攻一心撥去還我隨時運如風潮
來往不可期採薇亦已餒乘桴亦已劬山海有痕轍賢哲鮮遁誠
用晦而求仁跡蘊神則怡世人習夸浮貿貿不自嗤昧此文明理
謂為陳苦詞
白首未聞道感此日月征逝者胡端倪祇覺天雲明陽林花已坼
暄草念當萌斗轉候且殊天地何其誠我非草木姿詎屑隨世榮
冰雪抱崇丘松柏獨懷貞山杯撫春醪玉琴流古聲汎覽羲軒書
遣此耳目情

飄風撼四極愾嘆不可收萌此杞人心誚我何所求不如偃中野秉耜驅犂牛雨雪滋下土土脉聿以柔麥芽行向青老農卜其秋長歌追暝烟卒歲良優游日夕然荊薪琅琅誦墳丘沮溺亦可耦周孔亦可讐

兀然土室中仰視寒空語飽食而曲肱少壯倏已去高軒何誤人憂患莫予恕悔不蚤荷鋤畊餘事箕踞遙視城市間烟海浩無曙吾友寒歲松亭亭表森著一身備川岳巍然九州譽拯時策若屯安禪性長豫藹藹春山雲蔭我支牀處何不巾車來爐灰剝殘蒷

詠懷堂戊寅詩卷下 終

（上闕）堂莫能仰視斯其純忠至孝原本天性天故所以曲成夫出處之大廣淵其氣全畀之以文字之權意蓋渺而微矣顧使先生十五年來役役長安道上則亦進思盡忠退思補過勤渠軍國之不暇夫安能出風入雅多而精精而新新不已以致天下後世知有一代之詩人文人如是假造物善忌自應與彼不與此已若夫福也口口口口口口口口筆儕偶今皆陳喪無口口口口口口口口口居積憂老或酒色病廢或以實不稱名折求夫十年一冠三旬九食名不越戶庭歷兩饑歲而諷詠不輟砦譽兩絕者菰蘆中隤然唯一張子在耳故曰文章之美天地所甚珍惜也一朝之富貴利達視無殊馬牛通洞耳然而此中苦雋之味曷能輕以給人吾將願與海內有志者共鑽核而粥之也

崇禎十有五年閏十一月之上浣日夏口老門人張福乾書于秦淮之千佛招提

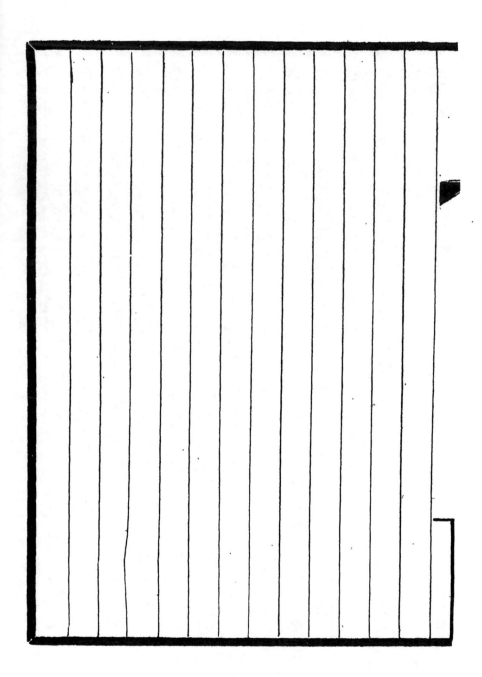

詠懷堂辛巳詩卷上

石巢阮大鋮集之著
門人齊惟藩价人較

壽黃郢白六十

司空仙派接初平丹嶂長聞叱石聲更羨龍媒能料敵遂令虎穴盡銷兵草堂星兆賢人駕麥飯香過考叔羹遙指天台雲外碧與君結伴採芝莖

壽楊侶秋七十

枝亭花氣晝陰陰寓客新栽杏滿林竹圃天晴長曬藥松房月出靜鳴琴班龍爭導藍輿帳黃鶴遙吹玉篴音歲歲吳塘僊鄉美一招元放醉行吟

壽蔣梅城七十

春江淑氣動蘭蓀花下爲君盡酒樽履道定知方栗里避人何必問桃源墨池人乞來禽帖鄴架兒供脉望殘若使東方諳此意肯辭蓬徑向金門

雪中懷小范瑤若

春雪日以大吟情君定深遙峯知熖酒淸夜或酬琴市儉高魚値羅荒謝鳥音此時非二仲何以憐寒林

答宗白見訊

夙有千峯約思之興不羣寒林當雪夜高詠每同君百衲縫山翠孤春響磵雲翻嫌晴樹裏禽語太紛紛

雪徑稀人跡身心藉此閒緘詩來白社導夢入靑山所願登豐稔兼之化梗頑經聲與竹色依舊滿禪關

懷任克家

野雪飛不已懷君靜掩關健當蠲百藥閒即眺諸山春酒候方熟

林鶯唱欲還會須選芳樹分日共躋攀

寄楊瑞州君美

憶昔長干握手時石霜燈火焰敲詩別來屢隔千林夢世事何殊一局棋花夾印床行俗遠山圍訟閣放衙遲何期遙泛章江雪重對玄亭一問奇

寄壕武寧山甫

美人南浦靜鳴琴無改亭亭寒木心爲政定知馴野雉相思又復聽春禽時紛詎釋衣袽戒歛急尤需乳哺深近日主恩無次第平津高閣待登臨

寄懷傅寄菴相國

巖居何日不相思況是春雲暎浦時子夜問天應恤緯辛盤對客倘圍棋林閒海鶴巢書屋谿煖璸魚入釣絲安得短筇造高閣青燈細剪話心期

犢鼻蕭寒可奈何江村叩角且高歌烽嚴盾有長飛檄烟斷門無可設羅氤日青山抽思減衰年白髮縮愁多華予藉有匡廬月夜夜分暉到薜蘿

送沈郡丞含虛之石阡太守任

莘杜家聲著素絲一時歌誦滿江蘺爭傳擊楫銷鯨浪依舊宣綸出鳳池剖竹遠詢槃瓠俗垂棠深蔭哯山碑野人遙指天童月相憶惟賡八詠詩

同吳儀之丘魯瞻方聖羽倪君符彭天錫集城西樓

泯泯春愁黯不醒朋來聊一破沉冥獨憐殘墅烟猶碧無恙隔江山自青信美誰能忘故土陸沉安敢問新亭與君且制憂時淚細數林花酒莫停

上巳咸社初集菩提庵同鍾復鍾玉爾仁小范天錫瑤若克家損之止水宗白賦

林壑秉嘉尙詎爲時運移于野矚春雲芳艸念當滋樂志莘羣賢
招我不我遺角巾就僧飯淸論方瓊枝何用祓塵襟賴有松間颸
荏苒憶疇曩慷慨傷今玆願言雲雷康刑措歛亦弛丞卿弼元化
農扈罕諍辭將子飲美酒將子陳新詩山澤良悠悠斯盟不可渝

送徐仲衡還湖口

莽莽風烟裏江鷗亦自羣情非潮所限夢與月難分盡醉酬身健
高談略世紛如何歸棹急又欲撥春雲
春深江艸色碧過石鐘山鳥影去胡極猨聲啼正閒懸知還艸榻
定復閉柴關好語匡廬月秋林與共攀

閱克家近詩

讀君新詩纔數過花下何處空香生晨矚微茫悟野色夕吟滴瀝
借泉鳴碎琴不顧市兒詫荷鍤聊適吾曹情春甕有酒如此碧不
醉恐負黃鸝聲

述懷謝鄭中丞潛菴見枉

隼旟獵獵次蒿萊小徑從教白板開藉有鴟鴞綢未雨遂令鵞鸛並殷雷村烟晚翠交菑燒原草春青習翳媒如此昇平渾未減峴山能不念羊碑

窮巷高牙夢路通野心久已託冥鴻習池幸得陪山簡漢苑憑誰乞所忠綠浦布帆漁艇月青郊椶帽酒旗風補天賴有明公在暘雨何曾負老農

用韻答中州游文學見投

擁腫聊存樗櫟年艸堂猐鶴有因緣門迎謝譓閒中月杯泛陶公醉裏天炊釜自矜牛飯熟接輿空有鳳歌傳江城願得銷戎馬吾道經鋤亦自賢

時情蜀道未云難豈有修綸學釣磻春雨不堪愁裏聽江雲如向夢中看招鶯爛熳花千樹欵鶴蕭寒竹數竿楔後牛衣渾未解高

眠猶復侶袁安

晤吳予翮予采

離居夢屢到龍眠握手將君倍惘然歸燕幾家存聚落啼鶯何地不風烟已知婚宦俱成累未必漁樵可自全安得烽銷兼稅薄賣文沽酒度餘年

喜雨柬姚康伯

夢覺松窗聽雨聲老懷疏豁寐難成見龍特溥青田澤犍犢平驅綠野畊分稜頗闢羣盜喜汎舟不啓友邦爭定知稏穲秋雲裹銅雀啾啾次第鳴

柬廖將軍

聞君夙負封侯骨彭濮冠軍盛有名戟列繡旗朝角射帳開紅燭夜談兵麗魚中夕嚴鳴柝買犢千村看耦畊近日楚氛何突兀懸知劍氣正縱橫

臬使蔡香君見枉

中園灌木晝陰陰接葉喧聞黃鳥吟謀野幸存綿蕞侶出關徒滯採芝心鈴門柳細風全煖油幕梧高漏欲沉此際從公麾白羽習池何必羨登臨

製就岑牟學飯牛危時飲啄亦悠悠頗矜散木溝中置敢並枯桐爨下收較技棘門看戲馬省畊板屋聽鳴鳩一樽細剪山齋燭露白烟青話未休

柬戴廣文

四月江城艸木長苜蓿高齋氈正寒黃巾烽火亦何劇絳帳薪木聊自完往聽鸝聲用我法來尋犢鼻追清歡雙柑斗酒儲久矣寇熄與君相盤桓

同彭天錫損之阻風慈姥磯感賦

眠起篷窗日又西與君握手步長堤石尤屢日心俱折烽火沿江

望轉迷蒲葦池塘閒射鴨杏花籬落細呼雞安能結屋同高隱詳
爲莊生註馬蹄

危城中彭天錫世兄見訪共住三月嚴解扁舟同下秣陵感
賦

君來剝啄響巖扉艸色當門綠正微烽火極天同寓眺琴樽屢月
頓忘歸危時高館聞鶯囀儉歲荒厨有鱖肥啼罷子規纔志別片
帆江路又依依

古處微君孰與敦嚴城彈鋏共朝昏烽傳擊柝烏啼壁食盡張羅
雀滿門白髮暗爲愁思長青山還有健身存擬從長蕩租魚屋烟
水離離試釣痕

柬張損之

平生險阻傷心地盡子周旋握手時炎月任城荒店燭殘年淮海
雪航戹綿田無改龍蛇火曠野交陳兕虎悲近日嚴城長作客梅

花芳艸憎吟詩

過眼雲霞十七年交情貞白各依然榮枯優孟場間劇坎止瞿塘峽裏船楚楚幽蘭香月露亭亭秋竹挺霜烟如今更擬辭禽向共爾高峯結數椽

送周相國抱齋入京 仲冬相國書招謝橋結夏

帝夢依依片野堂天書頻趣舍人裝沙堤首引端揆步玉案重沾內苑香身御卿雲籠屈軼手攜霖雨潤祥桑懸思溫室覘丰采憂國知公髩已霜

自公歸枕玉潭烟中外紛然羽檄傳司馬起居原重虜晉公劍履再朝天丹心獨啓金縢策黃耳平調玉鼎鉉袞職補完無寸闕九圍願覩太平年

平章未艾蚤懸車氿曲烟雲共卷舒莘樂頓幡三聘後芋香領取十年餘大農力艸寬租詔諸鎮齊飛報捷書是日功成懷辟穀赤

松來往百花廬
始春芳樹約同攀斗酒留髡興未闌快覩夔龍還帝闕幸留猨鶴
在家山棋聲竹塢如聞響屐崗芝坪尙印斑欲假謝橋雲臥地野
人代與護松關
逋客冥冥息影深寧憂繒繳到長林所虞朝著多堅壘勿恤神州
有陸沉隨地孤寒爲引手何人吐握不歸心期公盡洗荊榛刼剩
得青山與向禽
車笠平生約未違螢光亦近太陽飛公車長路衝氷雪官舍西山
禮翠微衰鬢霜痕愁更滿晚年汐社去何依遙知東閣簪裾會應
念岑牟老布衣

渡江訪史年翁藎卿先生

結交四十載所閱匪一端各抱太古心要約胡緜寒植身並喬柯
吐論逾幽蘭出處惟其時一以道自安念君謝塵鞅高臥邗江干

素月炤書屋雜花浮漁竿長謠不知疲樽酒閒自殫一水隔芙蓉
搴采何其難努力乘歸湖擊汰鳴風湍上堂陳跽拜執手詳悲歡
洽洽玉壺心相贈如可飧願言蹑高霞使作鵷與鸞長揖禮松喬
求授補腦丹倦憇若木枝饑食青琅玕紛紛濁世人腥腐何足觀

東黃玉屋（王屋守汝南有聲左遷淮陽鹽官近遷岷藩左相）

久賦嵇生絕于君殊未然交情歷氷雪夢路越風烟恥受一官累
狂歌五柳前汪洋觀衆濁莞爾獨憐蚿
藉甚淮南治難磨月旦評歸然推表帥喈爾拙逢迎道直青山在
才高纍綬輕歸與賦松菊聊遂古人情
廣陵繁麗地鹽筴復之官秋水宦情薄春風旅袷單潮聲迎月至
山色隔江看投牒無餘事閒琴亦可彈
又欲浮南楚聞猨過洞庭鄒枚齊遇合屈宋訪儀型湘浦芳蘅綠
君山橘柚青漢文終有道恩已重滄溟

聞王梅和開府二東寄懷

江南棠樹繞春雲憩影何能不憶君是處神鰲資鼎奠居然阜鶴動升聞霖飛青社崇朝雨風偃黃巾滿地氛戎馬會銷封禪起重拈七十二家文

高牙雄嶽並嵯峨伐石新標朱鷺茄渤海定知修畚鍤武城重見莞絃歌將迎羲馭臨三觀疏瀹天恩沛九河自笑無冠同貢禹狂來顛倒着漁簑

與史藎卿年翁雪浪居夜話

平生如夢歷悲歡細雨挑燈約未寒亂日羽書長警座晚年汐社取加餐人情久付齊諧恠世事渾過蜀道難但願烽銷禾黍熟健身明月臥漁竿

喜如園同年至召伯鎮同赴藎卿招

豈不憂雲漢其如良會難扁舟傾載酒適館復加餐小雨簷花濕

深杯燭影殘所矜湖稅薄烏鬼繞漁竿
瀨上浮家客孤帆歷夏雲來酣村舍酒同論少年文乃見交情古
彌知世事紛野心兼逸氣幸不亂鷗羣

同如園蘦卿過史文學聖採館

結館臨河曲閉門花藥深湖香連晦朔秋水寓身心見月吐遙溆
知君鳴素琴老夫牽率至隨意亦行吟
書聲響荷稗知此有人家一徑入深柳空香聞野花垂帷理丘索
抱膝閱繁華何必吹藜火高文即曙霞

柬鹿庵相國

賦就離居不問年片雲相望隔山川九仙骨抱還衣白萬卷書成
自尙玄司馬堅碑無仆日蟄龍深抵入重泉閒來晞髮招山鬼吟
遍秋潭橘柚煙
桴居樂聖近如何遙憶卿雲映雀羅新眷尙方傳賜幣故人沙路

復鳴珂定知月露難淹桂不藉風雷爲偃禾貢禹王陽雙得路野心何必厭漁蓑

憂旱詩柬藎卿如園同年

青簾白髮話窮愁黍臛曾無卒歲謀近海熱雲全類蜃報時靈雨不傳鳩賣文價苦長門賤彈鋏歌無幸舍留自哂步兵無長物惟餘犢鼻挂清秋

菀菀祥桑此一時農臣仰屋計何之一寒肘見黔非病七尺軀修朔苦饑自分野心銜石闕誰容愁髩免霜絲與君擬學商山老結伴雲中掘紫芝

半兒曲 古樂府楊白花楊叛兒兩曲皆有取義茲更叛以半者剌鮮終故半之也然世無白司馬矣半兒何罪焉

春風楊白花兩向參差吹年年吹花落不復吹上枝寧作楊白花莫學楊半兒

半兒秦淮倡生年十五六歌翻子夜塵舞映前溪綠秦淮遊冶郎
夜夜倡樓宿
爺娘愛半兒有如大秦珠雕玉垂押簾宮錦箱氍毹紅粉藝色殊
謂是女中夫
若下黠將軍故是諸生曹家藏綠字書腰佩烏孫刀蹀躞紫騮馬
拗折垂楊條
憐兒映花立目成不得語指顧蒼頭奴問兒誰家女稠桑巢野蠶
絲多奈何許
繫馬櫻桃樹蹩步臨高堂文綺雙南金前爲阿母觴觴罷烏臼啼
擕手趨蘭房
蘭房燈如月釵頭見小蟢兒歌白團扇郎歌黃覃子共指華山畿
願學雙雙死
半兒充小婦洗脫胭脂紅窈窕處香閣不異巫山峯下堦裙縫開

含嗔罵春風
夫君矜意氣恥向畫眉老破鏡辭章臺自謂從軍好從此青閨月
炤見沙場艸
沙場可憐蟲渡遼頭已白未鑄封侯印早作跕鳶謫十年瘴鄉還
相視宛如客
傳聞虜騎入仗策去龍城制府轉戰死部曲欲何成歸來裹金瘡
臥對秋風鳴
牛兒當戶織下機理盤餐勸郎飲美酒一吸百甕乾富貴速狗烹
不如牛衣寒
夫君謂牛兒卿言識道理爲我縫春衣爲我蓄芳旨晴香朱雀橋
明月莫愁水
朔飯甯戚牛暮切季鷹膾夜行疑石虎挽弓射之碎馳騄金陵都
何有灞陵尉

自云求服食壽命凌千秋未謂鵩鳥來歲與龍蛇謀決絕無一言
奄作岱宗遊
兒身如畫燭不敢整斜領青鸞白日灰黃鵠秋雲冷未樹女貞木
變起綠珠井
椒圖築行館車馬何煌煌侑食邯鄲妓使作羽林郎爲語秦羅敷
來充夜度娘
觀者無邊岸相憐淚如雨昔之驃騎妻給事平陽府口中銜薏苡
那識蓮心苦
半兒自寬解賢豪如婦人婦人何所似譬彼陌上塵無心逐風花
東西焉敢嗔
半兒抱琵琶過船何足云西山三尺土好葬石榴裙侍兒不自保
太息黔將軍

用韻酬何蓉庵見懷

治城吟眺約難寒無那卿雲掛釣竿避地豈能忘曲突故人煩與問加餐愁中見月難聞笛句裏含香不讓蘭尚有獻花巖上菊秋籬載酒與同看

關山月

明月升青海流光到玉門燕支秋尚淺大漠雪先屯虜騎方充斥男兒自報恩所嗟砧杵上終夜炤啼痕

紫騮馬

珠絡錦鞍鋪鳴鞭挾酒徒招搖秦氏女使作霍家奴巧學雙棲燕偷彈九子烏歸房薰宋鵲還爇博山爐

折楊柳

二月垂楊葉東風吹處生攀條馬嘶動飛絮妾心驚離別良有以躊躕空贈情如何正分手黃鳥試春聲

隴頭水

隴水東西流行人渡隴頭從來堪飲馬只解覓封侯月迴長傳思沙平不蔽愁那知閨裏夢夜夜到邊州

遙賦獻孺同年如園

屏跡向南晦知君心所存要欲耳目曠始識胸懷尊苟不課力作稼穡胡繇繫既念衣食足可以娛琴樽琴樽列中堂漁釣開前軒野水白如月數峯青映門好風原上來花藥香一村探菱泛極浦曝麥乘朝暾事已雜慮無默飲曾不喧細數籬槿落閒矚天雲飜日入衆鳥聒墟落煙復昏頹然臥藜床踵息亦以溫此意請獨抱莫與羲皇言

送周文學玉映北行

謝傅堦前蘭玉紛亭亭夕秀更無羣聲名驃騎曾何減筆札鸞箋未敢分省樹春池同咏嘯宮香大被想氤氳定知魚藻承恩後天酒榴花酌卯君

農臣謡

農臣無外慕力作春田中野老欣致詞云召荆谿公荆谿執政時驅虜如驅蠅年豐雨暘若百穀日以登孔耿背皇仁走險以登畔荆谿大發策游魂立冰渙是時寒燠調疾癘苦不作里胥罕呼門租稅緩而薄亦不起間架亦不算魚苗高烟廣澤間春風醉漁樵日月開九衢言官盡言責怒者救刑笞次亦免遷謫納言所敷奏曾無妄一男遙聞拜颺聲呼萬歲者三詔遣軍容使斜封莫及止勅尾抑風霜手演防微語天官諳論道銓法繇三途祖制罔不遵人無僥倖圖都丞轉漕船如魚銜尾進屆秋抵大倉紅朽告餘剩黃巾起西北刻日發官軍區區魚腹雄大風掃殘雲公卿罕豚聲何況于艸野青青子衿士誰爲顧厨者外懼冀以釋九閽何晏然轉眼成桑滄望此如堯天溫旨召荆谿傳聞再三至帝眷匪虛隆待賛治平事野老致詞畢歌向春煙歸予亦望南山悠悠吟採薇

迎風策驢背大笑幾絕倒從來建太平只願君相好

梅花落

梅樹生道傍年年花葉新春風四面來飄如陌上塵鳥銜歸上苑魚戲入通津獨有搴芳者看之淚滿巾

有所思

落日動遠浦明月開清池所感遐復深脈脈中心知臨風激長笛上堂彈輕絲寧爲肆愉悅聊以寄相思

悲廣陵四首

寧作揚子潮莫作平山土潮去還復來土缺不可補揚州十萬戶掘土爲朝餐太守聞之傷心肝寸寸土寸寸皮爾曹乏食攘我爲

平山上

天乾河淺底見石召伯之魚過河泣銜索來告鯉與鯿漁戶府中催罪錢聽得賣兒復賣女明日大網來打汝 召伯魚

沙田大麥熟沙田人家哭昨日府差坐大舸手持文書嚇殺我太守禁麥無作漿汝家屋內聞糟香汝刈麥汝釀酒縛汝府中見太守速炊冷竈烹雞豚黃金贈我我出門 沙田麥

玉鈎斜泣露花行人夜聽山鬼譁問鬼何所苦問鬼何所憂松門陰火長啾啾自言鬼多鬼亦餒府中日日催人來作鬼 玉鈎花

壽于文學母五十

三山江上似蓬瀛秋夜時聞鶴背笙會見瑤池開廣宴吏聞高館築懷清淩霜柏挺千尋翠浥露芝開九節莖旦夕于門過駟馬佳兒親御板輿行

柬畢同年湖目

一官高諷秣陵雲但輟含香即論文把釣每懷東海客聞笙遥禮大茅君庭閒春樹巢鳥乳門靜秋花夕鳥紛獨羨茂先稱吏隱霜螯送酒對餘曛

憶昔慈恩解薜時如今年鬢各如斯自矜野月歸漁艇笑閱宮雲罥戟枝久作逸民寧諱懶不官熱局未爲癡與君且酌長松下反覆閒看世上棋

柬杜大將軍弢武

輕車絕塞久縱橫破虜歸來不用名芳艸平原看獵騎寒燈高閣起書聲林中轍滿先生屨花下絃調侍史笙遙望燕支秋色滿江潮猶帶角弓鳴

延州老將古名儒舞罷俞矛便簡書列卒懸金多是鵲門生滌研不驚魚春星對酌山中酒秋野平乘下澤車爲報浣花谿上月不妨搖過步兵廬

柬趙掌科開吾

京兆蓮花幕裏香不妨曼倩此迴翔閒無塵事千高枕靜覺秋雲炤隱囊四面峯雷長入夢六朝宮月亦盈觴掖垣補袞聲名在重

見高梧集鳳凰

和壺中天壽容自勛卿

六朝多少靑山對酒幾人無外慮爰園跳出利名場韁鎖幸能相怨紙帳蘆簾芸香蘭畹清福般般具脈望三餐未必神仙無妬常時採藥林中彈琴石上明月公然遇小山叢桂影婆娑不讓清光輕去六身年算浩刼恒沙臘指揩前樹更約天台租却桃花同住

輓李玄素

大星如斗墮丸丸步動清源白日寒躔次已知還浩氣樞中誰與建高壇板輿天路依潘岳食案雲中奉伯鸞天付一門慈孝節世人空作壑舟看 玄素太夫人及元配俱相繼歿

松筠閣畔盤桓地憂國長嗟髀肉生客至中宵陳大斗人推五字敵長城令威不返摩雲鶴供奉長騎捉月鯨帝所定知仍緩帶層

霄飛下雅歌聲

輓黃王屋

邢州誰是魯靈光才具推君獨擅場詩思並如千頃澗山樽長帶百泉香逢迎不慣稱能吏任率居然付古狂灑淚試看垂絕語修文好去白雲鄉

深約秦淮把釣綸如何桑扈遽還眞應知供奉鯨飛日娩盡曹蜍貉噉人掛劍淚零苦次土夢楹凄動繐帷塵傳經幸有佳兒在不藉優伶起負薪

吳長卿刻書南中遭火焚行李都盡將理歸裝小詩感賦

閉門涼雨艸蕭蕭清論煩君破鬱陶賣賦金憐垂手散著書帙約等身高時危愚不謀雞肋歲儉貧猶市蟹螯更擬鴟夷遙載酒布帆同泛廣陵濤

夙附聲華冠二京于今白髮各縱橫胡琴恥爲纖兒碎薪火難磨

作者名桃葉渡花鳴夜雨要離塚樹起秋聲與君倚醉睨千古話到疎鐘動石城

月下同卜子寧潘江如集池上

月吐羣務息軒池生靜涼同心敦野酌偶影向淸光坐久沾松翠譚深雜芰香天機彌眺聽吾亦省吾狂

同劉中丞蓼生赴思皇吏部招集秦淮小閣感賦

白石牛歌枉用長時情只合擔銜觴荳花籬畔聽秋雨荷芰聲中遞晚香新論欲從中壘授咏懷不諱步兵狂與君小築長干圃無力能營八百桑

壽錢宗伯牧齋六十

拂水流雲細有聲藥壺駐景夜長淸浮榮薄視魚鬚笏凡響平聽鶴背笙弟子芬陀皆品列文章黍米已丹成磻谿不待頭垂白早爲投竿答聖明

虞山露下紫萸香好探秋英實絳囊火撥懶殘新榾柮風傳弘景
舊松篁合修淨土龐居士高枕爐峯白侍郎只恐世緣應了取莫
將煙火視平章

壽張崑崗八十

高隱秦淮結大年藥房竹塢自安禪飯僧每爨雕胡米漱齒長持
內景篇露湛三珠庭畔樹香生九品樂邦蓮沃洲莫買人知處黃
鶴期君控紫煙

壽徐慶卿表弟五十

瞻竹堂前春艸深昔時笑謔動棲禽公然素雪標衰髮尚有青山
帶古心騎鶴客來傳妙藥叩魚僧梵響空林思君遙餽松花酒黃
葉秋烟未易尋

送方宮諭坦庵册封入楚

驛路蒼山外秋雲擁傳生蜚鴻遵大澤戎馬近方城備述宸衷苦

無言使職輕南樓逢舊月莫效庾公情

雞犬桃花處甘棠芾並垂采風見先澤灑淚寄高祠春苑陳金鏡

秋原攬轡絲恩榮値歸鶴一解九京頤坦庵尊人陶卿先生司理常德有遺愛

海門霜滿樹知子繫歸舟鄉歲長嗟儉軍書正備秋倘過竹林地

定動黍離愁縱是懷陵谷終成萬里遊

金陵籬下菊繞瓮酒俱香無恙惟貧健相遲作古狂蘭移湘畹露

橘飽洞庭霜持作幽人贈靈芬意不忘

送張總憲華東以奏績行時有三鶴來儀之祥

佳氣秋清仗外峯帝臣奏績更呼嵩戎機未息華陽馬民瘼爭蜚

澤畔鴻一代衣冠瓜蔓抱四方杼軸繭絲空須公魚藻賓門會次

第敷陳到聖聽

岱嶽秋雲擁傳生遙瞻曳履入承明補天一試山龍手警露三聞

子鶴鳴太液金衣晴唼藻青城玄羽夜流聲懸知辟穀功成日整

背來迎月滿筐

寄建德令李樵懷

江上遙聞偃邑絃山城猶得見堯天懸魚庭有高松月臥犢村綿野樹煙不忝戴星長抱牘爭傳飲水亦投錢何期適館濃花裏秋水冰壺對皎然

雨後喻司馬心拙過訪偶成

秋林積雨報新晴高駕城南問友生自是浣花谿畔侶不忘邀篴步閒情時名詎敵鱸魚味山夢無嫌野鶴聲獨是軍書兼斂檄倉皇欲問漢公卿

標柱東南海霧消正資元老在中朝久知直道侔孤鳳何恤讒言有沸蜩雪嶺晴嵐通眺聽巴山夜雨話漁樵知君世有玄成業伯仲雙題駟馬橋

青谿訪曾波臣徵君偶成

如何塵市裏一曲隱花蒲野水靜相焻人煙渾欲無谿禽掠紅果夜蛤吹青菰但熟山廚酒閒隣亦可呼

染毫施法後隱几獨能閒槌磬響秋雨杖藜看晚山放神雲鶴表夷跡渚鷗間偶縱青溪步逢君洗藥還

送畢湖目開憲徐淮

風烟連兗豫控以古徐州式畫熊車往平銷鼠竊憂繭絲寬赤地刁斗肅清秋一嘯閒麾羽長河月滿樓

戎旃逢暇日乘興莫忘詩河煖冰開處山晴花發時粉香闕盼宅黃石子房祠但酌春風酒于君倍有思

柬金雙南同年

十九年來行路難相逢何處道悲懽素心元恥謀偕世直道誰能不左官鴉背斜陽猶六代雞鳴白露滿長干與君閒對秋籬菊小酌鱸魚興未殘

寄邵僧彌

班荆懷往歲縱目滿烟霜別後逢佳日茲情殊未忘報吟山葉細領夢露花香此際啼秋雁君應念古狂憶子垂帷處遙峯對酒明危巢孤鵲語寒艸百蟲聲若是黐書暇能忘徙藥情半塘斜熠路步步野雲生

送吳司成駿公還吳北上

高帆別路繞菰蒲洒盡秋山翠可呼刻日帝屛登姓字如雲祖帳滿生徒誰能徧地銷戎馬何處違山無蟪蛄此際蒼生思轉迫楸枰莫戀謝公娛

秋花籬落晝長關高駕遙來問小山正是絳紗勤設教欣聞玉筍近還班收將樸棫楨王室說到瘡痍動聖顏袞職夔龍無寸闕野心農圃賴君閒

送黃父母位兩應召北上

秋村棠陰尙森森臥轍提壺動野吟百里牛羊求牧法八年烏鵲護巢心孤城烽至親傳柝敝甑塵懸不廢琴聽說凌霄雙舃舉鶉衣鶴髮淚霑襟

碩儒帝正藉嘉謨傑直行瞻據省梧爲政作霖數槁壤居心如月映冰壺狐鳴四野氛難靖魚留三星瘼未蘇願得兵銷兼斂薄可無召杜伏靑蒲

馮金吾本卿于城東築館花藥楚楚圖書盈室樂而賦之

小築靑門曲翛然存野心六根歸竹石五嶽峙書琴舞獻淸池鶴音羅密樹禽公餘來拄笏何必謝華簪

艸閣緣花立登之看遠山野雲何歷歷飛鳥甚閒閒猨嘯高巖上鴉歸落炤間解衣對樽酒吾亦憺忘還

良夜無塵事婆娑試倚樓如何東海月亦炤白門秋露白蒹葭潤巖靑桂樹幽吳歈翻子夜于此散鄉愁

高齋多衆籟雜以百蟲聲君向秋花立不眠 無限情銀燈斜焰酒
翠袖細調箏忽忽啼烏白何嫌北斗橫

卜子寧寓青谿貧甚將爲楚遊柬之

旅夢欲何托秋谿雲甚深知君不得意倚樹聽鳴禽子舍蒼山路
孤燈黃葉心濁醪閒自撫不獨爲貧吟
羣嶽軍烽滿應知禽向稀始徵逢世苦詎悔讀書非寒履歛深竹
山筐拾舊薇野夫春甓碧整興待君歸

寄史中丞道隣

野人訪菊向東皐歡動秋江八月濤重起鄭侯通轉運居然汾國
制戎韜鷗迎瓠子安流檝犢賣長淮古戍刀補石正當天缺處東
南何地不漁樵
運甓翻書尺五天布袍蔬食甚蕭然淸風孤竹燕山石遺愛甘棠
皖浦烟羣吏傳聞鞭害馬孤軍曾憶跕飛鳶至今釜底諸殘孽嘯

指爲公騎不前

寄林中丞澹生

高秋秋色滿瀟湘桂闥榕陰引思長荒服夷多歸版籍故人勛已勒旂常開樽油幕花如霧較技鈴門戟有霜訟牒軍書齊報罷猺邨何地不畊桑

小隱青谿謝俗氛菰香橘熟每懷君書經鈷鉧潭邊月夢入湘山寺裏雲紅實椒花何爛熳碧漿椰酒亦絪縕遙知八桂婆娑處定有雙魚報鹿羣

寄何方伯太瀛

鍾山滿目翠絪縕對酒秋籬一憶君月桂自存冰署色露棠全灑瘴鄉氛征徭大府頻加歛烽火甘泉狎報紛此際經綸需鉅手可容閒眺百蠻雲

和徐州來韻兼憶其尊公冏卿

秋田烟漠漠太息有農臣歲儉鮮安土時危存健身所嗟喧𠯑世
絕少靜和人每過喬松館幽芳獨爾親
閒林逢積雨吾友感何深月晦班荆地山寒挂劍心詩書誰謂沒
弓冶正堪尋不盡西州慟登堂覩素琴
如此飛揚俗無如却軌尊過君下帷處澹古類秋村刷羽翔孤鳳
安心學定猶燈青松露白高諷向中園

寄壽傅相國寄庵六十

高巖清夢枕秋雲樂聖翛然謝俗氛黃葉聲寒尋嬾瓚白蓮香淨
禮匡君風塵不雜鱸魚味寵辱難驚野鶴羣此際平津陳大斗江
楓籬菊炤餘醺
齒讓皤谿二十年後車既載更其旋鑑湖堅乞滄洲月商叟同炊
紫岫烟綵蝶應圖穿幕裏靑猶化石侍花前懸知舊夢懷東袞緋
玉重看絓九僊

壽俞容翁七十

松籟秋高細可聽至人于此寄沉冥[illegible]瞻柱下猶龍氣親註浮丘相鶴經醉裏攢眉辭白社客來攜手入玄亭閒時更倚斜川閣指點三茅一片青

漆園聊可喻行藏末俗誰能並古狂養母羹曾遺考叔答賓謔不讓東方紫莢細釀中山酒白石閒舂五嶽糧我欲餉翁無長物桃花飯煮洞雲香

送禮普陀者北還

江晴楓葉下紛紛細酌茱萸一送君舟過廣陵濤正壯途瞻岱嶽翠難分觚稜儀鳳調雙管刀尺盤龍進五紋此際呼嵩陳所見白衣親現補陀雲

寄懷張司農繩海

極目晴江上青青見楚山水雲徒爾闊烽火幾時閒搜粟三空日

持籌百戰間知君映叢菊憂國鬢全斑

莫讀靈均賦離憂未可收故人長隔絕近緒轉窮愁露抑芳蘅氣

洲香橘柚秋何當跨黃鶴醉月庾公樓

壽朱中丞明經七十

海陵香雨長靑芝高枕山蓀夢不疑從者桃椎編艸屩閉中弘景

品松颸丹成學辟留侯穀柯爛難拋謝傅棋欲採菊華釀仙醞東

籬選取傲霜枝

懷范璽卿太常

石頭鮭菜引歸船別後停雲憶遠天月滿華鯨乘廣汐秋深黃鶴

縱高烟五山隱處瞻松赤三徑人來問艸玄對酒茱萸無恙否臨

風遙祝大椿年

懷季吏部因是

秋聲遙動廣陵濤此際懷人更鬱陶靑女寒霜盈橘柚白門小築

隱蓬蒿步兵托諷惟飛鷽吏部歡持有舊螯安得登臺同采菊江
天醉指鴈痕高

過徐州來館

高談響秋樹此意亦何閒相與研名理何殊入遠山微涼生竹路
返炤下柴關爲愛昏烟翠夷猶未忍還

喜集生中丞還潭上

秋水烟生處蒼然聽暮鐘定知白蕩老重印雪泥蹤法眼開羣象
冥心住一峯寒潭聞落木于此亦無窮
坐臥天花下都無婚宦情觀心飛鳥處數息百蟲聲何自塵機入
湛然空水明幾時對黃葉趺坐叩無生

再和容翁壺中天

古今一覺邯鄲誰人不作千年慮無情半面小秦鼂白髮幾曾輕
恕黃紙除書紅綾宴餅總是盤伶具囑付彩毫莫惹山靈閒妬

爰園鶴乳松巢龜遊蓮葉更有班龍相遇秋空一片步虛聲莫是飛仙來去五架茆堂數溝竹瓦廣種靑門樹留却半間典與蓬萊雲住

宿慈湖蔡氏館損之後至

不宿靑山諸知君銜遠心高談坐野館微月寓空林石竹吟風細秋燈熠酒深今宵塵雜夢知不到幽岑

離離黃葉下睇笑滿柴關不作鯷魚鬬同爲野鶴閑燈靑繁露地月白女蘿間寂寂懷山鬼烟深未可攀

過采石望李供奉祠

山川何寂寞文藻亦荒涼藉有高人蹟能延衆木香江聲寒古瓦空翠飲文梁笑酗兵厨酒惟君預我狂

宮錦袍間月還來熠舊祠靑山秋欲盡白也醉何知竹染湘妃淚松吟山鬼辭江雲來復往夢路寄相思

殘碑立秋艸何異夜郎西應月潮偏響衡峯日易低葉繁山鼠竄烟暝竹雞啼此際逢搖落予情亦以迷

八表翔雲鶴徘徊戀此峯烟綿漁浦翠燒愛野田紅川嶽含元氣衣冠帶古風欣予托甥館歷落繼高蹤

與謝少司馬苧蘿曹元甫飲感賦

攜手從君擘菊英葛巾藜杖野雲生蟹螯自對林間酒雞肋閒看世上名廣武風烟存艸色北邙霜露領松聲遽期結屋青山坳抱犢呼兒帶雨畊

時事文楸一局棋不堪柯爛野樵知陰陽失序麒麟鬬艸木無靈鳳鳥饑屢月白登圍瀚海十年赤羽塞潢池農臣敢作憂天夢種藥山雲繞接䍦

送柯孤石父母北行

蘆白楓青鴈有聲爲看雙舄入承明司玄洞口冰壺月天柱峯頭

碧海笙赤子長號攀去轍黃巾嚙指懾威名此行温室承天語前席何妨紹賈生

柬鄭太守楚石

姑谿風物尚繁華鴻鴈天高菊有花中野穡車鳴晚徑深村酒望有人家射凫獵獵風鳴樹捕蟹星星月印沙聽說淸和賢太守斑斕獻壽在高衙

九日曹粱甫招遊姑谿

欲暮谿烟動秋峯未可攀孤舟隨意泊野興亦能閒盡醉菰蒲曲聞香橘柚閒浩歌出漁浦明月熖青山

遙念江村俗秋田競飯牛一身遽漂泊九日轉離憂旣睹萸房酒還操蓮葉舟因君敦雅尚搖落頓無愁

秋杪林仁甫招同苧蘿司馬根遂勳卿集黃山別館

小雨江郊起澹陰同人野館事招尋藤花秋盡看除架艸閣閒登

好弄琴背郭已無湫溷氣銜觴兼豁鬱陶心高談細細村烟動歸
唱牛歌出石林

徐直指心韋招同根遂同年集陶氏園時正有衡文之命

西園征蓋動秋香遙築岑牟近皂囊高酌紫萸能送酒小山青桂
不驚霜層霄健翮摩鷹隼阿閣和鳴兆鳳皇自是澄清多暇日野
人閒得咏滄浪

霜威久肅鸛鵝軍籲俊天書屬惠文幽谷蕙蘭爭入珮天閑雲錦
定成羣千尋松挂蛟門月五色芝擎雪竇雲遙憶絳紗高坐處天
香玉露正紛紛

謝彭比部羲何見招

籬間木落見山青對酒誰能賦獨醒小艸于人何繫束高花揷鬢
且沉冥天晴鴈影過衡嶽月靜猿啼滿洞庭歸臥偏思乘傳地秋
窗細細註騷經

剖竹聲名著素絲含香譽冠白雲司姤人子正如吹蟲射影盃還
動委蛇水落潮痕開海月秋深露氣集江蘺會須宣室垂清問莫
作蕭條鵩鳥悲

壽鄭郡伯楚石太翁六十

秋空高唱步虛詞遙望西樵進酒巵丹藥駐年鳩更祝瑤笙吹月
鶴爭隨露升滄海珠開夜香滿羅浮花發時此際不煩重置驛羣
仙來往定無期
青山處處聽歌聲郡閣高閑海日明杖是龍騰投葛稚石聞羊起
叱初平官厨行餉梅花酒洞籙新塡叢桂名奏罷鶴飛何以獻天
台舊有紫芝莖

聞楊中丞忠吾閱水兵江上賦寄

江上樓船訓水犀山青兩岸熖旌旗遙知楫擊秋空夜正是氛消
露布時强弩射潮魚眼避高帆掠月鴈飛遲野人載菊閒搖櫓來

往鷗羣幸不疑

送姚少參心甫入楚

晴江驛路指秋霞鐃吹悠悠靜不譁月下弄珠逢漢女風前繞食聽神鴉霜嚴軍壘生荒艸雨足蠻村種土花遙憶吏民延見後木奴千樹臥高衙

楚山秋翠入烟霜極目征帆引思長露白猿聲接巫峽天青鴈影度瀟湘包茅好去詢新貢離黍寧堪問故鄉何日登樓來作賦鳳歌一效古人狂

寄懷周澧州彝仲

江皐白露正團團公子遙思紉澧蘭兩地共看秋夜月一官高寄水雲端心閒不羨鱸魚味道直無憂鵩鳥翰旦夕子雲勞執戟刀州何必更彈冠

橘柚烟圍訟閣深巴山積翠待鳴琴秋高定轉溟鯤翼酒後空爲

楚鳳吟細雨魚蠻喧蓼浦晴田犢牧臥花陰何時叔黨偕清話一
聽湘靈鼓瑟音

姑谿同王龍光對酌

載酒登高興已闌君來重整遠遊冠扶笻遙對青山笑採菊能尋
處士歡世味悟知渾食蓼名場數却幾加餐何如放棹姑溪曲日
日鱸魚挂釣竿

同鍾黃門象台再汎姑谿時聞象台召赴直省

谿上秋無改從君幾度遊涼風醒野酌暝色起滄洲細聽喧烟鳥
閒觀浴浪鷗山青明滅處容易動猿愁
近日徵書下期君直省廬爭看鳴大鳳切莫戀鱸魚徧地蘇徭困
彌天祝網疎匡時煩力諍予只臥樵漁

懷周大參慕乾

秋風吹鳫歷江雲極目蒹葭一憶君同舍徵歡長命弈退朝乘興

卽論文世情別後桑田改衰鬂看來柳絮紛好待桃花淮水發木
蘭載酒狎鷗羣

謝吳當塗青嶽招飲

雨後繁暄歇秋花一縣香知君清且惠善教及江鄉夕浦漁烟翠
霜塍犢艸黃春來養蠶女陌陌試條桑
曾漱清源水寒情動旅吟觀君爲政好宛抱石泉心野月碧盈案
江峯青待琴還於叢菊下宴客一披襟

柬梅無華

白門高柳曳寒烟憶爾蕭條坐一氈國子齋惟空井竈都官家有
舊詩篇玄暉閣畔鳴秋雨供奉祠前濕墓田予亦子山同寂寞江
關詞賦正相憐

張兆蘇移酌根遂宅時謝司馬苧蘿湯爾胄在坐

涼雨滴秋樹客心爲灑然好乘菊健日盡與鴈來天深飲秉華燭

高談破瞑烟粱塵迎曲動細細落樽前
停雲思胡極良友復能來但有樽中好寧殊逕自開香聲喧橘柚
星氣滿蒿萊爲報庾開府江南未可哀

送謝少司馬芓蘿還白下

青山同作客又復問扁舟擊汰下牛渚登高還鳳遊孤帆載秋雨
繁露繞江洲驥子能懷橘相攜慰旅愁
晚泊烟青處汀寒聞鴈呼吾生長道路卷跡且江湖野樹啼烏臼
天霜醉木奴白門墩畔月載酒細相娛

謝程廣文颺伯見招

秋雨鳴不已山雲更沉沉感君念搖落樽酒事招尋徑入枯荷沼
簷圍繁橘陰婆娑懷幼志一放楚臣吟
黃海雲無際君家近此峯宦情存苜蓿鄉夢切芙蓉山夜月如燭
春谿水自舂傳經何日暇爲導遠遊笻

有所思

天香露濕月輪高南嶽夫人聽海潮囑罷侍兒收白兎丹唇指點學吹簫

祈年禮斗掃星壇小苑燒燈炤紫蘭却立鈎簾還未出低回自整九華冠

晴簷語鳥寂無譁叩齒焚香諷法華紅豆記完諸佛號輕彈玉指散天花

秋窗縛竹拭香塵露滴蓮花滿硯身鈎管拈來臨賦帖兒前生是雒川人

壽徐衡陽六十

神翁紫髯太飄搖白鹿平騎過板橋石上洞仙長賭弈月中贏女善吹簫閑從僧社持蓮梵賜有公田種藥苗聞說秦時浮島客桃花消息待春潮

聞關門警

八月遼河已合氷錦州城外虜層層人中傀儡無邊哳誰奪燕支解白登

紅蓼青芻飼槖駞關門月夜虜笳多邊兒瘦盡封侯骨還報漕船未過河

鐵甲凝霜蕃馬腥邊頭百戰骨丁零胡雛笑飲葡萄酒醉上高原放海青

送楊錦仙父母應召北上

七年羅雀掩山城烽隊龍眠尚勸畊濯錦谿流同灌溉峨嵋峯雪並孤淸備嘗苦趣如餐蓼閒看時情侶著枰聞說至尊重廉吏高梧春掖待遷鶯

送繡頭長老禮峨眉

威儀孤竹挂寒烟槌磬持珠自了緣秋樹吟風馮數息石窗吐月

炤安禪猿啼露白雙帆外鳥道霞青片衲前此去高峯懷夜坐當
龕葉葉聖燈懸

柬根遂同年

逸麗翩翩賦長卿香名取贈石榴裙花濃月淺相呼處此事于君
太有勳

綵雲漏地乍飛來維浦巫山定不猜人面桃花相似得采眞曾不
問天台

散徧天香倦欲休倚牀不卸鳳釵頭醒來起漱梅花水自送簫聲
出玉樓

芙蓉秋水弄朝姿寸管調螺畫翠眉却笑扁舟五湖客館娃殘月
炤鴟夷

寄王石雲

十月金陵楓色寒憶君建隼楚雲端荆人盡革於菟俗使者居然

獬豸冠烟凈君山霜下竹露滋夢澤曉中蘭何時作賦酬鸚䳇細向南樓縱古歡
故國蕭條不可思農臣無路策安危師中未築鯨鯢觀澤畔長銜鴻鴈悲炊斷露花垂古井人殘野葛冒荒籬胡奴仁祖俱寥邈捃拾將酬季女饑

送楊爾台之慶元省親

送君偃邑侍鳴琴酒盡青山欲暮情計日郵程超鴈路過江客夢入猨聲烟青苦竹沿村暗月白梅花繞署生此際趨庭無雜事太玄細與詁爰清

寄潘文學江如

極目寒空見鴈飛思君黃葉繞巖扉潮鳴野浦楓俱響雨過江城菊又稀圃架盡除通鶴路霜燈相炤補牛衣村晴未臘梅應發乘興還來歷翠微

詠懷堂辛巳詩卷下

石巢阮大鋮集之著

門人錢二若次倩較

同根遂同年叔遠損之烈卿肅應渠甫拜供奉墓祠還止叔遠叢桂山房小飲

雨止天氣正庭竹飄涼煙仰矚無寸雲高興何蒼然曳杖出城市
放歌響平田曉月輪未沒青山當我前茲山臥谿上雲霞高且鮮
仙人偶寓託永謝區中緣松花釀春酒醉理中山眠夢中發浩笑
塚樹何連綿至人足神理壽命非所先歸鶴無乃愚山鬼誠足賢
大笑問終古夫子何亭亭盡醉山月白狂謠海烟青騎烝自來去
麾手辭天刑世人昧遠覽誤謂收星精陰霞抑嵩華夜景搖滄溟
松風空際來飄然聞流鈴玉女隔谿笑手抱山海經丹脣噀香雨

翠翮冲雲屏窈窕不可求薜路蒼冥冥
高士懷遠情結搆青山趾花木稟和氣寒月養芳綺雞鳴紅藥外
猨嘯蒼谿裏吟從桂岪開琴向松門起既畊亦以讀愛此土風美
誓當剪茆茨相從釣谿水飯牛舂艸香放鶴秋烟紫朝昬禮翠微
無爲市朝隱

禮青山還途中再賦

烟澹霜輕草不迷同人覽古有招攜偶然海月留纖影遂指仙靈
有定栖山鷓鴣啼荒樹外木芙蓉發野塘西誰當重滌華清硯濃
豔凝香與共題

供奉乘流去不還長留詩賦炤江關墓田犢臥寒香處祠屋鵶歸
晚燒間樽酒幾時辭碧月瓣香此日禮青山憐予歷落渾相似雙
屐孤藤亦自閒

同根遂過城南菴菴僧若影汲桃花泉煮茗

日暮谿水綠平楚亦蒼然遙聞槌磬聲旋憩香林前一龕納空翠
拂拂靑山烟雪乳傳素瓷茗味冽且鮮上人向予笑謂是桃花泉
洑流貫石骨噴沫淩通川連飲破五濁孤爽如秋蟬憶昔游趵突
漱齒逢冰天歸臥嵩巖雲去此垂廿年茲復酌澄潔彌覺身心便
禪悅何其腴雜慮亦以蠲誓當犯毘尼露竊香中蓮

寄祝倪玄度六十

石頭高步望龍眠目送飛鴻御五絃花水秦人何諱隱榆星太史
定占賢寧馨兒並龍媒駕狡獪姑揮烏爪鞭靑桂紅蘭隨采拾莫
將清閟讓神仙
年少懷君坦腹時風鳶竹馬各忘疲何知霜雪盈顚日又是烽烟
極目期桃瓣細炊仙史飰松花閒覆洞門棋石蓮浮渡渾無恙好
挾瑤笙月下吹

同叔遠兆蘇飲謝氏莘園

孤亭頹寒色烟盡見諸山偶就蒼苔坐高談黃葉間野田聞雁噪
夕炤數鴉還攘攘悲人世吾生何太閒
青山澹無恙古處可爲鄰樽酒笑相眎高峯畢此身遙憐嵐彩細
私念土風淳便擬依叢桂婆娑挂葛巾

坐漁山堂展蘇米諸名家竟日柬謝元甫同年

吾子藐姑人能不厭塵壒卽爲九州有冰雪意無鑿孤霞峙江表
英辭振羣嶽天開河雒文斯人藉評騭蚤悟損益旨冥蜚入寥廓
歸葺漁山堂書聲響深壑桃花送烟水青山挂籬落養福守寒儉
和光務恬泊乃其結習存黃金事揮霍窮年辨蝌蚪傾囊買丘索
予向不爲然鼠璞愼其錯茲來坐秋雨牙籤縱捫摸海嶽品紙書
坡老宸奎閣觸目飛雲嵐諦眎辨芒角神虬舞長川氷蠶織叢箔
摩娑至張燈意飫神逾愕始悔昔者言將無類鳩鷽珠母與空青
曠世而一作此氣干象緯年代非所約君亦自珍重夫豈拾糟粕

放言問漁山一笑海天闊

兆蘇見招同根遂同年步谿上旋過檀度菴便還兆蘇館小飲

坦坦步谿上青山澹我心微風木葉下薄暮野烟深水靜鳥還渡蔬繁蟲自吟塵情兼客思銷在晚鐘音

蟹螯堪屢給傍舍近漁蠻叢桂岪無恙浣花谿甚閒醉凴簷際樹笑看門前山暝色已如此頹然猶未還

寄張儀明臬使

麋城烽羽莫縱橫喻蜀新聞屬長卿兕革連營歌杕杜馬蹄沿路長芳蘅九嶷雪盡歸鴻度三戶春深布穀鳴爲問平淮碑版上枯毫可許頌金聲

寄冒嵩少臬使

青谿對酒此何時別後烽烟不可知近日麋城開幕府傳聞駁喙

避旌旗桃花晻曲詢秦俗湘竹煙中頌楚詞好待漢江春水綠登
樓來賦詠懷詩

游靑山還將下金陵柬謝郡伯鄭楚石令君吳靑嶽幷乞葺
供奉祠垣

谿上煙含樹樹棠江鷗野客共迴翔官厨不匱胡奴米幸舍長傳
列子漿壑定魚龍閒滕月天高鴻雁細排霜茲游最是抒懷事特
祝靑山一瓣香

霞細松寒山鳥鳴高祠風景似平生郵空夜送敲砧響地煖晴看
負耒畊雀粟覆車呼不擾魚鹽入市値都平仙人鯨背應酣笑爲
政無如此地淸

山桂靑靑笑不言天風無朕海雲寬世人置眼多鷄鶩之子遺身
已鳳鸞夜夜月華生白苧年年春雨浴紅蘭紛吾脫略能相許只
作蘇門嘯答看

移文曾不費招呼高屐輕藤手自扶山半炊煙能暎帶隴西香火未荒蕪孤亭碧葉喧松鼠十月青霜貫木奴尚有向南垣土缺編篛樹槿待枝梧

用韻答孔文麟

門寒不過魏其侯水落霜酣釣未收托志尚平寧諱健攜家陶峴可稱浮披裘不結懷金夢衣繡全錮入廟憂蒿下啾啾吾老矣看君六翮御高秋

謝太白先生靈響相聞

琅玕竹實飼青鸞君往求之生羽翰春水有香江月醒高霞無語海峯寒盡窮帝所修文樂長笑人間行路難此夜精靈相遇合流鈴玉露共珊珊

碧月青天自古今寒光搖筆動幽岑玉壺浮蟻仙人館清夜驚鴻古調琴石籟虛徐傳桂岪天花合散在松陰願將潮汐盈虛旨一

印文人未死心

觀吳匏菴題種竹卷用韻作歌呈元甫同年

漿硾老紙不盈束展之可以破煩溽韞櫝長鳴風雨聲伸函一片瀟湘綠洋州後賢工丹靑不寫洋州篔簹谷爲愛匏菴種竹詩盡括檀欒入圖籙作詩者意意云何夢到江南煙水曲塵沙不耐紫衢腥蹴躪翻嫌玉堂俗漁山草聖不自聖日費靑蚨買籤軸端居久秉太常齋泊手恥割東方肉敏求好古獨不衰得之若驚失如辱墨海平隨渴驥轟芸閣嚴防蠹魚觸國朝李孟待匏菴謂學眉山得其骨此卷琅琅歌此君胸中之情幷奇突毫枯槎角未能無興至騫騰猶恚局與予指點觀且吟高軒老樹風簌簌憶予昔者硬索觀如曝秋衣何篤磔鹵莽過於赴壑蛇孟浪居然破轅犢茲來雨臥遙集堂夢子投予以虎僕覺來筆法小有悟始笑平生眼如粟雞黍林中不待招遽爾摩娑逾信宿臨岐心眼何茫然如武

陵魚別秦服幸不論衡作秘藏當共離騷成熟讀歸賣南湖百子田來傍漁山結茆屋

聞徐六岳上公領留後事志喜

鼎奐繇來重兩都深資元老佐鴻謨奎躔人共瞻星斗麟閣家傳有畫圖不治私居同鄭國無虞左袵比夷吾聞公留後陪京日野叟山童亦快呼

寧澹長懷鎮俗情谷王謙受亦何盈君恩從未忘餐飯民力常思減稅征三絕雞林爭購繕百城烏篆亦縱橫所期四海烽俱息讌息從公咏太平

懷周玉森

玉潭寒月白如霜夢路懷人此際長竹素閒翻千古墨梅花高臥一林香春鶯鳴和存交道野鶴風神類古狂好待莫愁湖草碧與君修禊共銜觴

幽夢中宵越薜蘿爲懷良友在鳴珂四夷共輯明堂玉萬國重含
大酺和鉅手有人扶日月閒身將子釣烟波桃花石雪知無恙穀
雨來聽摘茗歌

感懷

江田無穫豈辭貧高寄曾何怍逸民盡質書琴猶賣賦但存藥餌
取滋身情慵不耐延賓客踵息聊堪養欠伸好待梅花暄且發窺
園一與酌清眞
孤情原不解私圖况是田園雨未蘇三語久曾麾阮掾四方誰可
覓胡奴魚窮枉作過河泣蝸憊從教挂壁枯閒取咏懷詩數卷朗
吟飽聽悅妻孥
嘆其隰矣賦何哀焦土誰曾舉耜來下潠瘠還逢螟賊高天堅不
予龍雷故鄉白馬風聲至新法靑苗火急催只恐西塘圖不盡畫
工閣筆一徘徊

天王明聖此何時蒼昊全無雨澤施虜帳未聞移塞上妖氛猶自弄潢池郊無可樂容鴻漸子竟誰遺備繭絲每望星辰高共語祥桑洚水亦過期

飲王孺文都閫宅

日暮江村叩角歌野風淅淅曳寒蘿未堪薄賸乘潮汐幸有高飛謝網羅躑躅無心殲石虎峥嶸有夢到銅駝知君久鍊封侯骨肯讓桑乾虜渡河

少微此夜燭山堂蟹滿魚肥酒甕香避地如逢秦世隱哀時何諱楚人狂曾無丸土封東谷但有輸金徧四方神武自昭天澤解野人且勿賦苞稂

寄王崑生藍生兩文學

烏衣伯仲並金莖孔李無忘老步兵遇合問天應示舌文章擲地各爲聲十年作賦曾懷鵩二月看花未放鶯尙憶與君先別駕碎

琴沽酒此時情

寄楊直指匏菴

太白樓前江水淸蛾眉列翠映空明爭傳白羽麾風至長見靑簾疊浪平海怪頓無吹霧地鮫人亦罷泣珠聲野夫一捲蘆花釣乘月滄浪自濯纓

寄熊南陵廣生

春穀花繁烟亦深聞君訟閣自鳴琴璠璵器可登淸廟杞梓材眞出鄧林強項未除文士習折腰不耐古人心左官直道元相配對酒何爲梁甫吟

寄別盧太湖瞻岵銜恤歸楚

司空烽火炤郎星四事虔脩百瘁幷愁絕忍看芳露白歸來高臥橘煙靑不龜妙手無封國野鶴孤飛過洞庭爲念君山猿叫處蒼烟寒水闊冥冥

送張臬使廷掄移淮上

天門江水去悠悠紫氣東行不可留俎豆卽看謀畏壘琴書曾不累孤舟百城吏有儀型仰三載民無杼軸憂欲問使君遺愛地清風明月謝公樓

帝曰漕河屬偉人樓船淮海去振振霜輕沸鬱神仙樹春暖冰疏帝子津民譽豈能忘召伯君恩終不薄勞臣江南節鉞來無暮耆舊何須淚滿巾

柬范質公大司馬

客中門巷又遷鶯桃葉東西可望衡家法靑山羣笏在君恩黃葉一身輕垂簷樹有淮南桂叶夢香滋楚畹英好待霜空烟細夜狂來一獻鳳歌聲

送謝司馬芓蘿東還

謫居何地不君恩衡宇相望在白門松柏無彫寒歲節江湖羸得

健身存鯨鯢未剪潢池孽蛇豕傳聞薊北屯杼軸已空征斂急交
慙無力正乾坤
扁舟淮海去悠悠霜草寒烟縮別愁從此聲聞憑朔雁將無去住
等沙鷗天高粱甫晴雲現日暖之罘晦霧收一酌故園春酒罷相
期還問鳳皇遊

壽季吏部因是太夫人八十

琅琅婺女散光寒特羨閒居奉母歡氷署臨風長卻鮓瑤池乘月
每驂鸞翟彰天子曾頒服熊給諸孫舊合丸居近淮陽叢桂樹何
人不作十洲看
天高沆瀣滿金莖雲裏遙聞鳳管笙玉女每擎瓊斝侍山公親御
板輿行閒過洞口收花露趺坐樓居聽海聲烟火自慙多俗骨願
祈纖爪撻方平

送薛千仞還四明

仙人略塵跡出入乘海霞天風吹流鈴來看江南花金陵六代遺
其俗繁以姱朝逐金彈丸暮騎白鼻騧道心匪所怡栖身入蓬麻
手疏內景經傍覽掀南華夜窗展明月細字研恒沙讐較無一疲
坐待晨禽講
鄉夢越寒潮海峯青欲語遂厭酒樓腥整翮便冲去黃鶴頡頏飛
歸與浮丘遇爰止天爵堂書琴列森著玉樹日以蕃紫衣復何濾
親串通殷勤子孫課忠恕擣藥摘芝苗常餐剝山蕨寂寂丁令威
方君豈能庶

晤戴初士感舊賦

乘桴竟安適不妨都市遊都市饒緇塵孤雲心悠悠寒月挂屋角
夢到邊海頭氷雪耀川塗立馬風飀飀黃沙無邊岸白骨如山丘
本無志士懷對此歎不收仰睇鴻雁飛淚下緣纓流詩書恐零落
田圃無良謀

南州有高士遙躡安道踪閒若宮亭雲秀出香爐峯素志勵松柏
清辭冒芙蓉上書不得意高臥西山虹著就等身書樽酒頗不空
盱衡睨天地天地還龍鍾蔚薈誠朝隮狐裘亦蒙茸大言祝鵬雛
無然慼途窮六翮罔不具君其俟培風
憶交水部公初解南宮薜握手如平生相懽略形跡是時國家暇
屢詿朝參籍吟拈淨業香屐破西山碧飲酒連晦明舒嘯裂金石
不知者曰狂吾各從吾適去此逾廿年人琴感疇昔嶽嶽逢元方
道故淚霑臆爲問華表松青苔生幾尺烽火徧江皐挂劍安可得
飲杜弢武將軍清漢山房
憑高當薄暮寒色入孤亭一片江能白六朝山尙青艸蟲吟已歇
歸鳥翼難停獨有崆峒鶴鳴皐正可聽
解鎖復何事閒傾金叵羅弋鴻向霄漢逐兎過崗坡近挈葡萄酒
來聽桃葉歌丹丘放吟眺醉尉奈予何

送謝若弓還東

年少趨庭險阻中知君才不愧超宗兩年諷映江南雪千里帆開海上虹何羨浮名如項槖莫將奇字讓楊雄願聞車騎淮淝捷一慰蕭條犢鼻窮

送楚雄司理陳師來

西南天地外往祀碧雞神不惜猶遐祿聊堪懈老親江花隨遠夢蠻草報初春實井能麾手知君不厭貧

六詔寬文法平生尚可抒百夷通蒟醬重譯至南車蒲海風烟靜蒼山瘴癘除晴光看雪嶠萬里映繙書

寄滇中徐方伯紫宿

憶昔相逢花縣前獄雲隴樹滿秦川至今夢到昆明水不異身寧太乙蓮纏脚諸苗輸井稅犬牙各路靖蠻烟知君屏翰淸無比天半峩嵋六詔懸

錦帆輯瑞過江鄉尙枉高車到草堂行李點蒼峯外雪起居迎葉定中香嚴城報警馮烽羽儉歲支賓省咏觴何日班荊與炊黍清平一縱竹林狂

贈徐若水

天都來枕秣陵雲閟閣幽栖謝俗紛梅嶼糧嘗儲鶴料蘭亭墨屢換鵝羣黃花日送柴桑酒翠葉中翻石鼓文架上圖書梁上榻竹谿逸不羨諸君

五嶽烽烟路未通尙平損益道將窮閒看天印峯頭月如待長干寺裏鐘不憚盤佮乘小馬誰云詞賦是雕蟲晚年孤尙將誰托擬就鄮山百尺松

寄懷楊斗樞同年

幾年太史輟占星奇字無從問草亭露下蒹葭叢白白霜中橘柚葉靑靑越人無復論甘苦漁父何須辨醉醒指點寒空無際處鴻

飛長得遂冥冥
寒聽湖心寺裏鐘霜枝叢草氣濛濛別來淮水應長碧夢路江花
復幾紅未有雲門尊海鳥曾何鉤黨到漁翁窮愁贏得身長健努
力春疇學上農

寄楊南仲

海上雲峯何處青知君高臥在玄亭健身屢着東山屐眞訣傍疏
內景經笑問隔花何世代眼看種樹到滄溟遙瞻煙靜潮平夜南
極泠泠現一星
寒江楚色太微茫別後離憂空復長閒看區純坑鼠獄貧無少伯
豢魚方龍湫瀑布千尋雪鴈宕雲峯萬點蒼緊待來春山氣煖來
從若士共翺翔

飲酒詩

時運復時運奚以埋我憂夫子細審度不飲誠何謀良日潔樽罍

炰鯉烹肥牛廣庭列笙竽陋坐飜吳謳主人紛起舞致詞朝上頭
天子萬萬歲壽與元會侔鳳皇棲梧桐神龜蓮葉遊臣民扇和風
胥庭有此否幸甚至矣哉爲君歌優優
人言穢貊種蟹目而蜂鬚長白之猱玃河岔如鰕鮰佃漁昧所守
聊用躑以嬉譬蝨緣領項窺高不知疲何必具湯沐引指旋喪之
廟堂布神武雷電疇其媮元老備麟鳳戰士超熊羆犀兕甲千歲
川岳峙儲糈醫閭夷爲堠東江塡爲池杞國有盲夫不辨賢與愚
無故皇皇然迸淚如蠙珠
送武孝廉素心還秦
斜日金陵樹送君還九嵕雞鳴仙掌月馬飲渭川虹淮泗浮將倦
甘泉賦更工上林花發日期聽紫宸鐘
友誼追先代居然比斷金秦蘅同契合風木起悲吟天地烽烟滿
川原雨雪深看君驅馬去寧不一關心

懷徐慶卿表弟

寒山栖影處江鴈送書來懷愫略爲盡鬱陶聊爾開天霜酣頌橘野雪炤吟梅林臥高閒甚君無負此杯

風烟今特甚夢路亦艱難但看長干月如君共歲寒家貧從犢鼻我貴在漁竿琴裏幽蘭曲山空時一彈

輓楊中丞浴陽

巇巇朝陽振羽儀姓名同挂黨人碑感增曠野遺身處悲動孤城罵賊時魯國握拳黃壤坼萇弘化血碧蕪知九京若與鳲鳩遇爲道忠邪已列眉

奇字玄亭爨作塵妻孥拮据楚江濱君恩何日求廉吏天道誰云福善人兩地雲山懷好友十年雨雪泣孤臣憐予蹤跡渾漂泊挂劍無從淚滿巾

與畢貫之夜酌感舊兼訂遊黃山之約

憶昔高秋日曩來匡嶽雲如今霜月下相共禮茅君竹影夢如見松風寒亦聞青山各無恙雙鬢雪紛紛

黃海誠尤物聞君曾飽談夢遊三十載尚未一躋探松淨霞開路花涼月滿潭誓當從杖履細細踏秋嵐

王式之招飲賦

君謀芝朮我鄉園奇字經時問缺然閒遂引人超苦海貧還有客賦甘泉籬門露白藤蘿月草閣燈青橘柚煙此際縱難修禊事咏觴不讓永和賢

題杜若冲雪廬卷

凍木寒山雪滿扉廬居歲晏未言歸留田詎釋孤兒恨貞木常看子鶴飛寒夜雞栖存剩骨雲中鳥爪見遺暉憐余亦有終天恨掩卷爲君淚滿衣

過曾波臣蕪園

閒坐孤亭上悠悠寒汐生盡蠲塵世慮得遂逸人情澹古遙峯色
蕭疎衆木聲于焉托晨夕眞足睨公卿
清言殊未已暝色逐鴉來竹屋一燈現蘿門片月開野橋烟閉柳
小塢雪搏梅是際乘高興從君索酒杯

懷廬州鄭太守麟野

風塵金斗鬱相望五馬驊騮攬轡長政教新敷廬子國衣冠重見
鄭公鄉軍書雜沓雲迷堞訟閣孤清月炤霜更念子遺心欲折畫
圖曾不讓西塘
白雲吏隱長無事正好銜觴慰旅顏未謂烏亭晝千石居然虎節
去三山清谿野艇容垂釣寒雪江村自掩關緊待巢湖春水碧扁
舟來與話高閒

再送楊錦仙明府

金陵把酒思依依野樹晴江望遠暉大道驊騮看騁駕寒空鴻鵠

自高飛軍書是處都傳警諫草如今未可稀但願補天無寸闕野
人閒採故山薇

答楊文學達可

至日園梅已釀花晴軒炙背憎無譁論文焉敢齊黃絹評紙聊堪
辨白麻寒渚廻翔矜獨鶴霜林喧寂任羣鴉老兵門巷高閒甚剝
啄欣來問字車

孤舟小泊石頭霜高屐還來問隱囊淮海風烟連晚歲甘泉詞賦
有餘香深棲蘿薜調琴旨笑擿梅花拌酒嘗殘月長干鐘可聽期
君一預竹林狂

寄莫方伯寅賡

泖上蓴豐鱸亦肥羨君于此遂初衣文魚脫餌鱗鱗縢霄鶴辭籠
冥冥飛高枕野雲流磵戶閒觴香雪繞巖扉請從靜裏觀喧豗枰
局伶場事事非

邗江作客聽啼鶯伸紙知君到石城自是盧敖航汗漫曾無關尹
効將迎雪消何處尋鴻跡江濶偏能隔雁聲何日青山共樽酒離
居一話廿年情

送沈納言炎洲北上

雞黍扁舟釣未寒銜盃無處道悲歡風烟幾載懷湘竹雨露于今
到畹蘭會看卿雲籠劍珮還思野水有綸竿補天五色煩媧手聖
世漁樵亦自安

述懷柬劉中丞蓼生

蕭閒元不慕華予古木寒蘿稱隱居世事何年靖戎馬君恩此日
重樵漁雲來曲几圍清夢雪對高窗熖異書但發梅花君過我爲
浮村釀擊冰魚

問顏若齡病

維摩丈室幾花飛門對鍾山晝掩扉獨患可無春兎藥交貧何以

策牛衣荒厨臘近糟將熟野圃霜晴菜正肥小閣梅花供繡佛閒
來共話法王機

病中謝孩未侍御招飲

閒居罕雜應冀此疾患蠲故人傾美酒要酌霜燈前孤趣抗名嶽
清論如寒泉娛我以圖史頓使身心妍于焉動浮想指顧風雲賢
鼎食向積薪劍珮趨冰淵六鰲所奠處地漏天且穿祇以與其憂
噂能補其偏君言洞大道浩笑因連蜷富貴多苦辛愚賤誠饒便
楩楠與樗櫟何者終天年蒙莊歎我哉其然豈其然

懷鄒臣虎

霜月炤空江夢路千里白爲問水部廬梅花可曾坼起居想平善
圖書定壅積末俗持澹心寒山著高格鷄鶩方啾啾冥鴻孰能測
金陵荒樹中牛衣臥逋客炊黍擊冰魚青青蔬可摘乘興當惠來
孤舟撥遙汐

述懷柬顧與治徐州來

大道忌紛拏清淨德所宅幾見湫溷中得挂高雲跡自哂顚毛生始悟閒居適庭搖衆竹青館抗遙峯碧犍戶閱時情微微辨潮汐本是江海人甘就禮法縛此夢醒何遲醒矣不復闔攃梧長閉門杖藜或行藥古木振霜音寒花引閒酌一笑矚高雲羨此遐飛鶴膢臘吾從衆豈昧兒女仁冀於酬應減聊使服食親簡動制浮俗無營尊澹身徇慮梅花發或值樽中貧寤寐誦讀間藉有諸先民落日生赬霞烽火在江外野心代天憂無乃杞人罪聖后乘六龍羣賢鳳鳴噦彈指臥榻安唾手天山碎狗烹釜罷炊魚苗稅都汰請作太平民衡門卽崧岱

一室屏雜務靜覺羣書香耳目亦旣豁日月何其長古人戒苟且百撰皆精良大澤蟠龍蛇清廟陳琮璜酌約奉身心無踰此理臧日入繕荊薪終夜還琅琅

江田稼不登半粟無一至懲此屢空厄黽勉學農事鎡基而用天
此理亦應遂上帝去蟊賊風雨養嘉穟月白整釣絲原青設媒翳
謀生玆可兼丈人庶幾庶
卷跡趣彌展獨臥夢始尊超超去塵壒竦體排天門所至鸞鶴嬉
無復虎豹蹲手攀若木華飡之榮精魂雲中遇青童相顧笑不言
指我視九州霞腐烟亦昏
天柱副南嶽漢皇此封禪扈從枚馬儔英辭吐星電千載海門賢
類聚追其絢優游極討論喪亂遂飄散遙遙霧靈青西望淚如霰
跂予俟河清雅歌紹公讌

答余望之

剡溪有詞客流寓清源東扁舟載圖書鴟夷將無同彩筆凌日觀
節亦徂徠松今年客治城顧我蓬蒿中余爲啓柴荊樽酒頗不空
清言壓晴雪醉貌符霜紅舉觴一相笑笑眄雙玉童一囊負五嶽

霞氣靑濛濛

再祝徐衡陽

髯翁捋髯生靑虹醉騎黃鶴凌天風吹簫不妨挾秦女縮地將以參壺公參壺公歷天姥赤豹離奇彩鸞舞寧能嚄唶如東方長向金門啄腥腐余與相逢天台畔烟駕嘲君何汗漫爲摘零星松桂枝洞門細煮桃花飯

再寄玉森

松窗山月皎如燭夢見銅官林下梅花間細聞玉女笑冰壺酌我眞珠醅酒氣林香醒未散窗月欹斜松影亂破凍題書問故人莫是梅花眞爛熳

柬張少宰赤涵

雲陽寒雁聲嗷嗷山公高臥梅花間無田可歸賦亦就有雀不捕門長閒人生蕭散意云足況是滄桑天地覆爲問夔龍黃閣中何

如巢許青山曲君家鱸魚霜下肥予亦犢鼻縫寒衣何時乘輿弄
遙汐一載香雪銜荊扉

晨起

中夜寐恒覺披衣待鷄鳴本無志士懷汲汲將胡成前園樹蔬菜
歲儉取當羹雨澤未易希乾土龜坼生苟非灌溉力枝葉何繇榮
牆東讀書處破屋垂欲傾誅茆而索綯爲結三兩楹僮僕日老懶
維時屆嘉平夙興課力作孰謂吾無營

留張圖南小飲觀其繪事

拙者臨窮節掩關聊蟄存了無塵事侮彌悟淨居尊霜樹澹扶屋
寒雲深蔭門欣君杖藜至力疾倒山罇
圓神通百卉觸手春風開若有鳧魚戲驚看蜂蝶來輕絲颺碧落
微毳點蒼苔晴向山窗下摩挲日幾迴

呂君發見訪感賦

栖影寒雲外高春尙掩關巖琴時一撫庭樹與同閒犢鼻聊遵拙
鴻軒未可攀感君循古處剝啄鳥羅間
孤帆自何至飽載石湖霜潮月隨人白寒花雜語香傷心問封樹
靜眼閱滄桑醉憶西州路離憂對爾長

錢次倩至感賦

片席來天際遙遙共鴈飛聞君弭桂檝一爲啓荆扉鄉井愁將折
烽烟警未稀短簷寒日下揮淚語依依
末俗何多故思之緒轉紛不如傾美酒相共賞奇文孤巘標晴雪
寒林積定雲閒來負策杖隨意數鴉羣

答余望之以臘八日報恩寺禮塔詩見贈

經言臘八佛成道是日失却參浮屠閉門曝背短簷下暖日藉以
烘寒枯霜鬢居然野鶴白老影不讓梅花癯丁丁剝啄響蓬戶詩
來纍纍如完逋黎硾古紙字遒放綺思相偪堆珊瑚嗅之蓮香渾

觸鼻如余將子分伊蒲

送趙損之北上

梅花驛路細生香目送飛鴻別思長巖夢詎甘詢小草春風正可
賦長楊繞朝策欲騰天闕諫獵書看入露章從此琮璜收氣色須
君寶璧薦煇煌

張深之納姬

畫眉煖閣結流蘇絳蠟光中維浦圖璚管爭調秦內史香車不避
執金吾豔生小婦釵頭蟢樂奏詞人曲裏烏煩典鷫鸘裘換酒老
兵醉欲倩人扶

柬光含萬

庭雪炤身心澄暉有如此養痾臥牛衣百慮孰能滓故人客蕭寺
孤琴挾巴水金陵三五夕峨嵋千萬里手攜江月來寒光動行李
魚鼊方鼎沸海棠香未已美錦罕寸缺將以報天子念當及暄和

微痾冀蠲止黽勉奉山樽闊懷接芳芷

沈文學孚中投以諸詩詞因招集賦贈

庭有上古雪炤我高閒心澄暉漾巖戶寒籟喧松岑擁絮短簷間
山酒聊自斟君從梅花隙寄我瓊華音宛然五雜組不異雙南金
天外倚長劍風前鳴玉琴感君尋犢鼻爲君繹龍唫妙麗而清揚
其旨高復深

野雪耀川塗孤舟滯江次未若坐高館柮榾煮奇字門雀啾啾鳴
杖藜君已至上堂攬氅裘交談抉鴻祕君才壓江濤秋聲撼天地
復如雨高雲舒卷向晴翠平生明聖湖遊目未嘗肆覿面接清音
廓然通大義使余枯澹心墳起不能置華月暈氷輪空香裊清吹
相感在虛無笑共梅花醉

奏公亦九兩表弟遊泮後相顧感賦

孤舟撥寒汐遙集古人心抵岸雪已厚到門雲更深兆雖虛宅相

香復接儒林兩姓梧棬感看君淚滿襟

讀阮大鋮詠懷堂詩集

胡先驌

吾國自來之習尚即以道德爲人生唯一之要素故武樂蒙盡美未盡善之譏孔子復有雖有周公之才之美使驕且吝其餘不足觀之語此種習尚固足以鞏固人類道德之精神然有時藝術界乃受其害嘗讀宋孫覿之鴻慶集觀其詩精嚴深秀誠有宋之作家然明嘉靖間常州欲刻其集邑人徐問以其曾誌万俟卨之墓竟有覿有罪名教其集不當行世之言事以遂止此外大奸慝如嚴嵩趙文華輩皆文學巨子今日讀鈐山堂集者能有幾人若趙文華竟鮮有知其能文者矣又如明末南都權相馬士英人但知其奸而鮮知其能文然觀其序阮大鋮詠懷堂丙子詩乃自舉其「深機相接處一葉落僧前」之句則知此公不但能詩且深研內典也阮集之以佞倖小人始則首鼠魏璫東林之間卒爲東林所斥而列名逆案繼乃乘南都福王之立阿附權相汲引僉壬芟鋤

正士南都覆亡後復降清室終于走死遂爲士論所不齒遺民所
腐心其能文之名因之亦泯終滿清二百八十年之際除燕子箋
春燈謎兩傳奇外殆無人能舉詠懷堂詩之名者矣其集旣未爲
四庫所收士君子復深鄙其人世間遂少流行之刻本溧水王伯
沆先生幾費心力始克繕集其內外集共四巨册然祇止於戊寅
前歲丹徒柳翼謀先生復在舊書肆購得其辛巳詩一册阮詩之
存於天壤間者殆具於是以有明一代唯一之詩人之遺集乃幾
於湮世不稱不可謂非世間文化之一大悲劇也
欲知詠懷堂詩在中國詩界中之位置不可不知中國詩之源流
嘗考中國詩自周秦以降卽分人文與自然兩派若三百篇十九
首蘇李阮鮑李杜元白韓孟歐王蘇黃陳後山陳簡齋陸劍南楊
誠齋下逮晚清鄭子尹陳伯嚴鄭太夷諸詩人皆屬於人文派若
屈原陶謝王孟韋柳儲光羲賈島姚合林和靖范石湖姜白石嚴

滄浪趙師秀徐照徐璣翁卷輩皆屬於自然派前派之詩以人事爲重故無論達爲顯貴窮爲寒儒皆以家國盛衰人民疾苦爲念其倫紀之情亦極篤故每能爲深至惻怛之音而稀有遺世獨立之概後派之詩則忽視人事常懷騫舉出塵之思爲之者常稟冰雪之質沖曠之懷以隱逸爲高尙薄功業如浮雲一若大塊勞生光陰逆旅者二者之人生觀截然不同其詩之韻味亦以迴異詠懷堂則自然派之子裔也觀其與楊朗陵秋夕論詩句云「時尙奚足云所嚴在古昔齋心望雲天柴桑如可卽（中略）天不生此翁六義或幾息厥後王與儲微言增羽翮（中略）異代晞髮生泠泠瀨中石（中略）舍是皆沮洳偶匯亦溝洫勝國兼本朝一望茅葦積滔滔三百年鴻濛如未闢」可知其所推許者三百篇外厥爲陶王儲謝數公心目中且無李杜蘇黃尙何餘子之足云雖持論不無稍苛然其宗旨可知矣

詠懷堂詩在自然派詩家中別樹一幟吾嘗遍讀陶公及王孟韋柳諸賢之詩雖覺其閒適有餘然尙稍欠崇拜自然之熱誠如英詩人威至威斯之「最微末之花皆能動淚」之精神在陶韋諸賢集中未嘗一見也如陶公歸田園居飲酒孟襄陽秋登蘭山寄張五宿業師山房待丁公不至登鹿門山懷古夜歸鹿門歌王右丞送別靑谿渭川田家輞川閒居贈裴秀才廸酬張少府過香積寺終南別業儲光羲田家即事田家雜興張谷田舍韋蘇州幽居曉坐西齋游龍門香山泉簡寂觀西澗瀑布下作月谿與幼遐君貺同游柳柳州晨詣超師院讀禪經南磵中題與崔策登西山構法華寺西亭溪居諸詩或詠山水之勝或述田家之樂皆爲集中之精粹而最能代表作者之思想者然皆靜勝有餘玄鶩不足且時爲人事所牽率未能擺落一切冥心孤往也惟詠懷堂詩始時能窺自然之秘藏爲絕詣之冥賞故如「春風鮮沉冥霽心難與味」

「林煙日以和衆鳥天機鳴澤氣若蠕動痒物亦懷榮」「息影入春煙形釋神亦愉」「臥起春風中百情皆有觸」「春風蕩繁圃孰物能自持人居形氣中安得不因之」「山夢自難繁嵐翠警空想卽此寓覺因矧復風泉響」「飲此青翠光使我心顏醺」「眺聽將安著山川若始生」「水煙將柳色一氣綠光浮坐久領禽語始知非夢游」「隱几澹忘心懼爲松雲有」「息機入空翠夢覺了不分靜抱虛白意高枕鴻濛雲」等詩句非泛泛模範山水嘯傲風月之詩人所能作也甚且非尋常山林隱逸所能作也必愛好自然崇拜自然如宗教者始克爲之且不能日日爲之必幽探有日神悟偶會「形釋」「神愉」「百情有觸」時始能間作此等超世之語也卽在詠懷堂全集中亦不多見他人可知矣

至於寫景之佳句幾於美不勝收而要能以閒淡之筆寫空靈之境如「花葉沐已齊晴鳥紛我園竚立始有悟任運良可尊」「辨

葉歛旁眺因香縱恬步湖風弄微寒果兆夜來雨蕭蕭春竹鳴高館更成趣」「霽心與定氣馮之酌終古自昔邈何獲在我恬有取」「空翠感微息定覽詧殊狀葉並遠帆鶩鳥習天花漾山樽給永日清言副靈覎」「懷音達鐘界飲光坐霞廡煙定羣峯開林缺江帆舞邃覺性情逸彌惻塵襟苦」「微步歷禽上淸言滿松聽泉幽滴春脈林貞抱秋影澄鮮入何際空明轉遺境」「蘿葛翳山窗夢境亦沈邃覺聞松際禽始悟晨峯翠」「山氣生夜涼蕭機革塵侮明燈草蟲次彌覺淸言臕倦至歇琴樽支枕向終古」「古壑寓聲聞諸峯侍云動空翠如有人香端轉孤誦」「淡月寫空水微煙綿夕林於此理閒機憺然生遠心」「山翠旣虛無月氣殊微茫奉身入淸機耳目非故常」「感此香光氣彌澄虛白心」「秋山鐘梵定諸感觸無幾」「澹游如閱夢空慮直賓煙」「眞機滿山夜梵止草蟲鳴卽境已忘辨觀心無可淸」「視聽一歸月幽喧莫辨心」「孤

峯超夢界幽磬閟靈聞」「屏居成獨坐池水與心淸林月自然至塵機何處生」諸句皆能超脫物象別具神理除微嫌烹鍊外要可抗手王孟俯視儲韋卽集中尋常寫景之句如「村煖杏花久門香湖草初」「蘿雨靜可數閭巷如空山」「孤船倚山翠木葉靜可數微風入淸夜海月漸遙舉」「草暝氣亦和空翠自成露」「潭定藻影開月白蟲吟廣」「炊煙冒嵐影旅夢接山雲」「竹疏山氣透荷近稻香分」「林空聞露響潭曙識星飛」「立渚見恬鶴爭煙鬧亂烏」已非姚合許渾所易辦尋常作者偶得之卽可自詫爲得神助者也至若「放心浩劫外置眼無生前」「塵累盡唐捐空明入非想」「喧寂了非我平等旨奚二」「曾謂遺物淺不知應化深」等句則非精研內典確有心得之人不能道王右丞倘有不逮若蘇長公黃山谷之僅以佛語裝門面者尤無論矣

詠懷堂詩尤有一優點則其琢句用字之工也嘗攷阮氏所稱許

之詩人除陶靖節王右丞儲侍御三家外所亟稱者厥爲謝晞髮實則晞髮集詩雕鎪瓌詭取徑長吉近體則時參少陵與陶王異趣然阮集之稱許若是者或賞其琢句用字之工也晞髮集中詩句如「月離孤嶂雨尋夢下山川」「水生溪榜夕苔臥野衣春」「錫聲歸後夜琴意滿諸峯」「窟泉春洗屐氈雪暮過樓」「澗響夜疑雨雲寒春欲層」「鳥宿溼棲樹花流晴下溪」等皆新雋瓌奇雖理致視詠懷堂詩爲遜然確爲其宗派也嘗考中國之詩其精神固如上文所述分人文與自然兩派其技術又可分清淡平易與生澀雕鎪兩派如晉宋之陶謝唐之王孟韋柳宋之陳簡齋范石湖姜白石嚴滄浪以及永嘉四靈前派也唐之韓愈孟郊盧仝李賀宋之梅聖俞黃山谷陳後山謝皐羽後派也惟詠懷堂詩則稟王孟之精神副以黃陳之手段故倍覺過人亦猶清末詩人鄭子尹之巢經巢詩以黃陳之手段傳以元白之面目亦遂開一前

此詩家未有之體格總觀詠懷堂集中天機獨擅不假雕飾之句如「乍聽柴扉響村童夜汲還爲言溪上月已照門前山」「湖風弄微寒果兆夜來雨」「潭影澹相照松風幽自吹」等雖屢見不鮮然非能代表其體格者至如「辨葉歛傍眺因香縱恬步」「磅礴意有得沉冥理非誤初葉一禽囀輕颸數花鶩」「警蘿若開笑追香宛迷杖」「懷音達鐘界飲光坐霞廡」「危步歷禽上清言滿松聽泉幽涵春脈林貞抱秋影澄鮮入何際空明轉遺境」「象緯闌睇笑草木感沖蒨湖光澄遠心峯霞蔭華撰」「夕鳥銜情入秋花質影同」「天花雜蓴飯空翠警書聲」「百藥延春氣羣峯侍法筵澹游如閱夢空慮直賓煙」「幽人卽芳草宵語若深山」「無言山磬傳空翠晏坐松燈照石泉」「據梧盡日曾無夢動操羣峯各領聲」等詩句則極雕鏤肝腎之能事大非王孟儲韋之所習爲矣苟明眼人不爲外貌所欺則可見其與孟東野黃山谷同一谿

壑此其所以稱美謝臯羽之故亦即詠懷堂集所以出奇制勝之處也

自諸體言之詠懷堂所最工者厥惟五言古與五言律五言古詩閑整以暇極得陶王韋柳之神理五言律詩天機完整一氣呵成尤得王孟之神髓其四言古詩導源三百篇古趣盎然頡頏漢魏佳句如「令儀干岳澄思懷淵行芳氣潔式則幽蘭」「纖月虛徐秋花如煙」「羣龍入谷潛躍欣同亦有不速鸞車雝雝班荊薦食力拯頹風」「臨觴不樂日月彌晏停雲崇阿播芳南澗龍蟄匪存鳳衰何諫」皆雅頌之遺魏晉以還文人歛手者惜篇幅不多耳至於七言則非所長七言古詩眞氣薄弱內美不充馳驟竭力故每有辭勝於意之嫌雖佳句如「恬從秋水照吟魂饑向靑峯貿危語」「不將淺籟接淸哦肯弄凡煙格玄對」仍淸雋絕倫然佳篇極稀五七言古詩之差別幾不可以道里計誠異事也七言律

詩大體仍七子之舊格惟知鋪排一無深語雖佳句如「高咏各師寒歲雪初衣交擘六朝雲」「鉢影尙涵將曉月經行時觸未歸嵐」「盡日經行空翠裏一春調息雨聲中」「江樹春紅村雨足露秔秋碧晚煙和」者亦屬屢見不鮮然完整可誦之篇頗少殊非五言律詩之滿目琳琅者可比也七言絕句非作者所措意一時興到雖有佳作亦不足爲大觀可不置論

夫兼攬衆長本非易事老杜而外各體皆能名家者本不數覯阮集之能以五言擅長已非易事固無庸苛求也雖然詠懷堂詩實質上乃有根本大缺點焉卽天性不足是也總阮氏之一生觀之生有異稟才力過人自無疑義然迹其阿附權奸傾陷正士之行爲可知其絕無道德觀念彼身丁明季目擊時艱在有志之士方且疾首腐心之不暇而彼仍嘯傲山水寄情風月極其自得觀其集中憂天憫人之辭百不一見卽可知其人德性之薄弱矣其感

時之作有已未春感遼事四律丙子空城雀一七古秋雨臥病感時事四律戊寅賦答劉赤存以聞虜警詩六律聖羽避亂至山盡談樅川被賊之狀二律皆無一二自肺腑中流出之語但摭拾陳言排比題意而已卽其私恩察之戚鄙友朋之間亦無深至之言卽其歸次詠懷堂哭先恭人一詩前半亦儘知鋪叙景物沈痛之語僅「一身等飛藿百念頓攢戟長號安可持淚與莓苔碧」四語至春寒感懷先恭人一詩前六韻所言者皆春寒惟末一韻憐無慈母縫使我中懷傷」十字始有感懷先恭人之意然語意極其淡薄其雨中憶家大人子處先慈殯室并以紀世道人心之變未有甚於此時者二律訖無些須哀音其天性之涼薄於玆可見又阮氏雖酷愛自然然非甘於棲遯者苟眞欲終老山林則巢許高蹈志焉可奪旣承休命則宜以社稷民生爲重烏可仍懷肥遯之思觀其崇禎元年出山詩句云「飭彼車上巾愧此籬間笠婉

詞別農圃菊松煩代葺行頌天保章即賡考槃什秋色佳千峯期與歸雲入」辭雖極佳然不立其誠精采已失又如「誰謂謠詠言非我息機具（中略）采薇兼采芝長謠入煙霧向謂不近情今始達其故」「歲月遂爲林壑有雲山安得是非存」「干時誠足哂大隱亦鄰欺惟與鸞俱伏方令鶴不疑」「但使榆關銷轉鬭何妨花塢有深耕」等句非不貌爲恬退然迹其行事則知其熱中實不亞一般之孳小此所以讀其詩終覺其言不由衷而其詩之價値亦因之而稍貶也

雖然孔雀有毒文采斐然嚴格苛求亦非批評之責才人無行屢見不鮮我國文士自魏武以下如宋之問沈佺期儲光羲盧仝李義山温飛卿馮延己柳耆卿孫覿嚴嵩之流亦復甚衆然不聞因噎廢食束其書而不觀則吾人之讀詠懷堂詩亦但賞其靈芬孤秀闡發自然界祕奧之作可耳陳散原先生稱其詩爲五百年所

未有夫能冠冕明清二代之作家寧無獨擅之長是在有目者所
共賞已

詠懷堂詩集跋

此書都十卷並據阮氏自刊本校印原刻詠懷堂詩集四卷外集二卷丙子詩一卷戊寅詩一卷舊藏丁氏八千卷樓今在盋山圖書館辛巳詩二卷則余遊書肆得之茲爲合印以備談藝嗜奇者之求至弘光時詩不知尙有刋本否也大鋮當天啓中與左魏諸公搆釁名在璫案終莊烈帝世廢斥十七年葉序稱其里居以來蕭然無一事惟日讀書作詩以此爲生活是集所載蓋皆其窮居屛處焠精壹力之詣也大鋮曾大父鶚從祖自華皆有才學而不軌於正鶚從歐陽南野游王學支裔也而盜虛聲以貪墨敗詳明史胡宗憲傳自華偃蹇駘蕩仕輒不得志見錢謙益列朝詩集小傳至大鋮遂爲有明一代奸臣之殿得罪名教隕首巖石其亦家世賦遺然歟自華自謂其詩超于鱗而上之且詔大鋮卓出獨樹自致千古葉序稱堅之先生郡中推才子古人無兩亦心折公門

下問字者接踵輒曰盍往質吾家勳卿是其詩亦本自華敎融怪特之性而歸于沖雅濡染有自宜其異常也大鋮詩之途徑既見于自序其論陶詩謂靖節蕭機玄尙直欲舉大風柏梁短歌公宴漢魏間雄武之氣一掃而空之以登于考槃北門之什似離騷歌辨亦在然疑出入中易世而有輞川太祝京兆三子者又能變化以廣其意令從陶入三百功力倍取資博而意象更覺日新則後起羣賢不可不勉其自期待者夐矣然史傳第稱大鋮機敏賊猾有才藻刪其詩不登藝文志錢謙益故嘗阿大鋮僅錄其詩七首初非其極詣亦不加評騭朱彝尊明詩綜不載大鋮姓字附論于李忠毅詩前曰僉壬反覆眞同鬼蜮雖有詠懷堂詩吾不屑錄之以故清代藏書家于其詩率尠著錄烏虖名節之視文藻顧不重耶抑余讀夏存古續幸存錄論圓海事一則曰阿璫亦無實指再則曰阮之阿璫原爲枉案且謂持論太苛釀成奇禍不可謂非君

子之過失以東林子弟躬受大鋮荼毒者而爲怨詞若此使大鋮丁甲申之變終已不出讀其詩者挹其恬曠之致于品節或益加恕焉未可知也然則君子之于小人固不可疾之已甚而負才怙智不甘枯寂積苦摧挫妄冀倒行逆施以圖一逞卒舉其絕人之才隨身名而喪之者良足悲已戊辰五月柳詒徵

中華語文叢書
詠懷堂詩

作　　者／阮大鋮 著
主　　編／劉郁君
美術編輯／鍾　玟

出 版 者／中華書局
發 行 人／張敏君
副總經理／陳又齊
行銷經理／王新君
地　　址／11494 台北市內湖區舊宗路二段181巷8號5樓
客服專線／02-8797-8396　　傳　真／02-8797-8909
網　　址／www.chunghwabook.com.tw
匯款帳號／華南商業銀行　西湖分行
179-10-002693-1　中華書局股份有限公司

法律顧問／安侯法律事務所
製版印刷／維中科技有限公司　海瑞印刷品有限公司
出版日期／2019年3月台二版
版本備註／據1976年5月台一版復刻重製
定　　價／NTD 500

國家圖書館出版品預行編目（CIP）資料

詠懷堂詩 / 阮大鋮著. -- 台二版. -- 臺北市
: 中華書局, 2019.03
面 ;　公分. -- (中華語文叢書)

ISBN 978-957-8595-64-4(平裝)

851.468　　108000150

NO.H2062
ISBN 978-957-8595-64-4（平裝）